Je bent aan de beurt

LOES DEN HOLLANDER

Je bent aan de beurt

DE CRIME COMPAGNIE
Crème de la Crime

Vierde druk, januari 2023

Omslagontwerp: Margo Togni
Boekverzorging: Michiel Niesen, ZetProducties, Haarlem
Foto omslag: © Clayton Bastiani / Trevillion Images
Auteursfoto: © Marloes Bosch fotografie

ISBN 978 94 6109 688 3
NUR 305

Meer informatie over De Crime Compagnie op www.crimecompagnie.nl

Voor Har, zonder wie ik nooit mijn eerste manuscript
naar een uitgever gestuurd zou hebben.
De wereld is minder mooi nu jij er niet meer bent.

‘Het noodlot heeft geen adres.’

Jeroen Kramer

Ik zal je volgen,
niets houdt me tegen,
ik ben de schaduw,
ik ben de stilte,
de vijand
die je nergens verwacht.
Ik ben de belofte
waar je niets van begrijpt,
ik word de herinnering
die je wil wissen.

Ik ga je volgen,
dus wees op je hoede.
Ik kan iedereen zijn.

TESSA

1

Hij sluit de deur en fluistert iets.

'Waarom fluister je?' vraagt Tessa.

'Stem opeens weg.' David kijkt verschrikt en wrijft langs zijn keel. 'Raar gevoel.'

Het lijkt of ze bevriest. Niet weer, denkt ze, niet nog een keer.

David maakt een geruststellend gebaar. 'Gebeurt wel vaker, gaat vanzelf over. Goed drinken.' Hij vult een glas met water en drinkt het in één teug leeg. 'Welkom,' zegt hij met een heldere stem. 'We gaan er een onvergetelijk weekend van maken.'

Hij ligt naast haar in een diepe slaap en ze kijkt naar zijn ademhaling. Het onbehaaglijke gevoel dat ontstond toen ze binnenkwamen is na de seks naar de achtergrond verplaatst.

Toch is het nog niet helemaal verdwenen.

Het maanlicht belet haar te slapen en ze overweegt om heel zachtjes op te staan en de gordijnen te sluiten. David wilde dat ze openbleven, omdat ze dan morgen als ze wakker worden vanuit het bed de appelbomen kunnen zien. Hij werd emotioneel toen hij eraan toevoegde dat hij en zijn vrouw ook altijd naar de appelbomen keken als ze hier wakker werden en dat die herinnering hem nog steeds gelukkig maakt. Zijn emotie raakte haar.

Maar nu stoort het maanlicht haar en ze bedenkt dat het een kleine moeite is om de gordijnen te sluiten en ze morgenochtend weer te openen voordat David wakker wordt. Ze sluipt naar het raam en trekt ze heel voorzichtig dicht, steeds achteromkijkend om zeker te weten dat David niets merkt. Ze vist haar T-shirt en haar slip van de grond en trekt ze aan, omdat ze het een beetje koud heeft. Daarna gaat ze zo zachtjes mogelijk weer naast hem liggen en sluit haar ogen.

David beweegt.

Tessa houdt haar adem in. Is hij wakker? Als hij maar niet boos wordt. Ze kan geen boze man meer naast zich hebben.

Hij ademt rustig. Ze wil slapen, mooi dromen en opnieuw vrijen als ze allebei weer wakker worden. Het schuldgevoel dat voortdurend op de loer ligt moet ze laten verdwijnen. Dat zal zeker lukken als ze het consequent gaat negeren. Wat is er belangrijk aan een schuldgevoel? Dat zal haar mantra worden.

Haar oogleden voelen zwaar, ze wil wegglijden in een droom waar ze blij van kan worden. Ze probeert positieve herinneringen op te halen. David die met zijn neus langs haar wangen en haar hals streek en fluisterde dat hij gelukkig werd door het parfum dat ze gebruikte, omdat die geur hem herinnerde aan de tijd dat hij honderd procent gelukkig was. Ze fluisterde terug dat het Anaïs Anaïs heette, maar verder kwam ze niet omdat hij haar bijna smoorde in de meest intense kus die ze ooit had gekregen. Later beloofde ze hem dat ze nooit meer een ander parfum zou gebruiken.

David beweegt weer. Zijn lichaam schokt een beetje. Zou hij een nare droom hebben? Zou hij willen dat ze hem wakker maakt?

Het schokken neemt af, hij murmelt een paar woorden en ligt weer stil.

Ze haalt opgelucht adem.

2

Ze wordt wakker en ontdekt dat hij boven op haar ligt. Zijn handen drukken die van haar op het kussen, zijn neus raakt haar neus, maar dat is niet waar ze zo heftig van schrikt. Het komt door zijn ogen, die alle zachtheid en vriendelijkheid verloren hebben. Ze staan hard en dreigend. 'De gordijnen hadden open moeten blijven,' zegt hij.

Tessa probeert zijn handen weg te duwen. Ze vraagt wat er aan de hand is, waarom hij boos is geworden en ze legt uit dat ze niet kon slapen door het maanlicht. Ze biedt aan om de gordijnen weer open te doen. En ze denkt: als hij me loslaat, pak ik meteen mijn weekendtas en dan ren ik naar buiten.

David klemt zijn lippen op elkaar en hij drukt haar polsen nog steviger op het kussen. Ze probeert overeind te komen, maar ze is niet voorbereid op de klap. En op de tweede en op de derde.

Hij slaat me dood, is haar laatste gedachte voordat ze verdwijnt.

Er fluit iemand een melodie die ze kent. Het gefluit is niet dicht bij haar, maar ze kan het toch goed horen. *Yesterday, all my troubles seemed so far away.*

Het lievelingsliedje van Levi. Tessa kan hem zien staan met een afwasborstel in zijn hand die een microfoon moest voorstellen. Hij had een mooie stem en de tweeling wilde altijd dat hij ging zingen tijdens de afwas. Dat alleen al was een reden om nooit een afwasmachine te kopen, beweerde hij. De meisjes zouden hun leven lang goede herinneringen overhouden aan samen zingen met een afwasborstel. Verder vond hij een afwasmachine een uitvinding voor luie huisvrouwen. Als hij zulke dingen zei dacht Tessa vaak dat zijn mening zo van die van haar verschilde omdat hij twintig jaar ouder was dan zij.

Why she had to go, I don't know, she wouldn't say.

Het fluiten is opeens dichtbij.

Tessa opent haar ogen.

David staat naast het bed en hij kijkt op haar neer.

Ze voelt dat haar handen geboeid zijn en haar voeten lijken ook vast te zitten. 'Ik moet plassen,' zegt ze.

Hij lacht. 'Dan zullen we iets regelen.' Hij loopt de kamer uit en komt even later terug met een stalen po.

Tessa probeert haar hoofd op te heffen, maar ze wordt direct duizelig. Wat is er met haar gebeurd? Ze hoort een schuifelend geluid en het lukt haar wel om naar rechts te kijken. Daar is David en hij tilt iets op. Het lijkt op een deksel.

'We gaan op de rand van het bed zitten, dan heel voorzichtig staan, even wachten en daarna laten we ons netjes op de po zakken. Wat goed van mij, hè, dat ik hem heb bewaard?'

Alles aan hem is vriendelijk, zijn ogen, zijn stem, de gebaren die hij maakt. Dit gebeurt niet echt, denkt Tessa.

'Kom maar, je zei toch dat je moest plassen?' Hij trekt haar overeind bij haar schouders en zet haar behendig op de rand van het bed. 'We hebben je broekje al uitgedaan,' voegt hij er nog steeds vriendelijk aan toe.

Nu pas dringt het tot Tessa door dat ze naakt is.

Er zit een vrouw op een po te plassen, terwijl er tranen over haar wangen rollen die heel behoedzaam door iemand worden afgeveegd. Het gaat om anderen, om mensen die Tessa niet kent, want het is onmogelijk dat zij hier iets mee te maken kan hebben. Ze heeft gewoon een nare droom en het lukt haar weer eens niet om daaruit te stappen. Er komt vanzelf een moment dat de situatie gevaarlijk wordt, dan gaat ze schreeuwen en daar zal ze wakker van worden.

Levi was altijd superlief als ze overstuur was na een nachtmerrie. Hij hield haar eerst stevig vast, streelde met zijn vingertoppen over haar rug en fluisterde lieve woordjes. Soms verlangde ze naar een nare droom, vooral als hij kwaad op haar was en haar vernederde. De woorden die hij dan gebruikte sneden door haar ziel en bleven dagenlang aanwezig in haar oren. Hoe vaak heeft ze hem niet gesmeekt om niet meer gemeen tegen haar te zijn? Hoe vaak heeft ze als ze gingen slapen niet gehoopt dat ze iets verschrikkelijks zou dromen?

'Je hoeft niet te huilen,' zegt iemand. 'Ben je uitgeplast?'

Tessa kijkt naar haar trillende handen die gevangenzitten in een blauw stuk ijzer. Dit is geen droom, er valt niets wakker te worden. Ze ziet een stuk wit toiletpapier tussen haar bovenbenen verdwijnen en weer tevoorschijn komen.

'Dit doen we in de afvalbak,' zegt David. Klopt het dat hij de woorden zingt?

'Waarom zeg je steeds "we"? Is hier iemand die je helpt?' Ze heeft direct spijt van haar kribbige vraag.

Zijn neus is dicht bij haar gezicht, ze ruikt knoflook. Hij ademt luidruchtig uit door zijn neusgaten. 'Josefien zal hier altijd zijn, dat begrijp je toch wel?'

Tessa draait haar hoofd wat opzij om de knoflookgeur te vermijden. 'Maar ze is toch dood, dan kan ze hier toch niet meer zijn?'

Zijn ogen lichten op. 'Dat begrijp je niet als je het niet zelf hebt meegemaakt. Toen ze ziek werd, wilde ze in dit huisje sterven en hier heb ik haar verzorgd. Toen ze slechter ging lopen, hebben we deze po gebruikt. Beschouw het maar als een eer dat je erop mag zitten.'

Tessa buigt haar hoofd. Het is onmogelijk dat dit echt gebeurt.

3

Hij vertelde bij hun eerste afspraak alles over zijn overleden vrouw Josefien. Ze was een opdondertje van een meter zestig met een bolle kont, kleine stevige borsten en een strakke platte buik die jammer genoeg altijd plat bleef. Ze zagen in de jaren dat ze waren getrouwd talloze gynaecologen, psychologen en zelfs natuurgenezers, ze onderwierpen zich aan de meest uiteenlopende manieren om zwanger te kunnen worden, maar van innesteling was geen sprake en adoptie wezen ze allebei af. Een kind kon alleen hun kind zijn als het uit Josefien geboren werd. Punt.

Tessa had direct het gevoel gehad dat ze hem hierin niet tegen moest spreken, en dat begreep ze ook. Ze was vanaf het moment dat ze hem aankeek bij de leestafel in de bibliotheek onder de indruk van deze mooie kleine man met zijn prachtige blauwe ogen en zijn perfecte lijf. Maar ze vond dat ze het niet kon maken om vier maanden na de dood van Levi al naar een andere man te kijken, laat staan hem aan te raken. Toch deed ze dat nog dezelfde dag, laat op de avond in zijn huis. Toen ze de volgende morgen wakker werd voelde ze zich licht en vrolijk en nog vóórdat ze zich iets kon afvragen werd ze aangeraakt door vingertoppen die de mogelijk sluimerende weerstand vermorzelden en een uitputtende extase veroorzaakten. Zelfs alle foto's van Josefien die overal in het huis aanwezig waren konden de verliefde roes niet beïnvloeden. Ze keek er niet naar en ze stelde er vooral geen vragen over.

Toen ze een paar dagen later de drang om David terug te zien niet kon weerstaan en ze toegaf aan het zoveelste verzoek van hem om te komen waren alle foto's weg. Hij zag haar om zich heen kijken en hij vertelde dat haar aanwezigheid in zijn huis hem aan het denken had gezet over zijn behoefte om de herinnering aan zijn vrouw vast te houden en dat hij tot de conclusie was gekomen dat de tijd was aangebroken om los te laten. Ze vreeën die avond in elke kamer van het huis, behalve in zijn slaapkamer. Tessa ontdekte dat ze de eerste keer in de logeerkamer hadden geslapen en David verontschuldigde zich daar uitgebreid voor. Hij kon nog geen vrouw toelaten in het bed dat van hem en Josefien was geweest, legde hij uit, maar dat zou veranderen.

Tessa voelde iets in zich opkomen wat aanvoelde als teleurstelling. Hij zag het en smeekte om begrip. Dus ze koos voor begrip.

Ze vond hem sterk en tegelijk kwetsbaar, ze wilde hem troosten en steunen en alles aan hem geven wat ze al jaren niet had kwijt gekund bij Levi. Die wens gaf haar een opgelucht gevoel, maar maakte haar ook verdrietig. Hij zag het. Hij zag veel, ontdekte ze al snel. En hij kon haar er met zijn lichaam nadrukkelijk en uitbundig van overtuigen dat liefde was toegestaan, dat liefde klopte en dat ze het had verdiend.

David dekt haar toe nadat hij haar een glas heeft laten leegdrinken waar volgens hem alleen water in zat. Ze voelt haar oogleden zwaar worden en ze vraagt zich af hoe het mogelijk is dat ze opeens hartstochtelijk verlangt naar haar dode man.

4

Ze herkent haar ouderlijk huis en ze ziet haar broer en zus voor het raam staan en haar naar binnen wenken.

'Tweelingen zitten in de familie,' hoort ze haar moeder zeggen. 'Mijn oma kreeg er een en ik dus ook. Maak je niet bezorgd, meestal slaat het een generatie over.'

Vanaf de dag dat ze haar ouderlijk huis verliet en met twee collega's ging samenwonen in een flat, droomde ze regelmatig dat ze haar broer en zus voor het raam zag staan en dat ze haar naar binnen wenkten. Maar ze ging niet terug. Ze wilde vrij zijn en Levi ontmoeten zonder dat ze vragen kreeg van haar familie. Hij zocht steeds vaker contact en toen hij haar eenmaal had meegenomen naar zijn huis, gingen bij haar alle remmen los. En haar familie wist nog steeds van niets.

Toen Tessa ontdekte dat ze zwanger was, wist ze vrijwel direct dat ze een tweeling droeg. Die wetenschap was een extra reden om Levi niet op de hoogte te brengen van haar zwangerschap. Ze wilde geen man die zich verplicht zou voelen om met haar te trouwen omdat ze twee baby's kreeg, en zeker niet een man als Levi. Hij was behalve twintig jaar ouder dan zij een vrijbuiter die niet voor niets nog nooit een vaste relatie had gehad terwijl hij al vijfenveertig was. Ze meldde zich ziek, omdat ze 's morgens niet overeind kon komen zonder het hele bed onder te spugen en het daarna uren duurde voordat ze rechtop kon staan. Ze verzon een voedselvergiftiging toen haar leidinggevende zich meldde om te vragen wat er aan de hand was en ze belde haar zus om te vragen of ze een weekje voor haar wilde zorgen. Die was nog geen vijf minuten binnen toen ze al vroeg of Tessa misschien zwanger kon zijn.

Twee dagen later stond Levi voor de deur. Hij keek haar aan met een ernstige blik in zijn ogen en stelde dezelfde vraag.

Tessa kon alleen maar huilen. Ze had altijd gedacht dat ze verrukt, verrast en vrolijk zou zijn als ze ooit zwanger zou raken, maar ze huilde bijna drie maanden aan één stuk door.

Levi was geduldig en attent. Hij kwam elke dag voor haar koken tot ze zelf weer in staat was om zonder misselijkheid en ook zonder tranen op haar benen te staan. Hij moest een week naar een congres in Canada en op de avond voor zijn vertrek stelde hij haar voor om te trouwen. Jaren later heeft ze aan hem durven vragen waarom hij haar eigenlijk ten huwelijk had gevraagd. Hij antwoordde dat hij zich niet kon herinneren dat hij iemand ten huwelijk had gevraagd, wél dat hij had voorgesteld om te trouwen en dat dit was gebeurd omdat hij was opgevoed door een vader die het er bij hem had ingepeperd dat je je als man altijd als heer dient te gedragen. Hij had toen al jaren geen contact meer met zijn familie en het enige wat hij daarover kwijt wilde was dat het aan die familie lag.

Ze trouwden in stilte. Haar broer en zus waren getuige en ze gingen na afloop naar het huis van haar ouders voor koffie met gebak. Haar vader zei breed lachend tegen haar dat hij nog wel even moest wennen aan haar nieuwe naam.

Tessa bevroor. Ze had twee dagen eerder tegen Levi gezegd dat ze zijn naam wel wilde dragen, omdat ze straks anders de enige in het gezin zou zijn die geen Brassé heette. Hij reageerde geïrriteerd. 'Jij heet al je hele leven Van Dungen en zo blijf je heten,' zei hij.

Haar moeder had in de gaten dat er iets gebeurde en ze vroeg wat er aan de hand was.

Het lukte Tessa om te glimlachen. 'Er is niets aan de hand, maar niemand hoeft aan een nieuwe naam te wennen. Ik blijf Van Dungen heten.'

Ze werkte door tot acht weken voor de uitgerekende bevallingsdatum en na vier weken werd ze met gillende sirenes naar het ziekenhuis gebracht, waar ze te horen kreeg dat er een spoedkeizersnede moest worden uitgevoerd. Ze onderging zwijgend de lumbale verdoving en ze luisterde naar de geluiden in de operatiekamer terwijl ze ervan overtuigd was dat iemand haar zou vertellen dat de baby's doodgeboren waren. Levi stond naast de gynaecoloog, met wie hij medicijnen had gestudeerd. Hij sprak pas tegen Tessa toen de ruimte was gevuld met het geluid van krijsende baby's.

'Ze zaten veel te lekker daarbinnen,' zei hij en hij lachte. Levi lachte weinig en zeker niet naar háár. Toen ze daar nog opmerkingen over maakte, antwoordde hij dat er met haar weinig te lachen viel.

Ze staat nog steeds voor het huis, maar de gezichten van haar broer en zus zijn verdwenen. Het begint tot haar door te dringen dat ze heeft gedroomd.

Ergens tussen haar benen gebeurt er iets.

'Dat was zeker een mooie droom? De werkelijkheid zou zomaar nog mooier kunnen zijn.' Dit is de stem van David.

Tessa probeert te begrijpen wat ze voelt aan haar onderlijf.

'Nu wel een beetje meewerken, ik weet dat je het kunt,' zegt David.

5

Ze houdt haar ogen gesloten en wil de vernedering niet voelen. Wat heeft ze gemist tijdens de weken die ze met hem doorbracht? De man die nu op haar ligt lijkt in niets op de liefdevolle minnaar naar wie ze elke minuut dat hij niet bij haar was intens verlangde. Met zijn aandacht, zijn tederheid, zijn aanmoediging en humor verwijderde hij alle naargeestige herinneringen aan een liefdeloos huwelijk dat voor de buitenwereld op een sprookje leek. Zou iemand haar ooit geloofd hebben als ze had verteld dat de beminnelijke, galante en zorgzame Levi een andere persoon werd zodra ze alleen waren? Zelfs hun dochters kregen nooit de andere kant van hem te zien en als ze tegen Tessa zeiden dat ze alleen wilden trouwen wanneer ze een partner vonden zoals hun vader kon ze soms haar tranen nauwelijks bedwingen. Op die momenten dachten de meiden dat hun moeder zo geëmotioneerd was door de liefde.

Toen Iris en Kelly twee jaar bezig waren met de studie geneeskunde, besloot ze dat ze bij Levi zou weggaan als haar dochters zouden zijn afgestudeerd. Ze was bang dat hij moeilijk zou gaan doen over geld als ze eerder zou vertrekken. De meisjes hadden een week eerder allebei een kamer gevonden in een studentenhuis en ze waren ontzettend blij met hun nieuwe woonruimte. Tessa wilde niet dat zé hun kamer zouden moeten opgeven door geldgebrek. Want wat Levi ook beweerde over zijn trots en genegenheid voor de tweeling, Tessa wist dat het niet meer was dan apenliefde. Hij kon niet echt liefhebben, behalve als het om hemzelf ging.

En toen ging hij een maand nadat hij was gepensioneerd zomaar dood.

Het was kerstavond, ze hadden gezellig samen gegeten en ze zouden naar een spannende film op Netflix gaan kijken. Iris had de tafel afgeruimd, Kelly had samen met Levi afgewassen en Tessa sneed de chocolacake aan die ze 's middags nog had gebakken.

Levi greep naar zijn keel en fluisterde iets wat ze niet kon verstaan. Het volgende moment gleed hij onderuit.

Kelly gilde, Iris kwam de keuken in rennen en Tessa keek toe hoe hij zijn laatste adem uitblies. Het ging zó snel dat ze niet eens toekwamen aan reanimeren.

De dagen die volgden was het een komen en gaan van vrienden en van haar familie. Iedereen was overstuur, er werd voortdurend gesnikt, men bedolf haar onder beloftes over steun in de toekomst en aandacht voor haar verdriet. Ze onderging het allemaal met droge ogen en na de jaarwisseling kocht ze een afwasmachine.

Vier maanden later ontmoette ze David in de bibliotheek. Het eerste wat hij tegen haar zei was dat ze lekker rook.

Hij glijdt van haar af en slaakt een diepe zucht. 'Hier heb ik jaren van gedroomd. Geloof me, elke gezonde man fantaseert over seks met iemand die zich niet kan verweren. Ik ben daar tegen Josefien altijd eerlijk over geweest en ze heeft vaak aangeboden om zich door mij te laten vastbinden, maar dat wilde ik niet. Het zou een spel zijn geweest en ik wilde geen spel. Ik wilde dwang voor het echie. Begrijp je wel?'

Tessa kan niet naar zijn gezicht kijken.

Hij buigt zich over haar heen. 'Sorry dat ik je heb geslagen, daar heb ik echt spijt van. Josefien wilde altijd graag geslagen worden, maar ik had het jou eerst moeten vragen.'

'Waarom vond Josefien dat fijn?' Misschien helpt het als hij denkt dat ze hem serieus neemt.

Hij kijkt om zich heen. 'Ze hield van pijn, maar niet van pijnlijke vragen. Dit was ons verstophuisje, hier gingen we naartoe als we de stompzinnige vragen van zogenaamde vrienden niet langer verdroegen. Je wil niet weten hoe bot mensen kunnen zijn als ze niet begrijpen dat kinderloosheid je hele leven kan aantasten. Dit huisje kochten we in een opwelling en hier hadden we samen oud willen worden. Het werd haar sterfhuis en dat is nooit onze bedoeling geweest. Ik voel haar hier nog overal, daarom kom ik hier zo graag. Vlak voordat ze stierf zei ze tegen me dat ik weer gelukkig mocht worden met een andere vrouw en jou zou ze hebben goedgekeurd. Maar toen deed je de gordijnen dicht en dat zou ze nooit hebben gewild. Ik weet zeker dat ze van me verwacht dat ik je verwijder.' Hij kijkt Tessa weer aan. 'We gaan het nog twee keer doen.'

'Mag ik dan eerst naar het toilet? Ik heb pijn in mijn buik. Misschien heb ik een blaasontsteking.'

Hij knijpt zijn ogen dicht. 'Concentreer je!' gebiedt hij.

6

Na het liefdeloze leven met Levi was David een verademing waarop ze niet had durven hopen. Het voorbehoud waar ze aanvankelijk last van had verdween snel en ze ontving hem met open armen. Ze begonnen al te praten toen ze elkaar net hadden ontmoet in de bibliotheek en Tessa kon nauwelijks geloven dat zij het was die vrijwel onmiddellijk haar hart uitstortte over de jaren die achter haar lagen.

'Ben je niet woedend op die man?' vroeg David.

Daar moest ze diep over nadenken. Woedend? Misschien, maar dan had ze die woede diep weggestopt, zo diep dat ze hem niet meer kon bereiken.

Hij vond het voor haar pleiten dat ze in staat was om te vergeven en ze sprak deze conclusie niet tegen. Ze kon niet van hem afblijven en elke minuut dat ze niet bij hem was, verlangde ze naar hem. Hij zei dat hij haar wilde uitnodigen voor een weekend aan zee in zijn tweede huis. 'Eigenlijk is het meer een huisje,' voegde hij eraan toe. 'Ik wilde het verkopen toen Josefien was overleden, maar daar heb ik toch van afgezien. Ik vind er nog steeds rust en ik wil je graag meenemen.'

Hoe diep Tessa er ook over nadenkt, ze kan zich geen enkel moment herinneren waarop ze heeft getwijfeld aan zijn woorden of aan zijn verstand. Terwijl ze geen andere keuze heeft dan hem zijn gang te laten gaan, probeert ze de sfeer terug te halen die er tussen hen was. Ze weet dat ze genoot van elke ontmoeting en dat ze zich bij hem vrij en volkomen op haar gemak voelde. Al twee weken nadat ze hem had leren kennen had ze alles wat in haar huis nog van Levi aanwezig was opgeruimd. Zijn kleren, zijn boeken, zijn cd's, zijn tablet, zijn laptop en zelfs zijn horloge verdwenen in zwarte vuilniszakken en werden opgeborgen in de kasten op zolder.

'Ben je echt niet woedend op die man?' herhaalde David.

Maar zij voelde geen woede. Nu wél. Waar is de grenzeloze verliefdheid gebleven die alles beheerste wat ze deed, dacht en zei? Wat is er met het verlangen naar meer, meer, meer gebeurd? Hoe is het mogelijk dat ze op dit moment fantaseert over Levi? Waarom weet ze opeens weer hoe verliefd ze als net gediplomeerde verpleegkundige was op de knappe chirurg die haar maandenlang niet zag staan en dat ze alles uit haar handen liet vallen als hij in de buurt was? Ziet ze nu werkelijk zijn geamuseerde lach? Hoort ze hem nu echt weer dubbelzinnige grapjes maken? Hoe heetten de vrouwen die ze nu voor zich ziet? Ze weet alleen nog dat het afgewezen minnaressen van Levi waren die eindeloos konkelden over hun relatie die niemand een kans van slagen gaf. Het gezicht van zijn secretaresse dat ook tevoorschijn komt, maakt haar bijna blij.

'Wat heb je toch een heerlijk gezin,' zei ze vaak. 'Om jaloers op te worden.'

Ik heb niets, denkt ze. Nu niet en nooit gehad. Als mijn dochters erachter komen dat ik vier maanden na de dood van hun vader al met een andere man in bed lag, willen ze niets meer met me te maken hebben. Ze verlangt opeens zó sterk naar de meisjes dat ze bijna geen lucht krijgt.

'Dat was heerlijk,' zegt David glunderend. 'Nu mag je mee naar de badkamer en omdat je zo bereidwillig bent geweest, zal ik je handen even losmaken.'

Hij grijpt zijn broek die naast het bed ligt en haalt een sleutelbos uit een van de zakken. 'Deze is het. O nee, die is van je enkels. Deze dus.' Hij trekt eerst zijn broek aan, maakt dan haar polsen los en stopt de sleutelbos weer in een broekzak.

Tessa schuifelt naast hem naar de badkamer. Ze vermijdt naar zichzelf te kijken als ze een grote spiegel passeert. Zodra ze op het toilet zit zegt David dat hij dadelijk in de keuken iets gaat eten en als ze hem belooft dat ze straks nog een keertje meedoet, zal hij voor haar ook een boterham klaarmaken.

Ze belooft het.

Hij blijft naast haar staan en ze probeert zich voor te stellen dat ze alleen is. Er gebeurt niets, terwijl ze voelt dat ze haar blaas moet laten leeglopen.

'Je zei toch dat je iets ging eten in de keuken? Doe dat maar. Het lukt niet om te plassen als je naar me staat te kijken.'

'Ik draai me wel om,' antwoordt David. 'Maar ik ga niet weg.'

Hij draait zich om en Tessa concentreert zich op haar blaas.

'Probeer het straks nog maar een keer,' adviseert David. 'Kom mee naar de keuken.'

Tessa schuifelt opnieuw door de lange gang. De betegelde vloer is koud, ze krijgt kramp in haar tenen.

'Aan wie heb je verteld dat je met me naar een huisje zou gaan?' wil David weten.

Ze denkt snel na. Wat is wijsheid? Wat zal hij van plan zijn? Ze kan zich niet voorstellen dat hij haar weer gewoon zal laten gaan. Als ze zegt dat er een paar mensen op de hoogte zijn, gaat hij misschien snel tot actie over. Als ze zegt dat niemand het weet, kan ze misschien tijdrekken. Ze heeft aan niemand iets over David verteld, vooral omdat ze bang was dat iedereen haar de rug zou toekeren. 'Ik heb het aan niemand verteld. Maar overmorgen moet ik werken en als ik niet kom opdagen zal er alarm worden geslagen.'

'Ik vind alarm een mooi woord,' zegt David en hij grinnikt.

7

Het eerste wat ze ziet als ze de keuken binnenschuifelt is de jerrycan op het aanrecht.

David ziet haar kijken. 'Ik wil op deze plek een nieuw huisje laten neerzetten en ik denk dat Josefien dat ook gewild zou hebben. Toen we het kochten vond ik het een krot en ook nog in the middle of nowhere. Ik heb me enorm verzet tegen haar beslissing om het te kopen. Ze zag direct wat we hiervan zouden kunnen maken en ze trok zich niets aan van mijn verzet. Die kleine met haar bolle kont liet zich door niets en niemand tegenhouden als ze eenmaal iets in haar hoofd had. We hebben samen bijna twee jaar verbouwd. Twee jaar! En zonder één onvertogen woord.'

Hij maakt een breed gebaar met zijn arm. 'Ik vind het aan de ene kant een verschrikkelijk idee dat ik dit ga vernietigen en aan de andere kant is het een opluchting. Josefien kreeg borstkanker en ging dood, ons huwelijk is voorbij en ons huisje wordt nooit meer hetzelfde. Het moet weg en daarna kan er een nieuw paleisje voor in de plaats komen.'

'Maar daar zullen geen herinneringen aan Josefien meer zijn, dan ga je die toch missen?' Tessa ziet dat ze hem in verwarring brengt.

'Zou het? Nee, ik denk dat ze er aanwezig zal blijven. Het is niet hetzelfde huisje, maar wel dezelfde plek. Het gaat om de plek. Alles zit stevig in mijn hoofd.'

'Ik vind het hier zo mooi, jullie hebben er hard voor gewerkt, ik zou er nog eens goed over nadenken.' Tessa merkt direct dat deze tekst niet aanslaat.

Zijn ogen dwalen door de ruimte. 'Jij bent hier geweest en dat zal nooit veranderen. Josefien dacht dat ze me een andere vrouw kon toestaan, ik wilde dat zo graag proberen maar het lukt me niet.' Hij wijst naar de jerrycan. 'Benzine, eergisteren getankt bij de pomp. Vijf liter. Benzine fikt goed.'

Tessa voelt een rilling over haar rug lopen. 'Mag ik een deken over me heen? Ik heb het zo koud.'

'Koud? Het is lente,' snauwt hij. 'Eerst een boterham. Ga maar bij de tafel zitten. Wil je wat lezen?' Hij wijst naar het tijdschrift dat op de tafel ligt.

Op hetzelfde moment ziet ze het messenblok op de hoek van het aanrecht, naast het fornuis. 'Ik wil je liever even helpen,' biedt ze aan.

Hij lijkt opeens vrolijk te worden. 'Ook goed.'

Ze moet zich concentreren en opletten, hem aan de praat houden en erachter komen wat hij precies van plan is. Het heeft geen enkele zin om nu te gaan piekeren over de vraag waarom ze niet eerder iets heeft gemerkt wat erop wees dat hij niet spoorde. Het gaat om wat er nu gebeurt en hoe ze hier weg kan komen.

Ze staan naast elkaar bij het aanrecht en Tessa wil niet denken aan hoe dit tafereel eruitziet. Toch is ze zich bewust van het feit dat zij naakt is, dat haar voeten vastzitten aan een ketting en dat ze doet of het de gewoonste zaak van de wereld is dat ze mag kiezen uit pindakaas of chocoladepasta.

'Je mag ook jam,' biedt David aan. 'Neem maar jam, dat vind ik ook lekker. Je hoeft trouwens niet bang te zijn dat je er iets van merkt. Ik geef je straks een sterke slaappil, daar ga je geheid diep van onder zeil. Ik maak het vuur hier in de keuken en ik laat de deuren openstaan, dan is er voldoende rookontwikkeling om je in je slaap te laten stikken. Ik zal je auto netjes bij je voor de deur zetten, maak je daar maar geen zorgen over.'

Hij is stapelgek, hij is levensgevaarlijk en zij is overal ingetrapt. Een weekend aan zee in zijn huisje, lekker eten en drinken en vrijen, héél veel vrijen, alles wat hij beloofde heeft haar blind gemaakt.

'Waar heb ik nou die jam gelaten?' roept hij met duidelijke irritatie in zijn stem. Hij doet een stap opzij en trekt de deur van een van de kastjes boven het aanrecht met een grote zwaai open.

Tessa grijpt snel een van de heften uit het messenblok en trekt er een breed vleesmes uit.

David rommelt in het kastje en draait zich met een pot jam in zijn handen naar haar toe. Het volgende moment wordt het mes uit haar handen geslagen. Ze wankelt.

'Daar ga je spijt van krijgen,' zegt David. Hij zegt nog meer, maar ze hoort niets. Ze ziet alleen zijn lippen bewegen. Hij heeft opeens een glas water in zijn hand en drukt dat tegen haar lippen. Ze drinkt.

De buitenwereld is ver weg. Ze ziet de gezichten van haar dochters voor zich. Ze lachen. Het gevoel dat haar overspoelt veroorzaakt tranen, maar die weigeren uit haar ogen te komen. De hele wereld staat stil.

Op het moment dat ze het bewustzijn verliest, voelt ze nog net dat haar blaas zich leegt.

8

Er zit iets op haar wang en het lijkt of ze iemand zachtjes hoort lachen. Tessa opent haar ogen en schrikt.

Het gezicht van David is heel dichtbij en ze herkent de blik in zijn ogen.

Ze houdt haar adem in.

David streelt met een vingertop over haar wang. 'Zo, schone slaapster, wil je nu eindelijk eens wakker worden?' Alles aan hem is zacht, lief, ontspannen.

Tessa probeert haar voeten te bewegen. Dat lukt. Ze wrijft met de grote teen van haar rechtervoet over de wreef van haar linkervoet en stelt vast dat haar voeten niet meer vastzitten aan een ketting. Haar armen liggen ook vrij langs haar romp.

Ze vraagt hoe laat het is. Het blijkt kwart over drie in de middag te zijn en ze heeft heel diep geslapen door het middel dat David in een glas water had opgelost. Hij vertelt met een ernstige stem dat ze vanochtend een ontzettende nachtmerrie heeft gehad waar ze doodsbang van is geworden en waardoor ze niet meer rustig werd. Hij heeft haar ten einde raad een slaapmiddel laten drinken en hij heeft haar in de tijd dat ze sliep goed in de gaten gehouden. 'Herinner je je iets van die nachtmerrie?' vraagt hij.

Nachtmerrie?

David blijft haar wang strelen. 'Je was totaal de weg kwijt en het lukte me nauwelijks om je tot bedaren te brengen. Je wilde niet dat ik je aanraakte, ik leek de ergste vijand te zijn die je ooit had gehad.' Zijn stem klinkt verwijtend.

‘Ik had geen nachtmerrie,’ antwoordt Tessa. Ze duwt zijn hand weg.

‘Ach meissie toch.’ Er is geen verwijtende toon meer te bespeuren in Davids stem, het lijkt er eerder op dat hij gaat huilen. ‘Ik wilde je zó graag geruststellen, ik wist werkelijk niet wat ik moest doen om je weer rustig te krijgen. Daarom heb ik een slaaptablet in water opgelost en je dat laten drinken.’ Hij spreidt zijn handen. ‘Ik wist me echt geen raad, je was er zó van overtuigd dat ik je wilde vermoorden. Je hebt me weleens verteld dat je altijd al nare nachtmerries had, maar ik wist niet hóé naar die konden zijn. Weet je er nog iets van? Weet je waarom je dacht dat ik je wilde vermoorden?’

Tessa kijkt naar hem en ze ziet wanhoop en verbijstering. Ze draagt haar slip en haar shirt, haar handen en voeten zijn niet geboeid.

‘Wil je erover praten? Misschien helpt het als je het me vertelt. Ik begreep weinig van wat je zei, dacht je écht dat ik je in brand wilde steken? Zal ik een pot thee zetten en een paar boterhammen toasten? Je hebt vast honger.’

‘Ik wil liever naar huis,’ zegt Tessa. Eerst hier weg zien te komen, denkt ze. Mijn auto zal toch nog wel op de oprit staan? Ze voelt aan haar wangen. Geen pijnlijke plekken. Ze bekijkt haar polsen. Geen striemen van handboeien. ‘Je liet me plassen op een po, ik was aan handen en voeten gebonden met boeien en kettingen, je sloeg me.’ Ze hoort hoe kil haar stem klinkt.

David slaat een hand voor zijn mond. Hij sluit zijn ogen en opent ze weer. ‘Kom alsjeblieft met me mee, dan inspecteren we samen het hele huisje en dan zul je zelf zien dat hier geen po is en geen boeien en geen kettingen.’

‘Je wilde het huisje in brand steken en mij achterlaten,’ gaat ze door. ‘Je had een jerrycan waar benzine in zat. Ik wilde je neersteken met een keukenmes, maar je hield me tegen. En ik plaste op de vloer.’

Hij staart naar haar alsof ze een gevaarlijk monster is. ‘Het was een nachtmerrie, lieverd, een verschrikkelijke nachtmerrie en het spijt me voor je dat je dit moest meemaken.'

'Mijn nachtmerries waren nooit zo verschrikkelijk en nooit zo levensecht,' stribbelt ze tegen, maar ze merkt dat ze begint te twijfelen. 'Waar is die po gebleven?'

Hij steekt een hand uit. 'Kom alsjeblieft mee, we gaan alle ruimtes centimeter voor centimeter nalopen. Geloof me alsjeblieft, het was een nachtmerrie.'

Ze aarzelt.

'Je bent het beste wat me na het verlies van Josefien is overkomen en ik wil je niet verliezen. Denk je echt dat ik je kwaad zou willen doen? Kijk naar me, ik ben David, je minnaar, de man met wie je al een tijdje de sterren van de hemel hebt gevreeën. Waarom zou ik je slaan? Waarom zou ik je vernederen? Ik ben juist trots dat je met mij samen wil zijn, ik hoop dat we onze relatie binnenkort officieel kunnen maken. Ik hou van je, Tessa, ik wil alles doen om je te houden.'

'Toch wil ik nu liever naar huis,' zegt Tessa.

9

Ze zou het liefst tegen hem gezegd hebben dat ze hem niet wil laten meerijden, maar dat durft ze toch niet. Ze weet niet hoe hij zal reageren en ze wil op geen enkele manier gevaar lopen. Hij kan vertellen wat hij wil, ze gelooft niet dat ze een verschrikkelijke nachtmerrie heeft gehad. Ook al heeft ze het hele huisje samen met hem geïnspecteerd en is er nergens iets te bespeuren geweest van handboeien en kettingen, noch van een jerrycan en zeker niet van een po, ze kan niet geloven dat er werkelijk niets is gebeurd. Ze herinnert zich elk woord, elk gebaar, elke blik en vooral de onbeschrijflijke angst toen hij aankondigde dat hij haar levend zou laten verbranden. Dat is gebeurd, ze weet het zeker. Ze weet ook nog wat ze heeft gedacht, hoe ze heeft beseft dat hij stapelgek is en hoe verbijsterd ze was omdat ze nooit iets aan hem heeft gemerkt.

Het was geen nachtmerrie, er zit hier iets helemaal niet goed en ze moet zo snel mogelijk in haar eigen huis zien te komen en iemand bellen die ze kan vertrouwen. Ze wil haar dochters zien, ze wil haar meiden zo verschrikkelijk graag omhelzen en haar excuses aanbieden omdat ze zo kort na de dood van hun vader al een andere man heeft binnengelaten. Ze wil dat ze weten dat het een eenmalige bevlieging is geweest die niet meer herhaald zal worden. Maar kan ze misschien beter over David zwijgen? Dan hoeft ze niets uit te leggen en is het ook niet nodig om iets te vertellen over het verschrikkelijke weekend met hem. Alleen het idee dat ze dit aan iemand zou moeten vertellen, beneemt haar bijna de adem. Hoe kun je zoiets uitleggen zonder voor schut te staan? Op welke manier moet je beschrijven dat je op een po hebt zitten plassen en dat je later je eigen urine langs je benen hebt voelen lopen? Ze kan op voorhand al niet verdragen dat bij de persoon aan wie ze het zal vertellen het afgrijzen van iemands gezicht zal zijn af te lezen. Ze wil niet dat wie dan ook de emotie ziet die zich zeker bij haar zal aandienen. Toch wil ze huilen, of schreeuwen, het liefst heel hard schreeuwen.

Ze neemt zich voor alleen te huilen als er niemand in de buurt zal zijn, dat ze het dan zal mogen uitschreeuwen en de vernedering eruit mag krijsen.

Ze wil een manier vinden om David te vermoorden zonder sporen na te laten.

Het is absoluut geen nachtmerrie geweest en ze wil hem nooit meer zien.

Hij zit de hele weg stil naast haar. Ze voelt hem naar haar kijken, maar ze houdt haar ogen strak op de weg gericht. Ze rijdt veel te hard, maar het kan haar niet schelen dat er later misschien verkeersboetes in de brievenbus zullen liggen. Het enige wat telt is hem zo snel mogelijk afzetten voor zijn huis, naar haar eigen huis rijden en douchen, douchen, douchen tot ze hem van zich heeft afgespoeld.

Hij vraagt of ze alsjeblieft nog even wil binnenkomen voor een kop koffie. Ze maakt een afwerend gebaar. Hij slaakt een diepe zucht, vist zijn tas van de achterbank en stapt uit.

Ze verwacht dat hij de deur van haar auto met een klap zal dichtslaan, maar dat gebeurt niet. Integendeel, hij sluit de deur behoedzaam.

Ze geeft gas en scheurt de straat uit. En dan komen de eerste tranen.

10

Eerst vergrendelt ze de voordeur, daarna controleert ze of de achterdeur op slot zit, vervolgens inspecteert ze de ramen van de slaapkamers. Als ze er zeker van is dat er niet zomaar iemand binnen kan komen, loopt ze naar de badkamer en draait de kraan van de douche open. Ze spuit de badspons vol schuim en sopt zichzelf in en nog een keer en nog een keer. Ze boent haar borsten, haar buik en voordat ze met de spons tussen haar benen aan de gang gaat, spuit ze er nog meer schuim op. Ze klemt haar lippen op elkaar en gaat door, ook al doet ze zichzelf pijn. Zal ze zich ooit weer schoon voelen, zal het ooit weer mogelijk zijn zich daar te laten aanraken?

Ze vloekt, ze snikt, ze schreeuwt. Als het haar eindelijk lukt om de kraan dicht te draaien, haar badjas aan te trekken en naar de keuken te lopen ontdekt ze dat ze een halfuur onder de douche heeft gestaan. Haar dochter Iris zou haar berispen als ze dit wist, want Iris vindt dat je met lang douchen te veel water en vooral te veel energie verspilt. Het lukt Tessa om te glimlachen als ze dit denkt.

Ze moet iets eten, merkt ze. Haar handen trillen, ze heeft een wee gevoel in haar maag. In de vriezer zit nog een portie pasta met spekjes en spinazie. Eerst ontdooien in de magnetron, daarna zachtjes opwarmen in een pannetje.

Het is goed om bezig te zijn met dingen waarbij je niet diep na hoeft te denken, gewoon terugkeren naar het normale leven, naar bekende handelingen en geen ruimte bieden aan verschrikkelijke gedachten. Niet huilen, dat is hij niet waard.

Ze huilt, en huilt, en huilt. Ze voelt zich opnieuw ontzettend smerig en nadat ze het bord pasta heeft leeggegeten rent ze weer naar de badkamer.

Als ze later opnieuw de keuken in loopt, hoort ze haar mobiel gaan. Op de display ziet ze het nummer van David.

Ze blokkeert het nummer. Daarna belt ze eerst Iris, maar ze krijgt haar voicemail. Ze spreekt geen bericht in en belt haar andere dochter. Kelly neemt gelukkig snel op. Het lukt Tessa haar stem in bedwang te houden als ze vraagt of Kelly een paar nachten bij haar wil komen slapen. Gelukkig stelt haar dochter geen moeilijke vragen, maar belooft dat ze over een uur bij haar zal zijn. Ze zegt dat Tessa de witte wijn maar vast koud moet zetten. De wetenschap dat er voorlopig iemand in huis zal zijn maakt haar rustiger. Ze probeert te bedenken welke reden ze zal geven voor haar verzoek, want ze weet dat Kelly vragen gaat stellen. Ze wil niet praten over wat er is gebeurd, zeker niet tegen haar eigen kind. Maar ze weet ook dat ze het aan iemand moet vertellen. Dit is geen geval van zwijgen en zand erover, dit moet ze op de een of andere manier zien te verwerken. Hoe krijgt ze de chaos in haar hoofd onder controle? Gewoon doen, gewoon doen, herhaalt ze in gedachten. Ga maar even kijken of er nog mailberichten zijn. Misschien is er een uitnodiging voor een feest, er zijn binnenkort verschillende vrienden jarig.

Ze opent haar mail. Er zijn drie berichten van David.

Ze aarzelt. Wissen en direct blokkeren?

Bij het derde bericht zit een bijlage. Ze opent het bericht.

De foto in de bijlage gaat online als je mijn mobiele nummer vanavond om 22 uur nog hebt geblokkeerd. De andere foto's volgen dan vanzelf.

Tessa opent de bijlage.

Dit kan niet waar zijn.

11

Kelly klemt haar armen om Tessa heen en geeft haar een stevige kus op haar wang. ‘Je gaat me toch niet vertellen dat je een mislukte blind date achter de rug hebt? Maak je niet bezorgd over hoe Iris en ik zouden reageren als je op zoek zou gaan naar een man, we gunnen je een nieuwe liefde. Wat zeg ik? We zouden het toejuichen.’ Ze schuift Tessa een stukje van zich af en kijkt haar aan. ‘Wij waren niet blind, mama, we hadden echt wel in de gaten dat je niet gelukkig was met papa. Maar we wilden niet tussen jullie in gaan staan en daarom zwegen we. Hadden we er eerder met je over moeten praten?’

Tessa wil niet opnieuw gaan huilen, maar ze kan de tranen niet tegenhouden.

Kelly trekt haar weer tegen zich aan. ‘Gooi het er maar uit, als dat helpt. Heb ik gelijk? Was je bezig met een man?’

Dit is een mogelijkheid om te praten, maar Tessa weet dat ze de waarheid niet over haar lippen zal krijgen. Niet tegenover haar dochter. ‘Ik voel me zo dom,’ weet ze uit te brengen. ‘Ik ben echt te oud om nog in de prins op het witte paard te geloven.’

‘Welnee,’ zegt Kelly en ze lacht, ‘daar is niemand ooit te oud voor, volgens mij. Jij zeker niet! Kom op, je bent net vijfenveertig, je ziet er goed uit, de mannen zullen voor je in de rij staan als je je openstelt voor een relatie. Kom, we gaan in de keuken zitten en dan vertel je me wat er is gebeurd.’

Tessa volgt haar dochter naar de keuken. Ze hoort de klok in de woonkamer negen keer slaan. Ze heeft nog een uur de tijd om het nummer van David te deblokkeren. En dan? Is ze dan van hem verlost? Hoeveel foto's heeft hij nog? Hoe is het mogelijk dat ze niet in de gaten heeft gehad dat hij foto's van haar maakte? Hoe heeft hij dat geflikt?

'Eerst koffie,' beslist Kelly. 'Daarna wijn.' Ze grijpt naar de koektrommel. 'Ah, kokoskoekjes met chocola. Die halen het eind van de dag niet.' Ze eet twee koekjes achter elkaar op. 'Nou, vertel,' zegt ze met volle mond. 'Hoe heette hij en waar heb je hem opgeduikeld?'

Ze vindt het komisch, denkt Tessa. Misschien is het een goed idee om dit komisch te maken. 'Bij de kassa van de Appie,' verzint ze ter plekke. 'Hij was vóór me met afrekenen en hij stond zó intens naar me te kijken dat ik mijn boodschappen naast de band legde in plaats van erop. Kun je je dat voorstellen? De hele vloer vol pakken toast, vleeswaren en zakken brood.'

'O, néé. Wat heb je gedaan?'

'Ik heb mijn boodschappen zo snel mogelijk opgeraapt.'

'En toen hielp hij je natuurlijk? En verder? Nodigde hij je uit voor een kop koffie?'

Tessa neemt ook een kokoskoekje. 'Precies.'

'En voor je het wist... Je bloost, mama. Wat heb je uitgespookt? Alles vertellen, niets achterhouden. Niet te geloven, mijn eigen moeder die een man opduikelt bij de Ap. Of was het minder leuk dan ik denk?'

Tessa neemt nog een koekje.

'Hij heeft je toch niet mishandeld of zo?'

'Nee hoor, hij heeft me daarna gewoon gedumpt met de mededeling dat ik toch zijn type niet was.'

'Getver! Banaal, zeg. Je had dus de verkeerde te pakken. Misschien beter dat je er snel achter kwam, maar ik kan me voorstellen dat het je raakt. Was er echt niet méér aan de hand? Waarom wil je dat ik een paar dagen kom logeren?'

'Ik voel me zo alleen,' zegt Tessa.

Kelly aait haar hand. 'Ik blijf. Volgende keer beter. Er komt een volgende keer, dat weet ik zeker. Je bent een leuke vrouw, je ziet er goed uit en je bent toe aan liefde. Misschien had je eerder bij papa weg moeten gaan, maar ik denk dat je bleef voor Iris en mij. Klopt, hè? Was je bang dat wij financieel in de problemen zouden komen als je hem verliet?'

Tessa schrikt. 'Kind toch.'

'Dit kind had haar ogen niet in haar zakken zitten en anders had mijn zusje me het wel duidelijk gemaakt. Nu verder, je hebt nog een leven over. Ik stel voor dat je op Tinder gaat,' antwoordt Kelly.

Tessa staat op. 'Even naar het toilet.' Zodra ze de deur van het toilet heeft gesloten, deblokkeert ze het mobiele nummer van David.

12

Ze voelt dat ze te veel witte wijn heeft gedronken, de roes is lekker. Door die roes blijft David op de achtergrond, maar hij is wél aanwezig. Hij sluipt om haar heen en bezorgt haar de ene rilling na de andere.

Ze denkt aan de rondgang door het huisje die hij met haar heeft gemaakt. Ze wilde niet, maar hij stond erop. Natuurlijk was er niets te vinden, maar dat overtuigde haar niet.

Waar kon hij die po verstopt hebben?

Wat had hij met de handboeien en de ketting gedaan?

Waar was de jerrycan met benzine gebleven?

Ze heeft niet lang geleden ergens een artikel gelezen over geheime ruimtes in een huis die heel slim waren weggewerkt voor nieuwsgierige ogen. Ze kon geen enkele aanwijzing ontdekken die het bestaan van een geheime ruimte mogelijk maakte. Toch moeten de po, de handboeien, de ketting en de jerrycan ergens zijn gebleven.

Ze herhaalt de vragen voortdurend in gedachten en probeert op die manier geen aandacht te schenken aan herinneringen waar ze eerst bijna voorzichtig trots op is geweest en die haar nu misselijk maken.

Kelly wil graag nog een uurtje studeren en ze heeft zich met een pot koffie teruggetrokken in de studeerkamer van Levi. Het idee dat haar dochters altijd in de gaten hebben gehad dat hun moeder niet gelukkig was met hun vader maakt Tessa weemoedig. Het had allemaal zo anders kunnen lopen als ze niet zo huiverig was geweest voor financiële consequenties en met haar meiden ergens anders was gaan wonen. Dan hadden Iris en Kelly minder last gehad van de spanningen tussen haar en Levi, want het is Tessa nu wel duidelijk dat de slechte sfeer in huis impact heeft gehad op haar kinderen.

Ze haat Levi plotseling heftig met terugwerkende kracht.

Er komt een geluid uit haar mobiel en ze weet meteen dat David een bericht heeft gestuurd. Op de display staat de melding van een app.

Het bericht komt inderdaad van David.

Ik ben niets van plan wat jou kwaad kan doen. Laat me je minnaar zijn, ik ben gek op je. En ik kan er nu eenmaal niet tegen om te worden afgewezen, zeker als daar geen reden voor is. Laten we in ieder geval met elkaar praten, voor mijn part op neutraal terrein. In een café, bijvoorbeeld. X

De X zorgde ervoor dat de pasta met spekjes en spinazie de verkeerde kant op komt.

Ze trekt schone kleren aan, spoelt een aantal keren haar mond en doet een paar ademhalingsoefeningen. Daarna maakt ze een bericht.

Een van mijn dochters logeert een paar dagen bij me. Ik wil voorlopig rust om na te denken. Je hoort van me als ik me beter voel.

Ze verzendt het bericht en vraagt zich af of ze hier goed aan doet. Wie zou in aanmerking kunnen komen om hier met haar over te praten? Ze heeft een paar collega's met wie ze goed kan opschieten en met wie ze regelmatig na werktijd een borrel gaat drinken. Hun gesprekken gaan altijd ergens over en ze appen met elkaar als er iets belangrijks te melden valt. Maar als ze aan hen vertelt wat haar is overkomen, zal ze waarschijnlijk elke keer als ze elkaar zien beseffen dat ze iets over haar weten wat ze zelf het liefst wil vergeten.

'We gaan op de rand van het bed zitten, dan heel voorzichtig staan, even wachten en daarna laten we ons netjes op de po zakken. Wat goed van mij, hè, dat ik hem heb bewaard?'

'Nu wel een beetje meewerken, ik weet dat je het kunt.'
'Geloof me, elke gezonde man fantaseert over seks met iemand die zich niet kan verweren.'

Laat die stem zijn bek houden! Laat iemand die keel dichtknijpen, een mes tussen zijn ribben steken, hem ophangen, zijn schedel inslaan!

Laat hem sterven! Laat hem kronkelen van pijn, naar adem snakken, krijsen van angst, smeken om genade.

Hoe is het mogelijk dat deze gedachten in haar opkomen?

Maar het was géén nachtmerrie!!!

Er is nog een bericht binnengekomen.

Je hebt een week de tijd.

13

Tessa heeft serieus overwogen om zich ziek te melden, maar het lijkt haar toch beter om aan het werk te gaan. Als ze werkt moet ze zich concentreren en dan kan ze zich niet permitteren om haar gedachten hun eigen gang te laten gaan. Het is belangrijk om het normale leven weer op te pakken en vooral om het zelf te regisseren. Geen plaats bieden aan beelden en herinneringen die geen bestaansrecht hebben. Misschien moet ze hulp zoeken bij iemand die niet tot haar vriendenkring behoort, bij een professional. In het ziekenhuis werkt een vertrouwenspersoon, Tessa heeft een van haar collega's iets over haar horen zeggen. Hoe heet die vrouw? Iets met An. Annie? Ankie? Anja? De collega heeft gesprekken met haar gehad in de periode dat ze niet kon werken na de wiegendood van haar dochter. Ze vertelde dat ze veel aan haar heeft gehad en dat ze iedereen die problemen heeft zo'n vrouw gunt.

Tessa weet zeker dat ze alleen met een vrouw zal kunnen praten over wat er met haar is gebeurd. Ze kan alleen aan een vrouw vertellen hoe vernederd ze zich voelt, hoe misbruikt. Hoe woedend ze is, hoeveel zin ze heeft om wraak te nemen. Ze is ervan overtuigd dat ze nooit iets zal doen wat haar in de problemen kan brengen, maar ze wil kunnen zeggen welke fantasieën er door haar brein flitsten. Verbaal moorden, dat wil ze. Onder deskundige begeleiding.

Het is goed om te gaan werken. Kelly heeft vandaag college en voordat ze vanmorgen vertrok vertelde ze dat ze Iris heeft gebeld en dat Iris ook een paar nachten wil komen slapen. Ze hebben samen afgesproken dat Tessa een verwenweek gaat krijgen.

Je hebt een week de tijd.

Hoezo: *ik kan er nu eenmaal niet tegen om te worden afgewezen, zeker als daar geen reden voor is*?

Een beter voorbeeld van haar conclusie dat hij twee gezichten heeft, is waarschijnlijk niet mogelijk. Maar er kan nog veel gebeuren in zeven dagen, ze moet alleen alles goed overzien en de juiste beslissingen nemen. Werken kan voor afleiding zorgen en ze houdt van haar werk.

Toen de tweeling bijna een jaar was, vond Levi dat het tijd werd voor Tessa om weer aan het werk te gaan. Hij verdroeg geen ongeëmancipeerd gedrag in zijn directe omgeving en hij regelde een au pair. Tessa hoopte dat zijn kille houding veranderde als ze hem tegemoet zou komen en ze meldde zich bij de afdeling personeelszaken van het ziekenhuis waar ze eerder in dienst was geweest. Er bleek een vacature te zijn op de geriatrische afdeling. Levi verklaarde haar kort en krachtig voor gek als ze op die vacature zou solliciteren. Je moest in zijn beleving zelf een beetje seniel zijn om met een verpleegkundig diploma je energie te willen verspillen aan oude billen wassen, kwijl afvegen, eten voeren en zeker weten dat je patiënten het pand alleen zouden verlaten via het mortuarium. 'Daar ben ik mee getrouwd,' verzuchtte hij. 'Toen de ambitie werd uitgedeeld, stond jij niet eens in de rij.'

Ze zou gewend hebben moeten raken aan de pijn op haar borstkas als hij dergelijke opmerkingen maakte. Toch lukte dat niet en behalve de pijn keerde ook altijd het loodzware gevoel in haar benen terug dat haar belette om zich vrij en vrolijk te voelen. De liefdeloosheid hakte erin, het gebrek aan respect manifesteerde zich steeds opnieuw en bleek iedere keer een open wond te zijn. Ze had hem moeten verlaten, maar ze was een lafbek die in wonderen bleef geloven. Als de wanhoop haar dreigde te verstikken probeerde ze verklaringen te vinden voor het gedrag van haar man. Er moest een reden zijn waarom hij zo star, onaardig en rechtlijnig was en die reden zou veel met háár te maken kunnen hebben. Hij was ooit een attente minnaar met een sexy uitstraling en een enorm libido. Waar was die persoon gebleven?

Het moest echt iets met háár te maken hebben.

En toen ging Levi dood en was daar opeens David die in niets leek op de echtgenoot die ze was kwijtgeraakt.

Je hebt een week de tijd.

Ze moet hulp zoeken.

14

Ze heeft zich voorgenomen om aan niemand te laten merken hoe ze zich voelt. Dat is haar alle jaren dat ze met Levi samen was gelukt, haar werk bleek al vanaf de dag dat ze in dienst trad een mogelijkheid om pijn en teleurstelling opzij te zetten. Nadat Levi was overleden adviseerden haar dochters haar een tijdje vrij te nemen, maar Tessa wilde weg uit het huis waar ze zijn aanwezigheid nog voelde. Ze had er serieus rekening mee gehouden dat hij alles wat hij bezat, dus ook het huis waar ze samenwoonden, had nagelaten aan hun kinderen, ze had zelfs gedacht dat hij ook de meisjes testamentair zou passeren, maar Levi bleek geen testament te hebben gemaakt en daardoor was zij zijn erfgenaam, samen met hun dochters. Toen ze het idee opperde om het veel te grote huis te verkopen en op zoek te gaan naar een appartement en dan ook al een deel van het erfdeel van Kelly en Iris uit te betalen, kreeg ze te maken met veel weerstand en ook woede. Daarom blies ze de plannen af en ging snel weer aan het werk.

De hele erfeniskwestie lijkt een futiliteit na wat er is gebeurd in het huisje van David. Het is nu vooral belangrijk om te bedenken op welke manier ze hem uit haar buurt kan houden en wat ze moet doen als hij foto's van haar dreigt te verspreiden. Alleen al denken aan de foto die hij heeft gestuurd, maakt haar misselijk. Wat is er te zien op de andere foto's? Hoe kan hij deze opnames gemaakt hebben? Wat is er mis met haar dat ze niets in de gaten heeft gehad?

Het vrijen met David heeft plaatsgevonden in een roes, een gelukzalige roes van verlangen in combinatie met alcohol. Ze liet zich helemaal gaan en daardoor heeft ze niet in de gaten gehad wat er allemaal om haar heen gebeurde. Als ze daar te diep over nadenkt, wordt ze vooral boos. Maar ook angstig en misselijk. Ze weet dat ze actie moet ondernemen, maar eerst wil ze werken. Luisteren naar mensen, geruststellen, voorlichten, bewijzen dat werken op een geriatrische afdeling van een ziekenhuis meer is dan billen afvegen, kwijl verwijderen en mensen naar het einde van hun leven begeleiden. Ze wil voldoening voelen als het lukt om iemand een fijne plek in een zorginstelling te bezorgen of met voldoende huishoudelijke ondersteuning terug te plaatsen in het eigen huis. En ze wil ophouden met zich afvragen hoe het mogelijk is geweest dat een hoogopgeleide man als Levi op zo'n kortzichtige manier kon praten over mensen die zorg nodig hadden. Werken zal helpen.

Ze is totaal niet voorbereid op de angst die haar bespringt vanaf het moment dat ze de voordeur uit stapt en naar haar auto loopt. Ze kijkt voortdurend om zich heen, alsof ze verwacht dat David ergens tevoorschijn kan komen om haar aan te vallen. De angst blijft aanwezig als ze op weg is naar het ziekenhuis en zodra ze uit haar auto stapt in de parkeergarage, holt ze naar het trappenhuis, rent alle trappen op tot ze in de hal is en staat hijgend haar voorhoofd af te vegen. Eerst moet ze zeker weten dat hij hier niet ergens rondloopt en pas als ze hem nergens ziet, volgt ze een paar mensen de lift in. Ze beeft van top tot teen en ze merkt dat ze wordt bekeken. Ze sluit haar ogen, concentreert zich op haar ademhaling en maant zichzelf tot rust. Toch kan ze niet voorkomen dat ze als een opgejaagd dier het afdelingskantoor binnenvalt, direct vragen krijgt over wat er aan de hand is en gevloerd wordt door een heftige huilbui. Het afdelingshoofd Paula neemt haar mee naar haar kantoor en haalt koffie. 'Vertel maar,' zegt ze.

Alle voornemens om er met niemand die ze kent over te praten verdwijnen. Alles komt terug, vanaf het moment dat ze besloot om de gordijnen dicht te trekken tot het besef dat ze haar blaas liet leeglopen. De woorden rollen naar buiten met een sneltreinvaart. Ze spuugt ze uit.

Ze kotst ze uit.

Paula pakt nu en dan haar handen vast, strijkt met haar vingertoppen over Tessa's polsen, knikt, schudt haar hoofd, zucht en zwijgt. Als Tessa eindelijk ophoudt met praten, vraagt Paula of ze aangifte wil doen.

Tessa haalt haar schouders op. 'Waarvan? Er was in dat huisje niets te bekennen van alles wat hij had gebruikt en toen ik thuiskwam heb ik me supergrondig gewassen.'

'En de foto die hij je mailde? Die is er toch nog? En het ultimatum dat hij stelde? Dat kun je ook laten zien. Dit komt neer op bedreiging en dat is strafbaar. Je kunt van de politie eisen dat ze discreet met de foto omgaan.'

De foto.

Tessa heeft tot dat moment het beeld dat steeds tevoorschijn dreigde te komen kunnen negeren. David moet de foto gemaakt hebben toen ze een paar minuten van de wereld was nadat ze haar vingers de gelegenheid gaf om af te maken waar hij aan was begonnen en wat niet tot een gewenst resultaat had geleid. Hij had zich verontschuldigd dat hij haar geen hoogtepunt kon laten bereiken en liep daarna snel de kamer uit. Ze hoorde hem rommelen in de keuken en ze aarzelde of ze zou doen waar ze op dat moment ontzettend veel zin in had. Maar het verlangen tegenhouden was geen optie geweest.

Op de foto is vastgelegd dat ze zich alleen op de wereld waande en geen flauw benul had van pottenkijkers. Als ze dat wél had gehad, zou ze haar benen minder wijd gespreid hebben, haar mond gesloten hebben gehouden en haar handen hooguit haar tepels hebben laten beroeren.

Vanaf welke plek kan hij haar hebben gefotografeerd? Maar wat doet het ertoe? De foto bestaat en mag door niemand worden bekeken, ook niet door de politie.

'Denk goed na over een aangifte,' adviseert Paula. 'Mag ik weten hoe die man heet en waar hij woont?'

Een beetje verbouwereerd geeft Tessa Davids naam en adres.

Paula knikt. 'Juist. Laat me iemand bellen die nu voor jou van betekenis kan zijn.' Ze pakt haar mobiel. 'Ze heet Amber, ze is psychiater en ze heeft veel ervaring met het begeleiden van vrouwen die te maken hebben gehad met seksueel geweld. Praat met haar, Tessa, zo snel als mogelijk is.' Ze houdt het toestel tegen haar oor, luistert en steekt een vinger op. 'Ha Amber, met Paula. Ik heb Tessa bij me, een medewerkster van mijn afdeling, en ik denk dat je haar met spoed moet zien. Is dat mogelijk?' Ze luistert weer en lijkt verrast te zijn. 'Amber heeft net een afzegging gehad, ze kan je over een uur ontvangen.'

Tessa aarzelt.

'Ga maar,' zegt Paula. 'Werken lukt vandaag echt niet. Neem tijd voor jezelf, dat komt je toe. Je verhaal is veilig bij mij, maak je daar geen zorgen over. Maar praat alsjeblieft met iemand die je verder kan helpen. Amber is voor jou de juiste persoon. Laat niet over je heen lopen, je bent een waardevol mens. Die David gaat ophouden met dreigementen, hij gaat het zélf oplopen, het liefst goedschiks maar als het niet anders kan desnoods kwaadschiks.'

'Kwaadschiks is prima,' zegt Tessa. Ze aarzelt of ze de vraag zal stellen die in haar opkomt.

'Vraag maar,' moedigt Paula haar aan.

Tessa glimlacht. 'Waar ken jij Amber van?'

'Amber is mijn oudere zus. Wat je aan haar vertelt, blijft tussen jullie. Daar kun je op rekenen.'

Tessa wil nog vragen waarom Paula Davids naam en adres wilde weten, maar ze besluit die vraag niet te stellen. Haar hoofd zit te vol voor welk antwoord dan ook.

HET DUO

PAULA

Soms lukt het om er een paar dagen niet aan te denken, maar er is weinig nodig om alles weer terug te brengen. Vandaag volgen de herinneringen haar op iedere plek waar ze staat en bij alles wat ze denkt.

Dat komt door het verhaal van Tessa.

'Mama is weer ziek,' zei haar vader. 'De dokter is geweest, ze moet rust hebben. Als jij de badkamer opruimt, zal ik ontbijt maken. Zachtjes doen, anders wordt mama wakker.'

Paula gehoorzaamde.

Ze zat net twee weken in de eerste klas van de havo en ze was een dag eerder voor de eerste keer ongesteld geworden. Haar moeder had haar meegenomen naar het winkelcentrum en ze had bij de juwelier een ringetje mogen uitkiezen. De buikpijn werd vanzelf minder als je een cadeautje kreeg, beweerde haar moeder. Er zat een steentje in het ringetje dat glinsterde in de zon. 'Nu ben je een echte vrouw,' zei ze.

Toen Paula het ringetje aan haar vader liet zien, gaf hij haar heel voorzichtig een kus.

Haar zus werd gebeld en ze feliciteerde haar. 'Ik kom zondag langs,' zei ze. 'Dan gaan we van alles bespreken.'

Paula had de buurvrouw links al vaak tegen de buurvrouw rechts horen zeggen dat het niet slim was geweest van haar ouders om na het eerste kind nóg een baby te nemen, omdat door de zwakke gezondheid van haar moeder het eerste kind eigenlijk al te veel was geweest. Haar vader verbood haar naar die praatjes te luisteren of erop te reageren. 'We zijn heel blij met jou,' benadrukte hij. 'Je bent een geweldige dochter en je zorgt goed voor je moeder. Ik ben trots op je.'

Als haar vader zei dat hij trots was, werd ze blij. Haar vader was haar held, ze wilde hem helpen met alles waar hij hulp bij nodig had. Zelfs na de eerste keer dat hij 's nachts naar haar toe kwam, bleef ze haar best doen om hem tevreden te stellen. Het was hun geheim, benadrukte haar vader keer op keer, ze mocht er met niemand over praten want niemand zou het begrijpen.

Paula zweeg.

Ook tegen haar zus.

Het komt door de manier waarop Tessa het vertelde. Ze beschreef de angst die met geen enkele angst te vergelijken valt en die je alleen kunt uitleggen aan vrouwen die hetzelfde hebben ervaren. Angst die over je heen komt vallen, je weerloos maakt en je verlamt. Een angst die je ademhaling overneemt, je gedachten uitschakelt, je lichaamstemperatuur laat dalen en je een vreemde in je eigen lijf laat voelen.

Terwijl Tessa alles vertelde, realiseerde Paula zich dat ze vrij recent een soortgelijk verhaal had gehoord. Toch drong het pas tot haar door wie vrijwel hetzelfde verhaal had verteld toen ze hoorde dat het om David Westervink ging.

Tessa kan nu bijna bij Amber zijn.

Paula grijpt haar mobiel en belt haar. 'Even nog wat achtergrondinformatie,' zegt ze. 'Het gaat om David Westervink. Laten we snel afspreken.'

Amber stemt toe.

Over tien minuten begint het afdelingsoverleg. Paula neemt twee pijnstillers in en ze hoopt dat ze daarmee de stampende hoofdpijn kan verdrijven.

DAVID

15

De vrouwen komen lachend het café binnen en ze kijken naar hem. Hij weet niet wie van de twee hij de mooiste vindt.

De ene vrouw is tamelijk klein, de andere ruim een kop groter. De kleinste is slank, de grote heeft een behoorlijke bos hout voor de deur en is over de hele linie behoorlijk gevuld, maar in de juiste verhouding. Dat is goed, David houdt niet van dikke vrouwen. Wel van stevigheid die soepel en kneedbaar is.

De vrouwen hebben allebei een prachtige bos roodbruin haar en als ze dichterbij komen ziet hij dat ze ook allebei bruine ogen hebben. Zouden ze zussen zijn?

Ze blijven naar hem kijken.

Hij heeft de neiging om even te controleren of er niet een knoopje van zijn overhemd is losgesprongen en hij krijgt het warm bij de gedachte dat hij tien minuten geleden op het toilet misschien de sluiting van zijn jeans niet goed heeft dichtgeritst.

De grootste vrouw wijst naar de lege krukken naast hem en vraagt of ze vrij zijn.

Hij maakt een uitnodigend gebaar en antwoordt dat hun gezelschap hem een genoegen zal zijn.

'Hoe hoffelijk,' zegt de kleinste vrouw, terwijl ze naast hem gaat zitten. Haar mond glimlacht.

Hij probeert een reden te bedenken waarom haar ogen zo kil zouden kunnen zijn. Teleurgesteld in de liefde, bedrogen, verlaten, of valt ze steeds op het verkeerde type? Alles is mogelijk met zulke ogen.

Hij vraagt of hij de dames iets te drinken mag aanbieden en stelt voor om eerst nader kennis te maken. Als hij zijn naam wil noemen, heft de vrouw naast hem een hand op. 'We zijn graag incognito. Dus noem maar een nepnaam. Ik ben vandaag Meisje, zij is Zus.' Haar bruine ogen blijven kil. Opeens ziet hij dat ze lenzen draagt.

Heeft ze wel bruine ogen of moeten die lenzen iets verbergen?

Meisje en Zus. Hoe kinderachtig!

Hij heeft geen zin in naamspelletjes. 'Ik heet David.'

'Leuk bedacht,' antwoordt Zus. Ze laat zich van haar kruk glijden en komt dicht bij hem staan. 'Dit is een leuke man,' zegt ze tegen de vrouw die zich vandaag Meisje wil noemen. 'Hij heeft slimme ogen en hij ziet er goed uit.' Ze buigt zich naar hem toe. 'Waarom zit jij hier alleen? Ruzie gehad thuis? Blauwtje gelopen? Of werd het tijd om een avondje je zonden te overdenken?' Ze schiet in de lach. 'Je hebt ook iets ondeugends, kan dat kloppen? David?' Wat ruikt die vrouw heerlijk!

'Hou eens op met je geflirt,' snauwt Meisje opeens. 'Ik lust om te beginnen wel een groot glas verse jus d'orange. Dat lijkt me een verstandig bodempje.'

'Weet je wat? Ik kom aan de andere kant naast je zitten, zodat we minder last hebben van een jaloerse kat.' Zus raakt even zijn schouder aan als ze David passeert.

Hij vindt het fijn dat ze hem aanraakt.

'Wacht je misschien op iemand?' vraagt Meisje.

David kijkt snel naar de deur en ziet twee mannen binnenkomen. Het is acht uur, ze hadden om halfacht afgesproken. 'Ik zou hier een vriendin treffen, maar ik denk dat er iets tussen is gekomen.'

'Of ze heeft zich bedacht.' Zus grinnikt. 'Bel haar anders even, laat ons meegenieten.'

‘Niet nodig,’ zegt David afwerend. ‘Ze kan ook verlaat zijn, dat gebeurt wel vaker.’

Zus haalt haar schouders op. ‘Alles is mogelijk in het leven. We kunnen ook naar de bar hiernaast gaan, dan weten we zeker dat we jou voor onszelf kunnen houden.’

Hij buigt zich naar haar toe. ‘We?’

Ze knipoogt. ‘We. Maar vertel eerst iets meer over de vriendin met wie je hebt afgesproken. Hoe heet ze?’

David aarzelt.

‘Staatsgeheim?’ vraagt Zus. ‘Wees gerust, wij kunnen zwijgen. We weten graag alles, maar we weten ook waarover we onze mond moeten houden. Hè, Meis?’

Meisje steekt een vinger op.

Waarom zou ik moeilijk doen, denkt David. ‘Ze heet Tessa en ik denk dat ze niet komt.’

Zus buigt zich nu zo dicht naar hem toe dat hij haar ademhaling kan voelen. ‘Waarom denk je dat ze niet komt? Ben je niet lief tegen haar geweest? Ooo, ben je vreemdgegaan? Ik zei al dat je iets ondeugends had!’

‘Hou nu eens op met die flauwekul,’ snauwt Meisje. ‘Wat doen we? Blijven we hier of gaan we naar de buren?’

David ziet een geamuseerde glimlach op haar gezicht verschijnen. Ze zou toch aardiger kunnen zijn dan hij dacht. ‘We blijven hier.’

‘Dit gaat een bijzondere avond worden,’ zegt Zus.

16

David twijfelt of hij zal overgaan op een sapje, maar hij heeft net iets te veel zin in bier. Tessa komt niet, het is nu wel duidelijk dat hij zijn gang kan gaan met de dames die hem imponeren, al zal hij dat nooit willen toegeven. Het is voor hem ook niet gebruikelijk om door een vrouw geïmponeerd te worden, laat staan door twee. Maar deze vrouwen hebben iets wat hem nieuwsgierig maakt en waar niet aan te ontkomen valt.

Wat zou die Zus bedoeld hebben toen ze zei dat ze hem voor zichzelf wilden houden? Zijn de dames op zoek naar een geschikte kandidaat voor een trio?

Hij gaat een beetje verzitten.

'Waar denk je aan?' vraagt Zus. Ze knijpt haar ogen tot spleetjes. 'Ik zie aan je gezicht dat het iets te maken moet hebben met een *dirty mind*. Geef het maar toe.'

David drinkt zijn halve glas bier in één teug leeg en strijkt met een vinger langs zijn lippen. 'Ik dacht aan wat je zei, aan dat "we". Daar sla ik een beetje van aan het fantaseren.'

Meisje kijkt nadrukkelijk naar zijn kruis. 'Ik zie het.'

'Meisje toch!' roept Zus.

Haar vriendin haalt haar schouders op. 'Ik zeg het, jij denkt het.'

Zus werpt haar een kushandje toe. 'Zo'n lekker wijf,' zegt ze tegen David. 'Als ik niet nadrukkelijk op mannen viel, greep ik háár.'

'Laten we aan een tafeltje gaan zitten,' stelt Meisje voor. 'Ik hou van oogcontact.'

'Jij houdt van een veel ruimer begrip van contact,' proest Zus. Ze laat zich van haar kruk glijden. 'Maar ik zit ook liever op een gewone stoel. Dat geklim met die krukken, ik voel me net een acrobaat. Kijk, in de hoek is een tafel vrij. Die nemen we.'

'Mag ik eerst even weten hoe jullie werkelijk heten?' vraagt David.

Zus tikt met een vinger op zijn neus. 'Dat kun je verdienen.' Ze strijkt met het puntje van haar tong langs haar lippen. 'Heb je weleens wat moeten verdienen bij meisjes?'

David wil niet laten blijken dat ze hem opwindt. 'Nooit.'

'Eens moet de eerste keer zijn,' zegt Zus. Ze loopt in de richting van het lege tafeltje. Haar heupen bewegen ritmisch, ze heeft het loopje van een mannequin.

Hij volgt haar.

17

David merkt dat hij een beetje dronken is geworden en hij besluit om even over te gaan op Spa blauw. Zus doet met hem mee en Meisje bestelt haar tweede jus.

Hij weet niet goed wat hij van deze vrouwen moet denken. Ze intrigeren hem en geven hem op hetzelfde moment het gevoel dat hij op zijn hoede moet zijn. Het café wordt vandaag druk bezocht. Nadat hij met de dames bij het tafeltje in de hoek is gaan zitten kwamen er achter elkaar nieuwe klanten binnen en nu zijn niet alleen alle zitplaatsen bezet, maar moeten er ook veel mensen blijven staan. Het is warm en rumoerig. Gelukkig hangt er in de hoek waar ze zitten geen geluidsbox, zodat hij kan verstaan wat Zus en Meisje zeggen. Hij wil weten hoe ze werkelijk heten en hij moet erachter zien te komen wat daarvoor nodig is.

Ze zingen mee met de muziek die op de achtergrond te horen is. Rob de Nijs, 'Malle Babbe'. David houdt zijn lippen stijf op elkaar. Ooit zong hij dit liedje uit volle borst mee. Alles van De Nijs, eigenlijk. Dat deed hij om indruk te maken op de vrouw van wie hij al bij de eerste ontmoeting ontzettend onder de indruk was.

Iemand raakt zijn arm aan. 'Vind jij dit ook zo mooi?' vraagt Meisje. Ze heeft tot nu toe niet veel gezegd, maar ze lijkt oprecht geïnteresseerd in zijn antwoord.

'Vroeger wel,' zegt hij.

'Onaangename herinneringen?' Haar hand blijft op zijn onderarm rusten.

Hij gaat hier natuurlijk niet volschieten, no way! 'Ach, onaangenaam… Het is allemaal al lang geleden en ik heb het een plaats gegeven. Niet echt belangrijk meer.'

'Je maakt me nieuwsgierig, vertel er toch maar iets over. Ik kan toevallig heel goed luisteren. Was het een onbeantwoorde liefde? Of was de tijd niet rijp voor meer?' Haar glimlach is lief.

'Het was het begin van de relatie die voor mij eeuwig had mogen duren.'

'Wat was de reden dat die eeuwigheid niet werd gehaald?' Meisje glimlacht niet meer, maar kijkt hem aan met ogen die zowel interesse als medeleven uitstralen.

'We gingen uit elkaar, omdat ze verliefd werd op een ander.'

'Hoe banaal,' zegt Meisje.

'Dood was beter geweest,' voegt Zus toe.

David drinkt het glas Spa leeg. 'Voor mij is ze ook dood.' Hij gaat staan. 'Ik neem nog een bier, wat willen jullie drinken?'

De dames gaan aan de witte wijn.

Als hij terugkomt met een dienblad en de glazen op het tafeltje zet, zegt Meisje dat zijn openhartigheid beloond zal worden met het bekendmaken van hun echte namen. Meisje heet Betty en Zus heet Ivon met een i.

Ze schudden handen.

Hij wil niet denken dat ze die namen hebben afgesproken toen hij bij de bar stond, maar hij denkt het tóch.

Er moet snel meer bier in.

18

Hij kent de stemming die zich langzaam van hem meester maakt. Hier raakt hij in verzeild als hij te snel achter elkaar alcohol drinkt en hij kan nu gemakkelijk op het punt terechtkomen dat een ommekeer onmogelijk maakt. Op dat punt is seks ontdaan van verleidingsstrategie en is genot alleen nog mogelijk als er dwang en pijn aan te pas komen. Vandaag wil hij dat punt niet bereiken. Als hij nu aan iemand zou moeten uitleggen waarom hij dat niet wil, zou hij het antwoord schuldig moeten blijven. Komt het door de twee vrouwen met wie hij nu samen is? Heeft het te maken met hoe mooi hij ze vindt? Speelt hun intelligentie een rol? Ze zijn beslist niet dom, verbaal sterk, dragen dure kleding en maken een zelfverzekerde indruk. Hij heeft het gevoel dat hij op deze twee heeft gewacht.

Hij wil vandaag genieten en later kunnen en durven terugdenken aan alles wat hij deed en wat er met hem gedaan werd. Er was eerder al eens sprake van een trio, maar hij heeft de herinnering bedekt met ontkenning. Alles wat nu gebeurt en nog gaat gebeuren wil hij onthouden en koesteren. Betty en Ivon, of hoe ze ook mogen heten, gaan hem helpen met een nieuwe ervaring. Hij moet er toch maar eens achter komen hoe het werkt met twee vrouwen als er geen dwang aan te pas komt. Tessa is gelukkig niet verschenen en hij zal haar daar niet op aanspreken. Dat geeft rust en biedt mogelijkheden om later weer contact te krijgen. Ze was strak, dat zijn vrouwen vaak als ze niet daadwerkelijk gebaard hebben. Strak is lekker. Hij moet haar opnieuw in zijn bed krijgen, dat komt hem toe. Van die overtuiging neemt hij geen afstand. Tenzij... Hij staat altijd open voor een vrouw die kickt op onderwerping, bondage en seks die pijn doet. Tessa zou verleden tijd kunnen worden als hij iemand ontmoet die haar plaats inneemt.

Maar nu eerst een trio op gelijkwaardig niveau. Met deze vrouwen valt niet te spotten, dat is iets om serieus rekening mee te houden. Ze zullen grenzen hebben, maar grenzen bestaan om overtreden te worden. Wie weet, lopen ze juist warm voor overtredingen. Het zijn geen doorsnee types, dat maakt dit contact de moeite waard. En spannend.

'Ik heb een vraag,' zegt Zus. Of Ivon.

'Ik heb een slecht geheugen als het om namen gaat,' antwoordt David. Kunnen we het niet gewoon bij Zus en Meisje houden? Daar was ik net een beetje aan gewend.'

Zus aarzelt.

Meisje geeft haar een por. 'We gaan niet moeilijk doen en we gaan zeker geen aardige kerel in verwarring brengen. Betty is weer Meisje en Ivon is weer Zus.'

Zus knijpt haar ogen tot spleetjes. 'Hm, dat moet dan maar. Nu mijn vraag. Heb je een vriendin?'

'Niet meer,' zegt David.

'Dus de Tessa die nog steeds binnen kan komen is niet een element dat ons gezellige samenzijn kan verstoren in die zin dat je rekening met haar wil houden of geen spijt wil krijgen of andere banale mogelijkheden bedenkt om opeens de kuierlatten te nemen?'

David moet lachen. Hij voelt zich weer beter, zelfs een beetje geamuseerd. Dit zijn echt bijzondere vrouwen met wie hij van alles zou kunnen beleven. 'Tessa was een van de voorbijgangers met wie ik leuke uren heb beleefd, maar aan wie ik op geen enkele manier iets in de richting van verantwoording ben verschuldigd.'

'Voorbijgangers,' mijmert Meisje. 'Dat klinkt los en vrij. Geen verplichtingen. Komt goed uit, daar zijn wij ook van. Maar... wij hebben allebei een partner en we kunnen dus niet zomaar thuis met een vreemde man komen aanzetten.'

David wacht af wat de dames verder te zeggen hebben.

'Of heb je geen zin in een trio?' vraagt Zus.

Yes, yes, yes!

Nu zo koel mogelijk reageren, denkt David. 'Lijkt me een prima idee en wat een geschikte locatie betreft kunnen jullie met me meegaan naar mijn duinhuisje.'

'Duinhuisje?' echoën de vrouwen.

'Ja. Halfuurtje rijden hiervandaan, tamelijk afgelegen, dus losgaan is geen probleem. Ik moet wel eerst mijn auto ophalen en ophouden met alcohol drinken.'

'Nergens voor nodig,' beslist Meisje. 'Ik ben toch al geen fanatieke wijndrinker, dus ik ga nu weer over op de Spa of de jus. Mijn auto staat twee straten verderop. Drink jij jezelf maar een beetje moed in, vergis je niet op wat twee vrouwen met je kunnen doen.'

Er flitst iets door zijn hoofd wat op een waarschuwing lijkt, maar hij laat zich niet van de wijs brengen. Dit is te mooi, dit komt te goed uit.

Dit heeft hij te hard nodig.

'Ik haal het volgende rondje,' kondigt Zus aan. 'Als ik terugkom, wil ik graag van je horen op welke manier je met vrouwen omgaat.'

'Ze heeft een paar jaar psychologie gestudeerd,' legt Meisje uit, als Zus naar de bar loopt. 'Dit soort vragen stelt ze altijd aan mannen met wie ze net kennis heeft gemaakt. Zoek er vooral niets achter.'

Ik kan nu nog weg, denkt David. Maar waarom zou hij denken aan weggaan? 'Psychologie gestudeerd?' vraagt hij. 'Niet afgemaakt?'

Meisje glimlacht. 'Nee, ze is daarna met een psycholoog getrouwd. Ik heb zelf een paar jaar medicijnen gestudeerd en ben in plaats van af te studeren met een arts getrouwd. Zus en ik zijn nu allebei fulltime moeder en we leven ons uit op onze vrijemeidenavonden. Wat doe jij voor de kost?'

'Ik ben accountant.'

'Werk je zelfstandig of ben je ergens in dienst?'

'Ik heb een eigen kantoor.'

Meisje legt een hand op zijn knie. 'Verdien je goed?'

'Zeker. Ik kan het volgende rondje wel betalen.' Ik ga helemaal niet weg, denkt David.

19

Hij blijft toch op twee gedachten hinken. Zus staat nog bij de bar, Meisje is even naar het toilet.

David luistert naar het geroezemoes om hem heen en probeert een besluit te nemen. Zijn auto heeft hij uit voorzorg niet meegenomen, maar hij kan nu een taxi laten komen. Misschien is dat het verstandigste om te doen, maar dan zal hij zich wel blijven afvragen hoe het geweest zou zijn met deze twee vrouwen die hem intrigeren en tegelijkertijd beangstigen.

Hij heeft nooit eerder iets gevoeld wat in de buurt kwam van angst als het vrouwen betrof. Het was altijd precies omgekeerd, hij boezemde angst in en daar kickte hij op.

Tessa zal wel niet gekomen zijn omdat ze bang was, maar Tessa komt vanzelf weer opdagen. Ze zal hem niet tegen zich in het harnas jagen, ze kijkt wel uit.

Hij schrikt op van de hand die tamelijk nadrukkelijk op zijn onderarm ploft.

'Waar denk jij aan?' wil Zus weten. Ze schuift een glas pils naar hem toe. 'Aan wat? Aan wie?'

David wil niet dat ze zijn verwarring ziet. 'Ik dacht aan Tessa.'

Zus begint te lachen. 'Als ik het niet dacht. Vertel eens wat meer over die Tessa. Kenmerken? Lichamelijk, bedoel ik, op het erotische vlak.'

Hij ziet aan haar ogen waar ze zin in heeft. Waar blijft Meisje? Hij voelt zich beter als die er ook bij is.

'Wacht even met je antwoord tot Meisje ook weer zit, ze komt eraan.' Zus blijft hem aankijken.

'Het was spitsuur op het damestoilet,' legt Meisje uit, terwijl ze gaat zitten. 'Twee vrouwen hadden ruzie en het ging natuurlijk om een man. Heel vermakelijk. Waar hadden jullie het over?'

'Ik wilde wat achtergrondinformatie over de Tessa die niet is gekomen,' zegt Zus.

Meisje maakt een uitnodigend gebaar.

David drinkt de helft van zijn glas leeg. 'Aantrekkelijk, goed gekleed, sensuele uitstraling.'

'Wat is voor jou een sensuele uitstraling?' Zus bevochtigt haar lippen met het puntje van haar tong.

'Lekker figuur, stevige kont, mooie borsten.' Hij kijkt naar het tafelblad en herinnert zich hoe hij zich voelde toen hij haar voor het eerst zag in de bibliotheek. Het bekende gevoel dat hij ook had gehad bij de vrouwen die haar voorgingen. Adembenemend, opwindend, overweldigend. Hij herinnert zich ook wat hij dacht. Ze is voor mij, deze kans laat ik niet lopen. Hij fantaseerde over seks op een leestafel.

'Dan tref je het vanavond.' Meisje lacht. 'Toch? Kijk wat er hier voor je zit. Goede figuren, stevige konten, lekkere borsten. Wie weet, kunnen wij je teleurstelling over haar afwezigheid laten verdwijnen.'

'Volgens mij is David helemaal niet teleurgesteld,' merkt Zus op. 'Volgens mij is David toe aan een nieuwe fase, aan een spannend avontuur.' Ze buigt zich naar hem toe. 'Vertel eens, David, hoeveel Tessa's waren er in je leven? Hoeveel voorbijgangers waren belangrijk voor jou en hoe heetten ze?'

Hij bedenkt dat hij nu een antwoord kan verzinnen, maar ook eerlijk op de vragen kan ingaan. Hij wil iets nieuws, hij heeft zin in een ruige avond. Gaat dat lukken met deze twee?

Ze zijn wel erg nadrukkelijk beschikbaar.

Come on, twijfelaar, spreekt hij zichzelf in gedachten toe. Anders ben je toch niet zo terughoudend?

Dit is anders dan wat hij gewend is. Je hoort soms rare dingen over mensen die elkaar oppikken in een kroeg, maar dan gaan de mannen meestal uit hun plaat. Hij kijkt naar de vrouwen die tegenover hem zitten. Die volle lippen, die slimme ogen, die fiere houding, die supersensuele uitstraling. Hij weet zeker dat hij er veel spijt van gaat krijgen als hij deze kans laat lopen.

Zus raakt met een vinger het puntje van zijn neus aan. 'Nou, *honey*, krijgen we nog antwoord?'

David ziet twee paar geïnteresseerde ogen op hem gericht. Dit zijn mooie gezond denkende vrouwen en hij zal ze laten zien waartoe hij in staat is. 'Er waren veel voorbijgangers van wie ik me niet herinner hoe ze heetten, zelfs niet hoe ze eruitzagen. Maar een paar vrouwen zullen altijd in mijn geheugen blijven. Geranda, Tessa en Josefien.'

'Lijken wij op een van die vrouwen?' Zus buigt zich weer naar hem toe als ze deze vraag stelt.

David trekt zijn hoofd niet terug en hij beseft opeens welke geur hij ruikt. Anaïs Anaïs, de geur van Tessa. 'Jullie doen me het meest aan Tessa denken.'

'Je laatste verovering, is het niet?' vraagt Meisje. 'Op haar zat je toch te wachten? Heb je enig idee waarom ze niet is gekomen?'

'Het interesseert me niet, ik ben klaar met Tessa.'

'Dat klinkt goed,' stelt Zus vast. 'Wij houden namelijk niet van concurrentie.'

Ze lachen alle drie en David besluit om alles wat vanaf nu gaat gebeuren gewoon op zich te laten afkomen. Tessa wordt voorlopig geparkeerd.

Tijd voor actie.

Harde actie.

20

Hij heeft alles losgelaten wat te maken heeft met achterdocht en voorzichtigheid. De alcohol brengt hem in een steeds betere stemming, maar hij wil niet stomdronken worden, want dan valt er nog weinig te beleven. Hij heeft zichzelf een superspannende nacht beloofd en wat hem betreft hoeven ze nu niet lang meer te wachten om naar zijn duinhuisje te gaan. Gelukkig heeft hij het daar twee dagen geleden nog grondig schoongemaakt, dus de dames kunnen ontvangen worden.

Het zijn zelfverzekerde types, ze zullen vandaag niet voor de eerste keer op zoek zijn naar de mogelijkheid voor een trio. Maar waar denken ze aan? Willen ze heersen of zich onderwerpen? Moet hij met handboeien en kettingen aan de slag? Hij realiseert zich dat ze van hem zouden kunnen verwachten dat ze juist hém mogen boeien en ketenen. Dat feest zal niet plaatsvinden. Hij is en blijft degene die de touwtjes in handen houdt.

Ze sloven zich verbaal en fysiek uit om hem op te winden en dat lukt ze aardig. Hij zou hier in het café de twee ongegeneerd bij hun tieten willen grijpen. Eerst Meisje, daarna Zus. Eerst tieten, daarna billen en als het kan zijn vingers nog even op verkenning sturen.

Denken aan wat je kunt doen met een vrouw is de beste opwarmer en een prima aanloop tot het echte werk. In die zin bevindt hij zich op vertrouwd terrein, maar verder is alles nu toch net even anders dan wat hij gewend is.

Vandaag begeeft hij zich juist op onbekend terrein, want het staat niet vast dat hij de leiding kan nemen als het station vrije wil van de andere partij gepasseerd is. Tenzij hij erin slaagt om de dames goed dronken te voeren.

Maar toch… Dit is anders, daarom kan hij beter voorzichtig zijn. Wat lukte met Tessa geeft geen zekerheid voor de toekomst. Hij grinnikt, omdat hij zich realiseert dat hij denkt in de sfeer van een commercial.

'Binnenpretje?' informeert Zus. 'Laat ons ook eens lachen.'

'Ik dacht aan een eerdere ontmoeting met twee vrouwen,' verzint hij ter plekke. 'Dat was vooral lachen, verder gebeurde er niets.'

'Maar jij had meer gewild?' Zus strijkt met een van haar felrood gelakte nagels langs de duim van zijn rechterhand.

David glimlacht.

'Mijn auto staat vlakbij,' zegt Meisje. 'Ik heb het minste gedronken, zal ik dan maar rijden?'

Wat maakt het ook uit wie er rijdt, denkt David, als ze maar in het duinhuisje komen. David kijkt naar Meisje. 'Prima idee.'

Jou laat ik het eerst gillend klaarkomen, denkt hij, en daarna leef ik me uit op je vriendin met haar geweldige tieten. Maar nu even dimmen, anders haal ik mijn duinhuisje niet.

21

Ze hebben hem achter in de auto gezet en dat zint hem niet. Hij heeft zijn plaats achter het stuur in het verleden alleen afgestaan als hij gedronken had en dan zat hij altijd naast de bestuurder. De achterbank voelt als een vernedering, maar hij weet dat de dames hem zullen uitlachen als hij dit zegt. Hij zou ze kunnen wijsmaken dat hij op de achterbank altijd misselijk wordt. Dat deed hij als kind als zijn moeder hem naar de achterbank dirigeerde omdat ze liever niemand naast zich had en als hij stevig genoeg kokhalsde, liet ze hem naar voren komen. Hij is geen kind meer en hij vermoedt dat ze hem zullen uitlachen om de misselijkheidsmoes of adviseren diep adem te halen of misschien zelfs zeggen dat hij zich niet moet aanstellen. Dit zijn geen vrouwen die je gemakkelijk iets op de mouw speldt en hij wil de verwachtingsvolle stemming niet verpesten. Maar als ze later teruggaan, zit hij voorin. Daar zullen ze geen bezwaar tegen hebben als ze hebben ontdekt wat hij in bed te bieden heeft. Ze zijn opgewonden en ze hebben er zin in. Hij ook, hij meer dan ooit en hij vindt het vooral opwindend dat dit een situatie is die anders is dan anders. Wie weet, gaan ze dit vaker doen. Dit begin is in ieder geval indrukwekkend en geeft hoop. Nu niet aan Tessa denken. Ze is niet gekomen en hij gaat zich niet afvragen wat er aan de hand kan zijn geweest. Niet fantaseren over de mogelijkheid dat ze hulp heeft gezocht of iemand in vertrouwen heeft genomen. Ze is veel te bang dat hij zal doen wat hij haar heeft beloofd als ze zoiets in haar hoofd haalt. Tessa is lekker voor tussendoor en het is leuk als ze tegenstribbelt. Voor zolang het duurt, dat weet hij. Er komt een dag dat er een andere vrouw in beeld komt en dan kan er een nieuwe ontdekkingsreis beginnen. Een volgend spel van aantrekken en afstoten, vertrouwen winnen, kansen berekenen en toewerken naar een catharsis op hoog niveau. Dat wil hij vandaag zeker, een hoog niveau. Kansen inschatten, schijnbewegingen maken, grenzen verleggen en niet toeslaan maar toestoten.

Hij sluit zijn ogen en stelt zich voor hoe Zus met gespreide benen op de keukentafel zal liggen en Meisje om de rand van dezelfde tafel ligt gevouwen met haar stevige kont fier omhoog en smeekt om haar van achteren te nemen.

Hij legt zijn handen tegen zijn kruis. Rustig nu, straks is het feest al voorbij voordat het is begonnen.

'Moeten we hier naar rechts of naar links?' vraagt Meisje.

'Links en bij de volgende straat weer rechts en die straat uitrijden tot de T-splitsing.' Zijn stem is opeens schor en hij kucht een paar keer.

'Lekker sexy klink je,' zegt Zus en ze lacht. 'Niet te veel kuchen, ik loop helemaal warm op zo'n stem. Is het trouwens een vrijstaand huisje waar we naartoe gaan of hebben we buren?'

'Vrijstaand, geen buren.'

'Je kunt dus lekker schreeuwen,' zegt Meisje en ze draait haar hoofd even naar David. 'Zus maakt altijd veel herrie als ze sekst, dat je het maar weet. Geen buren is wel een rustige gedachte.'

'En jij, hoe zit het met jou? Maak jij geen herrie?'

Hij heeft even oogcontact met Meisje via de achteruitkijkspiegel.

'Dat ligt aan degene met wie ik het doe,' antwoordt ze.

'Dan hebben we vandaag oordopjes nodig,' belooft hij.

Dit gaat een fantastische nacht worden.

Meisje parkeert de auto, ze stappen uit. David merkt dat zijn handen trillen als hij de sleutel in het slot van de voordeur steekt. Hij wil niet dat de vrouwen dit zien en opent de deur snel. 'Welkom in mijn buitenverblijf,' zegt hij. 'Ik doe even een paar lichten aan.' Hij loopt voor ze uit naar de keuken. 'Er staat frisdrank en wijn in de koelkast, neem wat je wil. Zet voor mij maar een biertje neer. Ik ben even naar het toilet.'

Hij hoort ze praten, maar kan niet verstaan wat ze zeggen. Dit is een te gekke situatie, hij gaat hier uitgebreid van genieten. Wat een geweldig toeval dat die twee net binnenkwamen toen hij begon te beseffen dat Tessa het liet afweten. Want het was toeval, toch?

De vage onrust die hem al eerder op de avond parten speelde dringt zich weer aan hem op. Nu ophouden, berispt hij zichzelf. Toeval bestaat, ziehier hoe het werkt. Hij spoelt zijn piemel grondig af onder de kraan en wast zijn handen. Als hij de kans krijgt, spuit hij straks nog een lekker luchtje tussen zijn benen.

Als hij de keukendeur nadert, hoort hij niets. Zijn ze weg? Zijn ze gewoon vertrokken terwijl hij stond te pissen? Is hij ergens ingetuind? Als dat zo is, gaan de dames nog wat beleven!

Hij stapt de keuken in.

'Daar ben je eindelijk,' hoort hij Zus achter zich zeggen. Hij draait zich om. 'Ik vond een heel lekker luchtje,' gaat ze verder. 'Je vindt het toch niet erg dat ik zo vrij ben geweest om er een flinke lading van op mijn zakdoek te spuiten?'

David kijkt naar de witte katoenen bal in haar handen. 'Wat voor luchtje en waar vond je het?'

Ze reikt hem de bal aan. 'Ruik maar.'

Hij aarzelt. Nu goed nadenken.

'Mijn geur is veel beter,' hoort hij Meisje achter zich zeggen. Hij draait zich om.

Ze staat voor de spiegel die aan de zijkant van de grote keukenkast hangt. De spiegel van Josefien die hij al heel lang weg wil halen. Ze stift op een sensuele manier haar lippen.

Hier klopt iets niet, of vergist hij zich en is het gewoon een spel dat de dames spelen?

Meisje brengt haar gezicht dichter bij de spiegel en veegt wat lipstick uit een mondhoek weg. Daarna doet ze een stap in zijn richting en biedt hem een bonte zakdoek aan. ‘Schoon hoor, niet in gesnoten of zo. Hoe vind je de kleur van mijn nieuwe lipstick?’ Ze tuit haar lippen en drukt in een snelle beweging de bonte doek tegen zijn neus. ‘Wil je ook een beetje high worden? Dan diep snuiven, lieve David.’

Ergens in de buurt wordt gelachen.

22

Het gebeurde in een film en het leek een bovennatuurlijke belevenis. Een lichaam werd door vele handen gedragen en torende hoog boven de hoofden van mensen uit. Er waren stemmen die onverstaanbare woorden zongen op één langgerekte toon. Het leek op een bezweringsformule.

Welke film was dat nou?

David is ergens waar het leven naar de achtergrond is verplaatst. Hij probeert te bedenken wat er gaande is, maar denken lukt niet. Bewegen ook niet, praten is volstrekt onmogelijk.

Eigenlijk is dit wel lekker. Je bent niet dood, maar wat je dan wél bent is onduidelijk. De nevel in zijn brein stelt hem gerust. Niemand kan hem hier vinden en ook nergens van betichten. Zelfs de herinnering aan Josefien doet hier geen pijn.

Iemand pakt zijn hoofd vast en ondersteunt het terwijl hij iets drinkt. Wat gebeurt er toch?

Er staat een vrouw naast hem, hij draait zijn hoofd en schrikt. Hoe kan Geranda hier zijn? Ze heeft nooit een sleutel van zijn duinhuis gehad, op welke manier is ze dan binnengekomen? Ze buigt zich voorover en hij ziet haar borsten, ze springen bijna uit haar openstaande blouse. Ze droeg altijd dat soort kleding, ze koketteerde met haar prammen, ze daagde uit, ze voerde een show op. Hij vond haar niet mooi, maar hij was verliefd op die prammen. Haar hoekige gezicht en haar witte huid vielen weg tegen haar reusachtige borsten met de dikke tepels. Hij had nog nooit een vrouw met zulke knoppen gezien en hij vroeg aan haar hoe ze daaraan kwam. Ze vertelde dat het te maken had met stimulatie. Als haar tepels werden aangeraakt, was ze direct in alle staten en kon ze genomen worden. Of geknepen, of geboeid.

Of afgetuigd.

Maar als David met haar bezig was, hield hij zijn ogen zo veel mogelijk gesloten om dat witte vel niet te hoeven zien. Ze vertelde vaak dat mensen met rood haar een huid hebben met weinig pigment en dat ze daardoor alleen maar verbrandde in de zon en nooit bruin werd. Voor hem was ze te wit, te koel en te steriel. Maar als ze met dat bovenlijf deinde, kwam er altijd een moment waarop er een waas voor zijn ogen verscheen en hij haar besprong.

Ze wilde niet besprongen worden, ze wilde een teder en opwindend voorspel en seks met een hoofdletter. Ze wilde alles wat hij niet in huis had voor een steriele trut die wat hem betrof hooguit haar slip hoefde laten zakken. Daarom sloot hij altijd zijn ogen als hij haar nam, hij hoefde alleen maar te voelen hoe goddelijk lekker strak ze was tussen haar benen en hoe kneedbaar haar tieten waren. Zo bijzonder, een tuthola met een strakke doos en een borstpartij waar iedere man zich voor omdraaide.

Ze vond hem te ruw, te dwingend en te grof in de mond en ze wilde niet meer komen. Dus hij wachtte haar op bij het huis waar ze woonde en nam haar mee naar het duinhuisje. Ze stribbelde natuurlijk tegen, maar tegenstribbelen hoorde bij de act. Soms vroeg ze waarom hij haar steeds mee bleef nemen en dan antwoordde hij dat hij wel moest, bij gebrek aan beter. De domme doos dacht dan dat hij een grapje maakte en als ze hard moest lachen, kreeg ze de hik.

Ze bleef eisen stellen aan voor- en naspel, maar de slip ging uit en hij ramde haar het hele huis door. Als hij haar weer afzette bij het huis van haar moeder, zei ze altijd dat ze zich verkracht voelde en aangifte ging doen. Dan was hij degene die hikte van het lachen. Tot ze iets zei wat hij totaal niet had verwacht. Ze zei dat hij problemen kon krijgen als ze aangifte deed, omdat ze minderjarig was. Dat loog ze, natuurlijk loog ze dat.

Wat doet die hark hier? Hij heeft haar toch overgedaan aan Giel? Die had dringend een tussendoortje nodig. Hij mocht haar hebben.

David probeert iets te zeggen, maar zijn stem weigert geluid voort te brengen. Hij draait zijn hoofd, want hij ziet haar opeens niet meer.

Ze is weg.

Was ze hier wel?

Iemand fluistert iets in zijn oor. 'Je kunt nu weer wakker worden, David.'

Hij heeft het gevoel dat hij zich uit een enorme diepte naar boven moet bewegen. Hoe werkt dat, bewegen? Zijn benen lijken lam, zijn armen voelen aan als elastiek en wat is er gaande in zijn kruis? Hij probeert met zijn vingertoppen de rits van zijn broek te bereiken.

Maar waar is zijn broek?

De stem is er weer. 'Je mag ook nog wel even slapen, David. Het is toch al achter de rug.'

23

Hij wordt echt wakker en ontdekt dat hij alleen is. Zijn ogen dwalen langs de witte oppervlakte waar hij tegenaan kijkt.

'Plafond,' mompelt hij. Hij schuift met zijn handen langs het harde materiaal waarop hij blijkt te liggen. 'Tafel.'

Hè? Klopt dit, ligt hij op de keukentafel?

Het klopt, hij gaat rechtop zitten en moet zich meteen vasthouden aan de randen. Hij sluit zijn ogen weer en haalt zo diep mogelijk adem.

Wat hebben die meiden met hem gedaan en waar zijn ze gebleven? De stilte om hem heen laat geen twijfel bestaan over hun afwezigheid. Hij beweegt zijn achterste naar voren, tot hij de rand van de tafel heeft bereikt, en gaat heel voorzichtig staan. De stoel die nu binnen handbereik staat, biedt de mogelijkheid om zo rustig mogelijk te gaan zitten. Rust is goed, rust kan hem redden. Waarvan? Geen idee, maar de gedachte is welkom.

David probeert na te denken. Hebben ze geseksт? Nergens in zijn hoofd zit iets wat lijkt op een herinnering. Het enige wat hij nog weet is dat ze iets tegen zijn gezicht drukten wat vreemd rook. En er was een stem die iets zei over wakker worden. Hij drukt een hand tegen zijn voorhoofd. Wie zei wat? Wat zei ze?

Nadenken, goed nadenken.

Hij had geen broek aan! Nu wel.

Zijn hart slaat een paar slagen over als hij opeens weet wat de stem zei. *Je mag ook nog wel even slapen, David. Het is toch al achter de rug.*

Hij probeert te gaan staan, maar het enige wat hij kan doen is zitten en verder denken.

De lamp die boven de eettafel hangt is te fel, maar hij durft nog niet naar de lichtknop te lopen. De rolgordijnen zijn gesloten, als hij zich niet vergist is het buiten niet meer donker. Hij tuurt naar de klok die boven de deur hangt. Klopt het dat het kwart over zeven is? Toen ze hier binnenkwamen was het kwart over elf. Wat is er gebeurd in de acht tussenliggende uren?

Hij vloekt hartgrondig. Wat die teven ook gedaan hebben, hij gaat het hun betaald zetten. Opeens ziet hij iets liggen naast de plek waar zijn hoofd lag. Het lijkt een stuk papier. Voorzichtig schuifelt hij naar voren en ontdekt een dubbelgevouwen A4'tje. Zijn hart slaat opnieuw een paar slagen over. Hij loopt terug naar de stoel.

De tekst is getypt.

Beste David,

Welkom terug in je leven, dat er vanaf nu anders gaat uitzien. Je had waarschijnlijk nooit gedacht dat iemand je verantwoordelijk zou stellen voor je gedrag, maar dat was een vergissing. Mannen als jij, dus mannen die vrouwen misbruiken, manipuleren en bedreigen, kunnen altijd tegen de lamp lopen en dan zijn de rapen gaar.
Jouw rapen zijn gaar, David.
Je hebt een strakke onderbroek aan en dat is niet voor niets. Je kunt de komende dagen het best steeds een strakke onderbroek blijven dragen, tot de zwelling is verdwenen.
De hechting is steriel en zal vanzelf oplossen. Je balzak kan nog een tijdje pijnlijk zijn, maar ook dat gaat over. Voorlopig niet springen, een beetje rust nemen en vanaf morgen kun je gewoon douchen, maar het is beter om een paar dagen geen badschuim te gebruiken.
Als je meer informatie wil hebben over wat er met je is gebeurd,

googel dan even op 'orchidectomie' bij Wikipedia.
Aangezien het jou niet lukte om je gedrag te veranderen, hebben wij je een handje geholpen.
Geen dank, graag gedaan. Mede namens Geranda.
Misschien hoor je binnenkort nog van ons, David. We weten waar we je kunnen vinden.
We zullen discreet zijn over alles wat je tot nu toe met vrouwen uithaalde, tenzij... Maar eigenlijk denken we dat jij slim genoeg bent om je mond te houden.
Het ga je goed! Wie weet, tot ziens?
Beter van niet, lijkt ons.
Advies: Praat eens met Giel, jullie delen toch graag ervaringen?

Iemand doet het licht uit.

Hij ligt op de grond en hij heeft het koud. Hoe laat is het?

Zijn hele lijf voelt stijf, hij probeert eerst zijn handen te bewegen en als dat lukt, zijn voeten. Het licht boven de keukentafel is nog even fel, hij kruipt op handen en voeten naar de lichtknop en hijst zichzelf overeind terwijl hij zich stevig vasthoudt aan de rand van het aanrecht. Hij ziet dat het kwart voor acht is. Nu eerst dat licht uitdoen.

Het rolgordijn moet omhoog, hij moet ook eerst iets eten. En drinken. Zijn keel voelt als schuurpapier. Een glas koud water, daarna een groot glas thee en een boterham met hartig beleg. Hij heeft het gevoel dat hij in een droom is beland, want hij is nog steeds niet terug in het normale leven.

De brief ligt op de plek waar hij net wakker werd. Hij weet opeens dat hij dacht dat iemand het licht uitdeed en beseft dat hij is flauwgevallen. Wat een blamage, wat een hysterisch meidengedrag, wat een geluk dat er niemand bij was!

Hij vist de brief van de grond, gaat aan de keukentafel zitten en leest de tekst nog een keer.

Orchidectomie.

ORCHIDECTOMIE???

Godallemachtig, wat hebben die kutwijven met hem uitgehaald? Hij typt het woord op de zoekbalk van Google en ontdekt een hele serie hits, allemaal in paarsblauwe letters. Hij staart naar de letters van de eerste hit.

Kramp in zijn maag.

Orchidectomie (verwijderen zaadbal) ZorgSaam

Het lukt hem niet om zijn vinger op te laten houden met beven als hij de link aanklikt.

24

Zijn ogen willen de tekst zo snel mogelijk doorlezen, maar ze blijven turen naar de eerste zin. De tekst komt hem bekend voor.

'De uroloog heeft met u besloten dat bij u het weefsel in de zaadballen (testikels) wordt verwijderd of één of beide zaadballen in zijn geheel.'

David voelt dat hij moet braken en drukt beide handen tegen zijn mond. Het lukt hem om de opwaartse beweging van zijn slokdarm in bedwang te houden en hij haalt een paar keer extra diep adem. Eerst verder lezen.

'De verwijdering van één zaadbal hoeft niet te leiden tot vermindering van libido of impotentie.'

Nu vliegen zijn ogen langs de regels. Het gaat over chirurgische methodes, over oorzaken voor de ingreep als kanker, over dagopname, over een ruggenprik, oplosbare hechtingen, over pijnstillers na de operatie en over leefregels.

'Gedurende achtenveertig uur na de operatie moet u een strakke onderbroek dragen om de balzak te steunen.'

Hij kan zich niet voorstellen dat dit iets met hem te maken heeft.

Hij trekt de rits van zijn spijkerbroek naar beneden en daarna de onderbroek die hij niet kent. De huid van zijn balzak is roodbruin. Hij tilt hem op en laat hem direct weer los. Maar hij moet weten of het klopt wat hij meende te zien, dus hij kijkt nog een keer.

Het klopt.

Er zit een kleine snee en twee hechtingen.

Ze hebben in zijn zak gesneden, ZE HEBBEN IN ZIJN ZAK GESNEDEN.

En deze keer kan hij zijn slokdarm niet in bedwang houden.

Hij heeft een schoon shirt aangetrokken, zijn mond gespoeld en de rits van zijn broek weer dichtgedaan. De strakke onderbroek voelt prettig, er gaat een soort veiligheid van uit.

Dit pikt hij niet en daar gaan ze achter komen. Ze denken toch niet dat ze met een watje te doen hebben gehad? Ze zullen merken dat hij weet hoe hij met vrouwen moet omgaan die denken dat ze almachtig zijn. Mochten ze zich ongrijpbaar wanen, dan zal hij hun wel duidelijk maken dat ze nu op het verkeerde paard hebben gewed. Niemand fuckt David Westervink, helemaal niemand.

Hij ademt te snel en merkt dat hij duizelig is. Waar heeft hij de plastic zakjes gelaten? Ze liggen gelukkig in de bovenste lade van het aanrechtkastje en hij ademt uit in een zakje. Daarna inademen, uitademen en weer inademen en weer uitademen, tot de duizeligheid verdwenen is.

Wat stond er precies in de brief van die takkewijven? Hij let op zijn ademhaling als hij de tekst opnieuw leest.

Je kunt de komende dagen het beste steeds een strakke onderbroek blijven dragen, tot de zwelling is verdwenen.
De hechting is steriel en zal vanzelf oplossen. Je balzak kan nog een tijdje pijnlijk zijn, maar ook dat gaat over. Voorlopig niet springen, een beetje rust nemen en vanaf morgen kun je gewoon douchen, maar het is beter om een paar dagen geen badschuim te gebruiken.

En dan tot slot het advies om met Giel te praten.

Wat kunnen die meiden weten over hem en Giel? Wat bedoelen ze met het advies? Hij moet zijn vriend zo snel mogelijk spreken. Ze zijn meer dan elkaars maatje, meer dan broers zouden zijn, ze zijn elkaars gelijke. Vrienden door dik en dun, al sinds hun middelbareschooltijd.

Duivelsvrienden.

Praat eens met Giel, jullie delen toch graag ervaringen?

Betekent deze zin dat ze ook iets hebben uitgehaald met Giel? Maar dan zou Giel hem zeker gebeld hebben. Giel is als geen ander bang voor ziekte en gebrek, hij denkt al dat hij terminaal is als hij een stevige griep te pakken heeft. Giel zou direct gebeld hebben, daar is David van overtuigd. Hij weet ook zeker dat zijn beste vriend de enige persoon is die hem zal willen helpen met wraak nemen. Want wraak gaat er komen.

Hij leest de brief nog een keer.

Geen dank, graag gedaan. Mede namens Geranda. Tessa wordt niet genoemd, dus Tessa heeft hier niets mee te maken. En Josefien komt ook niet voor in het verhaal.

Hij scrolt door de namenlijst op zijn mobiel en tikt Giel de Marechal aan. Er gaat geen beltoon over, de lijn lijkt dood. Misschien heeft hij het nummer uitgezet om ongestoord te kunnen vozen met een nieuwe aanwinst, Giel zit zelden zonder. Na hun duo avontuur met Geranda heeft de witte nitwit gemeld dat ze hen nooit meer wilde zien. Toen Giel dat vertelde hebben ze zó gelachen dat ze allebei de hik kregen.

'Toch mooi dat we met die doos nog een sandwich hebben kunnen doen,' zei Giel.

David moet hem waarschuwen, dat eerst. Later kunnen ze plannen maken om het iedereen betaald te zetten en om Zus en Meisje te vinden. Die gaan ervan lusten.

De onderbroek zit toch te strak, maar hij durft hem niet uit te trekken. Hij belt Giel nog een keer. Weer geen gehoor.

Op het toilet bekijkt hij opnieuw de gejodeerde huid. Heel voorzichtig beroert hij met twee vingers zijn balzak. Alles voelt hetzelfde aan als anders. Hij drukt zijn vingers dieper naar binnen. Het klopt, hij voelt zijn ballen zitten. Er is helemaal niets verwijderd.

Orchidectomie? Hebben die teven werkelijk gedacht dat ze hem zomaar de stuipen op het lijf konden jagen? Hij is niet gek, zij wél. Knettergek en gevaarlijk. Hij moet oppassen dat ze geen tweede kans krijgen om hem te molesteren. Toch nog maar een keer Giel bellen. Waar zit hij? Zet die mobiel weer aan, klojo!

David wil de gedachte die hem nu bekruipt geen ruimte geven.

Hij besluit een taxibedrijf te bellen. Eerst Giel spreken, daarna bekijken ze samen wel wat ze gaan doen. Want er zal actie volgen.

Harde actie.

Hij klemt zijn lippen op elkaar. Ze zullen niet weten waar ze het moeten zoeken van ellende als hij met ze klaar is.

25

Hij heeft zijn eigen slip weer aangetrokken, maar het exemplaar dat de dames hebben achtergelaten gooit hij nog niet weg. De snee met de hechting begint pijn te doen. Zodra hij bij Giel is, vraagt hij eerst twee paracetamols.

Het is vandaag zaterdag, dan slaapt Giel meestal uit. David geeft het huisadres van zijn vriend aan de taxichauffeur en leunt achterover in de behaaglijke stoel. De onrust die hij voelt kan nergens op slaan, die negeert hij dus. Met Giel is niets aan de hand, hij heeft hem vier dagen geleden nog gesproken en toen was alles goed. Ze spraken af om binnenkort te praten over de mogelijkheid van een gezamenlijke vakantie. Sinds hij drie jaar geleden gescheiden is van Rafaëlla is Giel niet meer met vakantie geweest en David vond het tijd worden om het daar eens over te hebben. Dat gaan ze doen, op vakantie. Zeilen ergens ver weg, desnoods met een groep andere alleenstaanden. Je weet nooit wat daar voor lekkers tussen zit. Maar ze zullen geen avonturen aangaan, niet ergens waar ze de omgeving niet kennen. Het grote werk bewaren ze voor later, voor thuis.

De taxichauffeur bedankt hem hartelijk voor de fooi en rijdt de straat weer uit. De auto van Giel staat niet voor de deur, maar David heeft een sleutel. Als zijn vriend niet thuis is, legt hij een briefje op de trap.

Ze hebben de afspraak dat ze, als ze elkaar iets te vertellen hebben, een briefje op de trap leggen in het huis van de ander. Briefjes die iedereen zou mogen lezen, daar heeft Giel altijd op aangedrongen. Logisch, vindt David. Giel kan zich niet permitteren dat hij in opspraak raakt zolang hij procedeert om zijn kinderen te mogen zien. De uitspattingen met vrouwen hebben hem al veel slapeloze nachten bezorgd, want Giel was steeds minder overtuigd van een afloop zonder consequenties. Daarom onderhoudt David altijd de contacten en wordt er voornamelijk feest gevierd in zijn huis. Alleen de gezamenlijke acties met Geranda vonden plaats in het huis van Giel, omdat het daar minder gehorig was.

Giel gebruikt zelfs een andere naam als ze aan het werk zijn met dames, hij heet dan Matroos Jan. Hij gebruikt ook een pruik, een zonnebril en een nepgebit om niet herkend te kunnen worden. David doet dat allemaal niet. Als er ooit een vrouw iets in de richting van een aangifte zou doen, heeft ze geen enkel bewijs. De ladies moeten hun telefoon altijd uitzetten en hij weet precies hoe hij ervoor moet zorgen dat ze terugkomen. Leer hem vrouwen kennen! Hij heeft de vrouwenhogeschool gehad met Josefien. Zij was de eerste en de enige van wie hij intens heeft gehouden. Op het moment dat hij zeker wist dat echte liefde er voor hem niet in zat, kwam hij haar tegen. Hij had zichzelf moeten toestaan om in de liefde te geloven, maar dat weet hij nú, toen wist hij dat nog niet. Hij heeft zijn best gedaan, heel erg zijn best gedaan om alles overboord te zetten wat met angst voor verlies te maken had en hij verloor.

Maar dwingen, overheersen, fysiek en psychisch geweld gebruiken was toch te lekker en vooral te vertrouwd. En Josefien bleek niet vies te zijn van een wild seksleven, integendeel. Ze ging pas echt los toen er klappen waren gevallen. Hij had ervoor moeten zorgen dat ze niets in de gaten kreeg van zijn escapades, maar ze was slim en ontmaskerde zijn leugens. Toen bleek dat ze de enige wilde zijn en dat ze niet kon verkroppen dat hij het op dezelfde manier met andere vrouwen deed.

Dus hij verloor.

Geen dank, graag gedaan. Mede namens Geranda.

Geranda heeft hem verraden en ze zal er spijt van krijgen.

De deur moet stevig worden opengeduwd om binnen te kunnen komen. Op de mat liggen kranten, enveloppen en reclamefolders. Het huis is gevuld met een nadrukkelijke stilte. David schuift alles wat op de grond ligt opzij en zoekt steun bij de trapleuning. Wat is hier gaande?

Hij loopt naar de woonkamer. Er is niemand, evenmin in de keuken en de bijkeuken. Toch ook maar boven kijken.

Giels bed is opgemaakt en in de andere slaapkamers is ook niemand te bekennen. De badkamer is leeg.

David staat voor het raam van een van de slaapkamers en kijkt de tuin in. Het gras moet worden gemaaid.

Hoorde hij nu iets op de zolderverdieping? Hij rent naar boven en gooit de deur van de zolderkamer wijd open.

Er is niemand.

Hij haalt een paar keer diep adem, sluit de deur achter zich en loopt naar beneden.

In de eetkamer laat hij zich op een stoel zakken. Er ligt een krant, David pakt hem op en kijkt naar de datum. Drie dagen geleden. Hij krijgt opeens de hik. Heel diep inademen en adem inhouden, denkt hij. Geen paniek! Toch lijkt het of zijn benen elk moment onder zijn romp vandaan kunnen zwiepen als hij terugloopt naar de voordeur en de kranten die nog op de mat liggen controleert. Hij gaat op de trap zitten. De kranten zijn al drie dagen niet opgeraapt.

Giel heeft toch een hulp die elke vrijdag komt schoonmaken? Daar zei hij iets over toen ze elkaar de laatste keer zagen. De hulp was zwanger en te misselijk om te komen. Iets in die richting. Hij wilde op zoek gaan naar iemand anders, maar hij vond dat wel een beetje zielig voor de vrouw die bij hem werkte, want die kon het geld goed gebruiken. David heeft hem toen een watje genoemd.

Hoe heette die vrouw ook alweer? Er wil hem geen naam te binnen schieten. Is ze hier gisteren geweest? Niet waarschijnlijk, vanwege haar zwangerschapsklachten. Ze zou de post hebben opgeraapt en er zou geen stof op de trap liggen.

Maar waar hangt Giel dan uit?

26

Een paar weken geleden hebben ze samen gesproken over het vastleggen van de naam van iemand die hun zaken zou moeten afhandelen als er iets met hen zou gebeuren. David is daar toen zelf over begonnen, omdat hij wilde voorkomen dat Josefien hier op de een of andere manier bij betrokken zou worden. Giel wilde hierover nadenken, hij had al vastgelegd dat zijn ex Rafaëlla die persoon zou zijn. Dat leek hem de beste manier om de belangen van zijn kinderen veilig te stellen, maar hij was het met David eens dat het misschien verstandiger was als ze elkaar officieel aanwezen als executeur-testamentair. Je wist immers niet waartoe hun exen in staat zouden zijn. Intussen zijn ze niet verder gekomen en dat betekent dat Rafaëlla moet worden gewaarschuwd, mocht er iets aan de hand zijn met Giel.

Is er iets aan de hand met Giel?

Praat eens met Giel, jullie delen toch graag ervaringen?

Zou Giel hetzelfde zijn overkomen? Maar waarom heeft hij dan niet gebeld?

David weigert toe te geven aan het onrustige gevoel dat in hem plaats wil nemen. Toch is er voortdurend een soort echo om hem heen.

Praat eens met Giel, jullie delen toch graag ervaringen?

Ze leerden elkaar kennen op de middelbare school en het was vanaf het begin duidelijk dat ze méér dan vrienden waren.

‘Wij zouden psychisch een eeneiige tweeling kunnen zijn,’ zei Giel. ‘We denken op dezelfde manier.’

David vond dat net iets te zweverig en hij ging er niet op in. Voor hem was het belangrijk dat Giel ouders had bij wie hij zich op zijn gemak voelde. Giels moeder kon heerlijk koken en hij at al snel een paar keer per week bij zijn vriend. Zijn moeder mopperde, maar daar trok hij zich niets van aan. Hij zoog de sfeer in Giels huis met volle teugen op. De humor, de ernst, de warmte en de vanzelfsprekende affectie.

In het begin van de vriendschap wist hij soms niet waar hij moest kijken als de gesprekken aan tafel over seks gingen. Soms verslikte hij zich in een hap eten als Giels moeder hem en Giel maande om goed te beseffen dat het bij vrijen niet alleen om het genot van de man ging en ze blijmoedig uitlegde hoe je een vrouw kon bevredigen. Maar het wende en het onderwerp werd minder beladen. De tijd was rijp om te experimenteren.

Giel was degene die David stimuleerde om hardop uit te spreken wat hij dacht als hij een leuk meisje zag. Giel was ook degene die ter sprake bracht dat macht een bijzonder erotisch element kon zijn bij seks.

Hun eerste gezamenlijke actie betrof een buurvrouw van Giel. Ze liet zich vastbinden en slaan en ze kon overal gepenetreerd worden. Ze schreeuwde om méér.

Soms werd hij gek van Giels hypochondrische instelling. De meest geringe pijn kon een voorbode zijn van uitzichtloos lijden, een onduidelijke pukkel op zijn wang kon zomaar het signaal zijn van terminale kanker, een dag minder ontlasting kon duiden op een beknelde darm die het einde van zijn leven inluidde. David probeerde altijd luchtig te reageren op dergelijke angsten, maar soms werd het hem te veel en dan confronteerde hij zijn vriend met het feit dat zijn echtscheiding veel te maken had gehad met zijn hypochondrie. Dat betekende ruzie, ontkenning, slaande deuren, verwensingen en tijdelijk afstand. Altijd tijdelijk, ze zochten elkaar vanzelf weer op en vaak maakten ze het goed door een nieuw avontuur met een vrouw.

Hij moet beter zoeken, er moet ergens iets te vinden zijn wat kan dienen als aanknopingspunt. Giel gaat niet zomaar weg zonder een bericht achter te laten.

Er moet iets gebeurd zijn maar het is niet onherstelbaar.

NIET ONHERSTELBAAR.

David voelt rillingen over zijn rug en ziet dat zijn handen beven. Hij heeft de sterke gedachte dat hij in de richting van de brede vensterbank in de achterkamer wordt getrokken.

Vreemd.

Zijn ogen dwalen langs de grote dieprode bloempotten. Allemaal dezelfde potten, dezelfde afmeting, dezelfde kleur.

Achter de laatste pot links ligt iets.

Het A4'tje is dichtgevouwen. Davids hart bonkt, hij probeert zijn droge lippen te bevochtigen met zijn tong. Iets drinken zou ook geen slecht idee zijn. Een stevig glas cognac, bijvoorbeeld, of een goede whisky. Hij weet waar de drankvoorraad staat, maar zijn voeten lijken vastgenageld aan de vloer. Eerst kijken wat er op het A4'tje staat.

Hij strijkt het papier glad en begint te lezen.

27

De letters dansen voor zijn ogen, hij wordt er duizelig van. Toch moet hij weten wat hier staat.

Het lukt hem om een stoel onder de eettafel uit te trekken en hij ploft erin neer. Nu echt lezen, geen gesodemieter met duizeligheid of dansende letters. Hij knijpt zijn ogen dicht, opent ze weer en fixeert zijn blik op de tekst.

Beste Giel,

Welkom terug in je leven, dat er vanaf nu anders gaat uitzien. Je had waarschijnlijk nooit gedacht dat iemand je verantwoordelijk zou stellen voor je gedrag, maar dat was een vergissing. Mannen als jij, dus mannen die vrouwen misbruiken, manipuleren en bedreigen, kunnen altijd tegen de lamp lopen en dan zijn de rapen gaar.
Jouw rapen zijn gaar, Giel.
Je hebt een strakke onderbroek aan en dat is niet voor niets. Je kunt de komende dagen het beste steeds een strakke onderbroek blijven dragen, tot de zwelling is verdwenen.
De hechting is steriel en zal vanzelf oplossen. Je balzak kan nog een tijdje pijnlijk zijn, maar ook dat gaat over. Voorlopig niet springen, een beetje rust nemen en vanaf morgen kun je gewoon douchen, maar het is beter om een paar dagen geen badschuim te gebruiken.
Als je meer informatie wil hebben over wat er met je is gebeurd, googel dan even op 'orchidectomie' bij Wikipedia.

Aangezien het jou niet lukte om je gedrag te veranderen, hebben wij je een handje geholpen.
Geen dank, graag gedaan. Mede namens Geranda, en vooral namens haar: van harte graag gedaan.
Misschien hoor je binnenkort nog van ons, Giel. We danken je voor je gastvrijheid en de heerlijke wijn.
We zullen discreet zijn over alles wat je tot nu toe met vrouwen uithaalde, tenzij… Maar eigenlijk denken we dat jij slim genoeg bent om je mond te houden.
Het ga je goed! Wie weet, tot ziens?
Beter van niet, lijkt ons.
En denk eraan: mondje dicht over wat jou is overkomen. Dan zetten wij ook geen bericht over jou op Facebook. Deal?

Geen paniek, rustig blijven, slikken, slikken, slikken, een keer extra diep ademhalen. Godver…

Vrijwel dezelfde tekst, ook hier wordt Geranda genoemd. Zij was de laatste vrouw die ze deelden. Welke relatie had die kut met haar enorme tieten met Zus en Meisje?

Met wie zou hij hierover kunnen praten? Er komt maar één naam in hem op, maar hij heeft haar doodverklaard.

David vouwt het A4'tje op en laat het in de binnenzak van zijn jas glijden. Hier heeft niemand iets mee te maken, hij moet er niet aan denken dat hem hier vragen over gesteld gaan worden. Want vragen zullen er komen, als Giel niet boven water komt. Die kans bestaat, beseft hij. Giel zal zeker in paniek geraakt zijn toen hij dit las en ontdekte dat hij een strakke onderbroek droeg die niet van hem was. Maar de paniek zal pas hebben toegeslagen toen hij ontdekte dat er in zijn balzak was gesneden. Terwijl David als eerste had gecontroleerd of die balzak werkelijk leeg was, kan Giel radeloos hebben gereageerd. De hypochondrie kan ervoor gezorgd hebben dat hij alle redelijkheid uit het oog verloor en is gevlucht. Maar waar naartoe?

Niet direct aan het ergste denken, maant hij zichzelf. Giel is ondanks alles een slimme vent en op geen enkele wijze levensmoe. Hij zal tijd nodig hebben om zichzelf te hervinden en dan kan hij er ook achter komen dat die meiden hem alleen op stang hebben gejaagd. En samen kunnen ze gaan bedenken op welke manier ze die valse krengen te grazen gaan nemen. Want dat zal gebeuren en het zal niet bij een waarschuwing blijven. Als ze met die twee klaar zijn, kunnen ze fluiten naar het pretknopje tussen hun benen. Die meiden denken misschien dat ze hiermee weg zullen komen, maar ze vergissen zich.

Wat kan Geranda allemaal hebben uitgekraamd? Hij moet achter veel dingen zien te komen, maar eerst wil hij weten waar Giel uithangt.

Zou hij naar zijn ex zijn gegaan?

Rafaëlla neemt direct op. 'Wat moet je?'

'Ik zoek Giel,' zegt David.

'En dan bel je mij?'

'Giel is nergens te vinden, Rafaëlla. Hij is volgens mij al drie dagen niet thuis geweest. Ik heb geen idee waar hij is en ik weet toevallig dat jij de persoon bent die hij heeft aangewezen om zijn zaken te regelen als hem iets zou overkomen.'

Aan de andere kant valt een stilte.

'En wat zou hem kunnen overkomen, volgens jou? Denk je misschien dat hij de verkeerde is tegengekomen? Dat werd dan tijd, nu jij nog. Bel de politie, zou ik zeggen, maar laat mij met rust. Voor mij is Giel dood.'

Het is al minstens vijf minuten geleden dat Rafaëlla de verbinding verbrak, en David zit nog steeds naar zijn mobiel te staren. Wat zal er gebeuren als hij anoniem de politie belt en aangifte doet van de vermissing van zijn vriend?

Mede namens Geranda, en vooral namens haar: van harte graag gedaan.

Geranda. De lelijke slet, die altijd tegenstribbelde en dan na afloop smeekte om nog een keer.

Ze kent de vrouwen die Giel en David te grazen hebben genomen, op de een of andere manier werkt ze met hen samen.

Geranda staat genoteerd.

David schrikt van het geluid van de bel. Het klinkt dringend en dwingend. Zijn handen zoeken steun bij de muur van de gang als hij naar de voordeur loopt.

Er staan twee agenten voor zijn neus en ze vragen of ze binnen mogen komen.

HET DUO

AMBER

Er zijn gespreksonderwerpen die ze zorgvuldig heeft vermeden in de jaren dat ze studeerde en zich later specialiseerde. Sinds ze met haar zusje in gesprek raakte over hun jeugd, is ze zichzelf daar dankbaar voor.

Praten kan ruimte geven, maar zwijgen is veilig.

Toen ze geneeskunde studeerde viel er niet te ontkomen aan kijken naar, aanraken, onderzoeken en behandelen van mannelijke lichamen. Dat deed ze op een professionele manier en die creëerde voldoende afstand. Die afstand had ze nodig, ook in het contact met mannen die geen patiënten waren.

Er kwamen medestudenten die hun belangstelling voor haar lieten blijken. De een was aardig en respectvol, de ander brutaal en dwingend, de volgende probeerde haar te overtuigen dat het nergens voor nodig was om maagd te blijven tot je de ware vond. Ze moest zich tot het uiterste beheersen om die types niet in het gezicht te schreeuwen dat haar maagdelijkheid al jaren geleden verloren was gegaan toen haar vader meende dat hij recht had op intimiteit met zijn dochter.

Het is al zó lang geleden en toch komt het voor dat ze droomt dat de deur van haar slaapkamer zachtjes wordt geopend en dat ze iemand naast zich in haar bed voelt glijden. Dan zegt een stem dat ze stil moet zijn, omdat mama en zusje anders wakker worden. Dezelfde stem waarschuwt haar ervoor dat ze met niemand mag praten over hun geheime leven en dat, als ze dat wél doet, haar zusje iets verschrikkelijks zal overkomen. Daarna zegt de stem dat ze pipi moet aanraken en dat ze pipi's naam moet noemen. In de droom heeft ze altijd weer het gevoel dat ze stikt als ze de naam uitspreekt.

Henkie.

Een piemel die pipi wordt genoemd en Henkie heet. De walging kan haar nog steeds misselijk maken. Ze walgt nog meer van de herinnering aan een hand in haar nek die haar mond in de richting van pipi duwt. De eerste man die ze een kans gunde om met haar te vrijen, fluisterde na een teder voorspel dat ze hem onvoorstelbaar gelukkig zou maken als ze hem wilde pijpen. Ze schopte hem naar buiten.

Soms droomt ze dat ze naar de slaapkamer van haar ouders sluipt met een mes in haar hand. Ze bereikt de deur van hun slaapkamer en daarna wordt ze wakker. Ze is vaak wanhopig geworden, omdat ze altijd wakker wordt. Tegenwoordig is het anders. Ze hoeft geen mes te gebruiken, ze heeft een beter plan bedacht, samen met Paula. Als ze eerder had geweten dat het misbaksel van de eeuw zich ook aan haar zusje vergrepen had, zou er geen auto zijn geweest die hem aan gort had gereden, omdat ze hem vóór die tijd al koud had gemaakt.

De woede zit diep en is onoplosbaar. Ze weet het en ze wil niet anders.

De woede is noodzakelijk om in actie te kunnen komen.

TESSA

28

Er zijn ochtenden dat ze het gevoel heeft dat het leven weer normaal is. Ze is weer aan het werk, na een door haar leidinggevende Paula en de bedrijfsarts geadviseerde ziekteperiode van zes weken waarin ze gesprekken heeft gevoerd met Amber, de psychiater die de zus van Paula is. Amber is een verademing die soms te mooi lijkt om waar te zijn. Het is een vrouw aan wie ze niet alleen alle details over wat er is gebeurd met David heeft durven vertellen, maar wie ze ook het ontstaan en de teloorgang van haar relatie met Levi heeft toevertrouwd. Dat was een onbeschrijflijke opluchting.

Ze kan zich nu bijna niet voorstellen dat ze nauwelijks een maand geleden niet alleen over straat durfde lopen en dat ze zich lam schrok als ze op haar telefoon hoorde dat er een nieuw bericht was binnengekomen.

Elk bericht kon van David zijn en elk bericht kon vergezeld gaan van nieuwe foto's. Maar hij stuurde niets, hij herinnerde haar er alleen aan dat hij beschikte over genoeg digitale munitie om haar voor iedereen die ze kende en ook wie ze niet kende voor schut te zetten. Het ultimatum dat hij stelde heeft hij laten vervallen. Reden onbekend.

Amber is erin geslaagd haar te leren op welke manier ze haar kalmte kan bewaren en hoe ze zich kan ontworstelen aan angstvlagen, angstgedachten en angstgedrag. Al tijdens hun eerste gesprek, op de dag dat ze door Paula naar haar toe werd gestuurd, liet ze Tessa eindeloos dezelfde woorden herhalen.

Ik ben niet bang voor David.

Ze zei dat angst, hoe begrijpelijk dan ook, de slechtste raadgever is om beslissingen te nemen en jezelf overeind te houden. Afschaffen dus, vooral waar het David betreft.

Het advies leek aanvankelijk te belachelijk om over na te denken, maar Tessa merkte al snel dat het wel degelijk ergens op sloeg. Niet weglopen voor de confrontatie, al is die tot nu toe beperkt gebleven tot digitaal ontmoeten en wordt ze bij elke ontmoeting begeleid door een professional. Ze zorgt ervoor dat ze zich niet laat wegzakken in een verkrampte toestand die haar weerloos maakt.

Ik ben niet bang voor David.

Een mantra dat steeds beter begint door te dringen en vooral steeds meer bij haar gaat horen.

Hij wil haar zien en zij duikt. Eerst kon ze aangeven dat haar dochters bij haar logeerden en dat de meiden argwanend zouden reageren op een mededeling die iets met het ontmoeten van een nieuwe vriend te maken had. Daarna was er de ziekteperiode en het advies van de bedrijfsarts om zo weinig mogelijk sociale contacten te onderhouden en haar dagen in te vullen met rust en slapen. Dergelijke teksten werden niet door de bedrijfsarts uitgesproken, maar bedacht door Amber. Die keek mee als Tessa een bericht stuurde aan David en ze was dag en nacht telefonisch bereikbaar voor overleg over elk nieuw bericht dat David bedacht. Zijn dringende vragen of ze zeker wist dat niemand hun digitale ontmoetingen kon zien, heeft ze consequent ontkennend beantwoord. Zelf stelt ze geen vragen, maakt ze geen verwijten en komt ze nergens op terug.

Ik ben niet bang voor David.

Herhalen, herhalen, herhalen. Vaak helpt het, maar het werd toch spannend toen Amber haar vroeg om een nepafspraak met David te maken en haar beloofde dat ze later zou uitleggen waarom ze dat nodig vond. Tessa heeft na de avond dat ze hem tevergeefs liet wachten in een bar voortdurend gerekend op acties en ze heeft overal waar ze was het gevoel gehad dat hij haar onverwacht zou overvallen. Maar er is niets gebeurd.

'Hij gaat vanzelf begrijpen dat met jou niets meer te beleven valt,' zei Amber later tegen haar.

'Wat moet ik verder met die man?' heeft ze twee dagen geleden aan Amber gevraagd. 'Ik had veel liever geen nepafspraak met hem gemaakt, waarom drong je daar zo op aan? Wat moet ik doen als hij opeens weer voor de deur staat?'

'Jij moet niets, laat dat maar aan andere vrouwen over,' was het cryptische antwoord. 'David wordt echt vanzelf verleden tijd.'

Tessa wil dat graag geloven, maar hoe moet het dan met de foto's die hij heeft?

Ze vraagt zich af of het contact met Amber wel verstandig is. Ze baalt van haar eigen achterdocht, want ze weet dat ze achterdochtig is. Dat voelt niet goed. Amber is warm, ze heeft overwicht en ze durft te benoemen wat Tessa nauwelijks durft te denken.

Amber heeft recht op vertrouwen.

Toch is er iets niet goed.

29

Ze heeft zich voorgenomen om vandaag eindelijk eens de zolder te gaan opruimen en daarna wil ze op zoek gaan naar een timmerman die kasten kan maken tegen de schuine wanden. Hang- en legkasten om spullen te kunnen bewaren die niet veel gebruikt worden, zoals de kerstversieringen, het kerstservies en kleding. Ze wil meer orde in haar huis, het is nu wel lang genoeg een rommeltje geweest.

Levi haatte rommel en hij heeft haar vaak verweten dat ze chaotisch was. Zijn permanente kritiek heeft haar altijd verlamd, ze wist nooit waar ze moest beginnen met opruimen. Sinds hij dood is, kost het haar nauwelijks moeite om haar huishouden overzichtelijk te houden. Ze heeft vele vuilniszakken met in haar ogen overbodig materiaal naar de gemeentelijke stortplaats gebracht en dat levert niet alleen een beter overzicht op, maar geeft haar ook een rustiger gevoel. De kasten die ze wil laten maken zullen de laatste fase zijn van de grote opruimklus die ze moeiteloos heeft uitgevoerd. Pas als de zolder klaar is, gaat ze haar dochters het resultaat laten zien. Ze verheugt zich nu al op verbaasde blikken en verraste kreten. Soms kan ze nog niet geloven dat niemand kritiek op haar zal hebben.

Ze schrikt van het geluid van een nieuwe app en als ze ziet van wie het bericht komt, trekt ze de vinger die al richting display ging schielijk terug.

'Ik ben niet bang voor David,' zegt ze. Amber heeft haar aangeraden om de woorden hardop uit te spreken als ze op welke manier dan ook nog door zijn bestaan overvallen wordt.

Ze aarzelt.

Bericht openen of niet? Als ze het opent, kan hij zien dat ze het gelezen heeft. Misschien moet ze daarmee wachten tot ze weer bij Amber is, over twee dagen.

'Als je iets wil overleggen, kun je altijd bellen of appen,' zei Amber na de meest recente sessie. Toch nu maar overleggen?

Die man moet minder ruimte krijgen in haar leven. Sterker nog: hij moet helemaal uit haar leven verdwijnen, want hij heeft nu wel genoeg aangericht.

Maar die foto's dan? Hoeveel heeft hij er? Wat kan hij nog uithalen? Allemaal vragen die om een weloverwogen antwoord vragen en daar kan Amber haar bij helpen.

Er wordt vandaag geen app gelezen, David kan de rambam krijgen. Ze gaat naar buiten, al weet ze nog niet waar naartoe. Ze weet alleen dat ze weg wil zijn als hij het in zijn hoofd haalt om plotseling voor de deur te staan. Daar is ze nog steeds bang voor en zeker op momenten dat ze besluit om niet direct te reageren op berichten die hij stuurt. De mantra die ze steeds tevoorschijn haalt is niet genoeg.

Ze moet hier gewoon even weg. Of zal ze toch eerst met Amber overleggen wat ze het beste kan doen met het laatste appje? Ze staat al in de gang en kijkt in de spiegel die ze een paar weken na Levi's dood heeft gekocht. Ze wilde altijd al een grote spiegel in de gang, hij wilde dat niet. Vandaag geeft de spiegel haar geen triomfantelijk gevoel. 'Toch ben ik niet bang voor David,' zegt ze. Geen overleg, denkt ze.

Er zijn al momenten geweest dat ze durfde denken dat hij de boom in kon met zijn dreigementen over het verspreiden van foto's. Maar de eerlijkheid gebiedt haar toe te geven dat ze dit alleen heeft durven denken als ze een paar glazen wijn had gedronken. Wijn maakt haar altijd losser.

Die foto's zijn niet gemaakt toen ze helemaal nuchter was. Nu is ze dat wél en ze weet het zeker: nog geen overleg.

Het is vandaag een mooie nazomerse dag en als Tessa in haar auto stapt, besluit ze om in het centrum van de stad eerst op een terras een broodje te gaan eten en daarna iets te gaan kopen wat ze mooi vindt en wat ze niet nodig heeft en waarvan vooral niemand met kritische opmerkingen achteraf haar plezier over de aanschaf kan bederven.

Bij het Grand Café op het grote plein is helemaal in de hoek nog een leeg tafeltje en ze is op tijd om er te gaan zitten. Twee giechelende meisjes die het tafeltje een fractie te laat zagen, geven haar kushandjes. Ze vraagt zich af of die kinderen misschien midden op de dag al tipsy zijn.

Bij het stel dat naast haar zit wordt een grote schaal met sandwiches neergezet en twee glazen bier die eerder op vazen dan op een drinkglas lijken. De man drinkt zijn vaas direct halfleeg.

Tessa dwingt zichzelf om ergens anders naar te kijken en wenkt de serveerster. Op de menukaart staat iets vermeld waar ze graag uitleg over krijgt.

De serveerster wil wel vertellen wat Tessa kan verwachten als ze de Spannende Omelet bestelt. 'Het spannende zit in de vulling. Die is heel kruidig en u kunt kiezen voor mild of heftig. Als u voor heftig kiest, kunt u beter de rest van de dag niemand in het gezicht ademen,' zegt ze.

Tessa bestelt een milde versie van de Spannende Omelet en een groot glas verse jus d'orange. Ze kijkt de serveerster na. De vrouw loopt een beetje huppelend.

Terwijl ze wacht op haar bestelling, laat ze haar ogen over de mensen op het terras dwalen. Ze voelt zich licht en ze geniet van de zon op haar gezicht. De stem die opeens in de buurt is, laat haar van schrik rillen. Dat lijkt… Hoe is het mogelijk? Ze kijkt in de richting van de stem en ziet dat ze het goed gehoord heeft. David loopt naar het tafeltje schuin vóór haar, waar twee dames bezig zijn om te vertrekken. Hij lijkt van plan te zijn om met de rug naar haar toe te gaan zitten. Achter hem ziet ze een vrouw. Ze grijpt de menukaart en houdt hem voor haar gezicht. Hoe komt ze hier zo onopvallend mogelijk weg? Niet, weet ze. Zitten blijven, dus.

Ze laat de menukaart voorzichtig weer zakken. Hij is inderdaad met zijn rug naar haar toe gaan zitten en tegenover hem zit een vrouw. Ze heeft een prachtige bos lang haar, dik en blond met brede golven. Tessa kent die vrouw ergens van. Nu niet staren, denkt ze. Zelfs als hij in de gaten krijgt dat zij hier zit, zal hij niets zeggen. Die vrouw is erbij, dat geeft een veilig gevoel.

De bestelling wordt gebracht, maar Tessa heeft geen trek meer. Ze neemt een paar slokken van de jus en kijkt weer naar de plek waar David zit. Hij buigt zich voorover, de vrouw deinst achteruit.

Is dit een volgend slachtoffer? Dat maakt niet uit, zij heeft genoeg aan zichzelf en aan het verwerken van haar eigen trauma. Toch moet ze naar de vrouw kijken en als ze zich niet vergist, is die niet blij. Eerder geïrriteerd, mogelijk boos. Ze duwt het gezicht van David van zich af en zegt iets tegen hem wat hem blijkbaar niet bevalt, want hij smijt zijn servet op de tafel, staat op, schopt zijn stoel naar achteren en loopt weg.

De vrouw lijkt een beetje in elkaar te duiken en op hetzelfde moment kijkt ze Tessa aan. Is ze alleen geschrokken of misschien bang?

'Ik ben niet bang voor David,' mompelt Tessa.

De vrouw zoekt iets in haar tas.

Tessa wil zich nergens mee bemoeien, zich nergens in mengen en vergeten wat ze zag. Wie weet, is dit inderdaad zijn volgende slachtoffer en betekent dit dat hij háár binnenkort definitief met rust laat.

Ze kijkt naar de vrouw, die nu een bericht zit te tikken op haar mobiel. Ze heeft nog steeds het gevoel dat ze haar eerder heeft gezien, maar waar?

Niet mee bemoeien, wegwezen, denkt ze.

Toch staat ze op.

De vrouw kijkt haar aan en glimlacht. Hè? Ze lijkt op… Tessa herinnert zich de foto's die overal hingen en stonden en die verwijderd waren toen ze voor de tweede keer in het huis was. Dat kan niet, ze moet zich vergissen. Die vrouw had heel kort haar, het was beslist een andere vrouw. Ze kan beter weggaan en vergeten wat ze zag. Wie weet, duikt David dadelijk weer op.

Het volgende moment staat Tessa naast de vrouw. 'Ik wil me nergens mee bemoeien, maar ik wil wel tegen je zeggen dat je hem beter kunt laten lopen,' zegt ze.

Zegt ze dit écht? Wat bezielt haar?

De vrouw kijkt nu ernstig. 'Dat heb ik al gedaan, maar dank je voor de tip. Jij bent vast een van zijn laatste veroveringen, want ik ken je nog niet.' Ze wijst naar de stoel waar David net nog op zat. 'Wil je niet even gaan zitten? Neem wat je hebt besteld gewoon mee.'

Tessa weet niet wat ze moet doen.

'Hij komt niet terug, dat doet hij nooit. Kom toch zitten. Waar ken je David van?'

Tessa besluit om alleen het glas jus d'orange mee te nemen. 'Ik was een tijdje met hem bevriend. Waar ken jij hem van?'

'Ik was met hem getrouwd. Een mens kan grote fouten maken in het leven.'

Tessa vraagt zich af of ze wel goed heeft gehoord wat de vrouw net zei. 'Getrouwd? Ik dacht dat zijn vrouw dood was. Of is hij vaker getrouwd geweest?'

'Niet dat ik weet, volgens mij was ik de eerste en tot nu toe de enige.'

Het klopt niet, denkt Tessa. Ze kan het niet zijn. 'Zijn vrouw heette Josefien,' zegt ze. 'Er hingen foto's van haar in zijn huis, ze had heel kort haar. Ik ben trouwens Tessa.'

'Aangenaam kennis te maken, Tessa. Het klopt, ik ben Josefien. Ik had toen ik met David getrouwd was inderdaad kort haar. Hij stond niet toe dat ik het liet groeien. Heeft hij tegen je gezegd dat ik dood was? Weet je toevallig ook waar ik aan ben overleden?' Josefien schijnt het gesprek amusant te vinden.

'Kanker,' weet Tessa uit te brengen en dan breekt haar stem.

30

Josefien heeft haar stoel naast die van Tessa geschoven en ze reikt haar zwijgend het ene na het andere papieren zakdoekje aan. ‘Let vooral niet op mensen die naar je gaan zitten staren,’ adviseert ze. ‘Laten we hopen dat ze zelf niet een slachtoffer van mister David worden. Drink even wat.’

Tessa drinkt, snuit stevig haar neus en haalt diep adem. ‘Ik ben er weer,’ zegt ze en haar stem trilt nauwelijks meer.

De woorden en beelden dringen zich aan haar op, ze buitelen over elkaar heen in haar hoofd. Ze ziet vooral de po steeds opnieuw verschijnen en ze hoort David zeggen dat ze die gebruikten toen Josefien slechter ging lopen en dat het een eer was dat zij erop mocht zitten.

‘Vertel me waar je nu aan denkt,’ dringt Josefien aan. ’Ik wil je helpen.’ Ze buigt zich voorover. ‘Shit, er ligt hier een mobiel.’ Ze duikt onder de tafel. ‘Die is van David, ik denk dat hij uit zijn broekzak is gegleden. Nu kunnen we er vergif op innemen dat hij wél terugkomt.’

‘Dan wil ik hier weg,’ zegt Tessa.

Josefien laat de mobiele telefoon in haar tas glijden en wenkt een ober. ‘Ik reken af en dan vertrekken we. Vind je het goed dat ik even bij je in de buurt blijf? Het lijkt me namelijk een verstandig idee.’

‘Ik wil graag naar huis,’ antwoordt Tessa. ‘Ga maar met me mee. Ik reken zelf ook even af.’

'Dan laat ik mijn fiets hier staan, ik hoop dat je me later wel wil terugbrengen.'

Misschien is dit juist helemaal geen verstandig idee, maar misschien ook juist wél. Zou Josefien weten waar hij die po gelaten kan hebben? Is het niet heel erg toevallig dat ze elkaar getroffen hebben? Maar als dat niet toevallig was, hoe had David dan kunnen weten dat zij op dit terras zou gaan zitten?

Het was toeval, en ze kan nu nog beslissen om het hierbij te laten. Laat Josefien dat mobieltje maar snel naar hem toe brengen, want eigenlijk wil ze dat ding niet in haar huis hebben. Er mag niets meer in huis zijn wat een link heeft met David.

'Je lijkt mijlenver weg met je gedachten,' zegt Josefien. 'Wil je misschien toch liever alleen naar huis?'

Tessa kijkt naar haar tas. Po, denkt ze. Handboeien. Kettingen. Jerrycan.

Foto's.

Ze kijkt Josefien recht aan. 'Maakte hij vaak foto's?'

Josefien haalt haar schouders op. 'Soms van mooie natuur. Hij wilde van mij altijd...' Ze schudt haar hoofd. 'Dat is te privé, sorry. Waarom wil je dat weten?'

'Had hij een fototoestel?' Tessa was al gaan staan, maar nu gaat ze weer zitten. Natuurlijk had hij een fototoestel.

Josefien heeft afgerekend. 'Een fototoestel? Niet dat ik weet, hij fotografeerde voor zover ik weet altijd met zijn mobiel.'

'Hij heeft foto's van mij gemaakt toen ik het niet in de gaten had.' Tessa slikt een paar keer. 'Naaktfoto's.'

Josefien haalt de mobiel uit haar tas. 'Jij dus ook al. Wil je dat ik...?'

'Niet hier,' zegt Tessa. 'Liever bij mij thuis.'

'Dan gaan we nu,' beslist Josefien.

31

Tessa heeft steeds in haar achteruitkijkspiegel gekeken om zeker te weten dat ze niet werd gevolgd en Josefien heeft tijdens de rit geen woord gezegd. Pas als ze zijn uitgestapt, maakt ze een opmerking over de rustige buurt waar Tessa woont en over haar mooie huis.

'Ik wil snel naar binnen,' zegt Tessa.

Als de voordeur achter hen dichtvalt, steekt ze haar sleutel direct in het slot en draait hem drie keer om. Nu kan er niemand naar binnen.

Josefien volgt haar naar de woonkamer.

'Ik doe de rolgordijnen naar beneden,' meldt Tessa.

'Pak jij de voorkant, dan doe ik de achterkant,' stelt Josefien voor. 'Is dat genoeg? Hoe zit het met je keuken?'

Tessa gebaart dat ze daar ook naartoe zal gaan. De aanwezigheid van de vrouw die niet dood blijkt te zijn, voelt goed. En vreemd. Maar vooral goed.

Ze zijn in de keuken gaan zitten en Tessa heeft thee gezet. Haar maag rommelt een beetje.

'Je had je bestelling beter mee kunnen nemen, ik denk dat het verstandig is als je toch iets te eten maakt.' Josefien strijkt met een hand over haar maagstreek. 'Ik zou ook nog wel wat lusten. Als ik David heb gesproken, krijg ik vaak zin in lekkere hapjes. Zal wel te maken hebben met compensatie. Doe eens een beetje rustig, je bent in je eigen huis en hij zal hier niet zomaar binnenkomen. Wil je me vertellen wat je hebt meegemaakt met David?'

Tessa voelt dat ze iets moet eten, dat heeft Josefien goed gezien. 'Ik heb nog kippensoep, zal ik die warm maken? Ik heb ook nog een stokbrood met kruidenboter in de koelkast liggen, dat kan ik in de oven leggen.'

Josefien zegt dat ze dit een prima idee vindt. 'Wat kan ik verder voor je doen? Je had het over foto's. Wil je dat ik op zijn mobiel kijk of er foto's van jou op staan? Ik vermoed dat ik het wachtwoord ken dat hij gebruikt.'

Tessa knikt. 'Het zijn foto's die... Het gaat er niet alleen om dat ik naakt was. '

Josefien raakt even Tessa's wang aan. 'Ik denk dat ik wel weet wat voor foto's ik kan tegenkomen. Je bent niet zijn eerste slachtoffer, Tessa. Hoe ben je er eigenlijk achter gekomen dat hij foto's van je heeft gemaakt?'

'Hij heeft me er een gestuurd en hij chanteerde me met de rest.'

'De smeerlap.' Josefien tikt iets in en ze steekt direct een vinger in de lucht. 'Als ik het niet dacht, de code is Josefien. Even kijken, waar zitten foto's?'

Ze buigt zich dieper over het toestel. 'Allemachtig!' Ze telt hardop. 'Twintig en alleen van jou, volgens mij. Dat wil natuurlijk niet zeggen dat hij geen foto's meer heeft van andere vrouwen. Maar deze hebben we en nog beter is: deze kunnen we wissen. Wil je ze zien? Misschien beter van niet.'

Tessa zit stokstijf op haar stoel. Twintig foto's? Ze wil er niet één zien. De foto die hij haar stuurde was al genoeg om haar slapeloze nachten te bezorgen. Ze kijkt naar het mobieltje dat Josefien nog steeds vast heeft. Ze wil het uit haar handen slaan, op de grond smijten, erbovenop gaan staan en het vermorzelen. Ze schrikt zich lam als er plotseling een harde beltoon te horen is.

Josefien kijkt op de display. 'Ik ben bang dat David heeft ontdekt dat hij iets is kwijtgeraakt.'

'Hoe kan hij zichzelf dan bellen?' vraagt Tessa. De brede lach op Josefiens gezicht geeft haar het gevoel dat ze iets onnozels heeft gevraagd.

‘David weet altijd wel iemand te vinden die bereid is om even zijn nummer te bellen. Niet reageren, wij gaan eerst die foto’s wissen.’

De beltoon stopt.

‘Laten we niet te lang wachten met wissen,’ stelt Josefien voor. ‘Weet je zeker dat je ze niet wil zien?’

‘Wis alles maar,’ zegt Tessa.

Waar komt het andere geluid opeens vandaan? Het is een soort gepingel, Tessa vindt het tamelijk irritant.

Josefien haalt haar eigen mobiel tevoorschijn. ‘Als ik het niet dacht, nu belt hij mij. Het zal me niet verbazen als hij is teruggegaan naar het terras om daar te zoeken. Ik neem niet op, laat hem maar iets inspreken. Dus wissen? Zeker weten?’

‘Zeker weten.’ Tessa kijkt toe als Josefien de foto’s een voor een wist.

‘Vergis je niet,’ zegt Josefien. ‘Hij kan alle opnames hebben doorgezet naar zijn computer. Hij kan ook kopieën hebben opgeslagen in de cloud, dropbox, op een geheugenkaart, op een andere telefoon of op een externe harde schijf. Dus juich niet te vroeg. Maar zijn telefoon is schoon, dat weet je nu zeker.’

Tessa voelt dat ze misselijk wordt, maar ze wil niet dat Josefien hier iets van merkt. ‘Wat doen we met die mobiel?’ vraagt ze zo achteloos mogelijk.

‘Hebben wij een mobiel?’ Josefien lacht. ‘Alleen die van onszelf, toch?’

‘Ik wil dit ding niet in huis hebben, dat voelt echt niet veilig,’ antwoordt Tessa.

‘Je hebt vast wel een stevige hamer,’ oppert Josefien. ‘Ik timmer graag en de brokstukken gaan in de vuilnisbak. Wanneer wordt hier het huisvuil opgehaald?’

‘Morgen.’

Josefien lacht nog breder. ‘Maar geef me alsjeblieft eerst iets te eten.’

32

Tessa vraagt zich af of ze misschien weer in een rare droom is beland. Ditmaal geen angstaanjagende, dat scheelt. Maar ze zit echt in haar eigen keuken en op de tafel staan twee soepkommen met volgens Josefien de lekkerste kippensoep die ze ooit heeft gegeten en een bord waarop nog twee stukjes warm stokbrood met kruidenboter liggen.

Josefien maant haar om de laatste stukjes stokbrood op te eten. 'Goed voor jezelf zorgen is belangrijk,' zegt ze. 'Eet je wel goed? Nee, hè? Mijn ex heeft blijkbaar heel wat aangericht.'

'Waarom hebben jullie nog contact?' wil Tessa weten.

Josefien eet eerst haar soep op. 'Ik kan er voorlopig weer tegen, hier was ik wel aan toe. Waarom we nog contact hebben? Laat ik het zó zeggen: ik weet dat je David het best te vriend kunt houden, wat in mijn geval betekent dat ik contact niet afwijs. Hij hoopt nog steeds dat ik weer met hem wil gaan samenwonen en zolang ik blijf ingaan op zijn uitnodigingen zal die hoop standhouden.'

'Wat bedoel je met dat je David beter te vriend kunt houden?'

'Met David als vijand kan je leven erg onrustig worden. Ik bouw David langzaam genoeg af om op het punt terecht te komen dat mijn aanwezigheid er voor hem niet echt meer toe doet. Er komen andere vrouwen langs die hij versiert, imponeert en in bezit neemt.'

'In bezit,' herhaalt Tessa.

Josefien pakt het laatste stukje stokbrood. 'Voor David is een belangrijk onderdeel van een relatie het in bezit hebben van foto's die op zijn zachtst gezegd compromitterend zijn. Het is mij gelukt de opnames van mij te wissen, zowel op zijn mobiel als op zijn computer. Daar moest ik wel een hoge prijs voor betalen.'

'Het kan mij niet schelen hoeveel geld het gaat kosten. Geld is geen probleem.'

Josefien kauwt op het stukje stokbrood. 'Ik had het niet over geld, liefje.'

Tessa heeft de gereedschapskist van Levi van zolder gehaald en Josefien is met de mobiele telefoon van David en de grote klauwhamer de achtertuin in gelopen. Met gesloten ogen luistert Tessa naar de geluiden die buiten te horen zijn.

Zo te horen blijft er weinig van die mobiel over.

Ze wil zich opgelucht voelen, omdat een deel van het probleem nu is opgelost. Toch rilt ze voortdurend bij de herinnering aan een bepaalde zin die Josefien uitsprak.

Ik weet dat je David het best te vriend kunt houden.

Bedoelde Josefien daarmee dat ze serieus moet overwegen om David te blijven ontmoeten?

Ze haalt een paar keer diep adem en neemt snel een paar slokken koffie.

Josefien komt weer binnen. 'Heb je een stoffer en blik en een pedaalemmerzak? Dat was nog eens lekker vernielen, zeg! Ik zal de zak wel voor je in een afvalbak gooien, dat lijkt me een rustig gevoel voor jou. Klopt, hè? Ik ben blij dat ik je ben tegengekomen, Tessa. En ik ga je helpen. Als je dat goed vindt, tenminste.'

Dat zei Amber ook, toen ze voor de eerste keer met elkaar spraken. 'Ik ga je helpen, als je dat goed vindt.'

'Heb ik iets verkeerd gezegd?' vraagt Josefien.

'Nee,' zegt Tessa. Ze wil zo snel mogelijk met Amber praten en gerustgesteld worden.

Want iets klopt hier niet.

Josefien legt een hand op Tessa's arm. 'Ik weet niet wat je allemaal hebt beleefd met David, maar laat één ding je heel duidelijk zijn: hij is je emotie, in welke vorm dan ook, niet waard. Niet jij, maar hij is degene die zich ongemakkelijk moet voelen.'

'Hoe kan iemand zo gemeen zijn?' vraagt Tessa.

Josefien lijkt even te aarzelen voordat ze antwoord geeft. 'Door een onveilige jeugd met een tiran als moeder.' Ze kijkt op haar horloge. 'Ik moet naar huis, kun je me terugbrengen?'

Ze heeft Josefien vlak bij het terras waar ze elkaar tegenkwamen afgezet en onderweg heeft Tessa zelf de zak met de resten van Davids mobiel in een afvalbak gegooid. Ze hebben mobiele nummers uitgewisseld en Josefien heeft haar beloofd om na te zullen denken over een mogelijkheid om eventuele foto's van Tessa op Davids computer te wissen. Ze is nog drie keer door David gebeld en heeft niet opgenomen. Als ze thuis is zal ze de berichten afluisteren die hij heeft ingesproken, maar als ze weer contact met hem heeft zal ze op geen enkele manier iets loslaten over hun vondst en beslist ook niet over haar ontmoeting met Tessa. Vlak voordat die uitstapte zei ze iets waar Tessa nog steeds over nadenkt. 'Bouw David af, net als ik. Verstand op nul en blik op oneindig. Neem de tijd en wacht rustig tot hij voorzien is van nieuw misbruikmateriaal.'

Het woord blijft maar om haar heen hangen.

Misbruikmateriaal.

Afbouwen en blijven ontmoeten? No way!

Ze gaat thuis meteen Amber bellen voor een extra gesprek.

33

Ze heeft een boodschap ingesproken op Ambers antwoordapparaat en daarbij aangedrongen op snel contact. De stilte in huis geeft haar een gevoel van beklemming, maar ze durft geen cd op te zetten. Ze wil horen wat er buiten gebeurt en of er iemand in de buurt van het huis komt.

De deuren zijn allemaal goed gesloten, boven zijn alle ramen dicht, ook het zolderraam. Zelfs de kelder is geïnspecteerd. Behalve Tessa is er niemand in huis. Maar straks wordt het donker en sinds ze door David te grazen is genomen zijn de avonden niet meer zo onbevangen als voorheen. Een warme zomeravond stond vroeger garant voor uren in de tuin zitten, op het terras eten en later koffie en nog later wijn drinken, geurkaarsen plaatsen om muggen te verdrijven en eindeloos genieten van een prachtige sterrenhemel. De tuinstoelen worden nu alleen nog gebruikt als ze niet alleen is.

Zou het een goed idee zijn om een van haar dochters te vragen om weer een paar nachten te komen slapen?

Dan zal ze iets moeten uitleggen en ze weet zeker dat ze niet wil dat die ontdekken wat haar is overkomen. De gedachte dat ze zal moeten vertellen wat David met haar deed is onverdraaglijk en beschamend. Er zijn momenten dat ze zichzelf probeert wijs te maken dat het niet echt gebeurde, dat het inderdaad een gruwelijke nachtmerrie was en dat hij de waarheid sprak toen hij alles ontkende. Maar daarna kwam de foto en nu weet ze dat er zelfs twintig opnames op zijn mobiel stonden. Wat was hij daarmee van plan?

Het geluid van haar mobiel doet haar verstijven van schrik. Op de display ziet ze dat Josefien haar belt. Zodra ze zich meldt, begint Josefien te praten. 'Luister, Tessa, en raak niet in paniek. David heeft ons gezien toen we het terras verlieten en hij gelooft niet dat we zijn mobiel niet gevonden hebben. Hij is nu naar je onderweg, zorg ervoor dat je alle deuren gesloten houdt en doe alle lichten uit. Zet je mobiel op de trilstand. Ik kom naar je toe en ik wacht tot hij weer in zijn auto is gestapt, dan bel ik je en kun je me binnenlaten. Geen paniek, hè? Ik ben onderweg.'

Tessa doet eerst alle lichten uit, zet haar mobiel op trillen en controleert dan nog een keer alle deuren. Ze gaat achter de voordeur staan, maar ze heeft het gevoel dat ze door haar knieën zal zakken en ze besluit om op de grond te gaan zitten.

'Ik ben niet bang voor David,' fluistert ze. 'Niet bang, niet bang, niet bang.'

Buiten is het geluid van een naderende auto te horen. Er wordt een portier dichtgeslagen. Er klinken voetstappen op het pad dat naar de voordeur leidt.

Er wordt gebeld. Lang, hard, doordringend.

Dringend.

Ik ben niet bang voor David, denkt ze. Goddank dat ik mijn auto in de garage heb gezet.

Hij belt opnieuw aan en hij houdt de belknop eindeloos lang ingedrukt.

Ze trekt haar knieën op en slaat haar armen eromheen. Haar mobiel begint te trillen. Ze kijkt op de display en ziet geen nummer staan, alleen het woord privé. Dit moet David zijn, maar hoe kan dat? Heeft hij soms meerdere toestellen? Wat een geluk dat Josefien haar adviseerde om het geluid van haar eigen mobiel uit te zetten, anders had hij gehoord dat ze hier achter de deur zat.

Er wordt niet meer gebeld. Hoelang zal hij daar blijven staan? Is Josefien al in de buurt? Er is een geluid, het zijn voetstappen die het pad weer af lopen. Er wordt een auto gestart en als ze zich niet vergist, scheurt hij de straat uit.

Haar mobiel begint te trillen, ze ziet dat Josefien haar belt. Ze meldt zich fluisterend.

'Mijn auto staat verderop, ik wil niet dat hij in de gaten krijgt dat ik hier ben, mocht hij terugkomen,' zegt Josefien. 'Is er nog plaats in je garage?'

'Ja, ik maak hem open.'

'Goed. Snel!'

Dit moet ophouden, denkt Tessa.

34

Josefien heeft een weekendtas bij zich en als ze ziet dat Tessa daarnaar kijkt, begint ze zich direct te verontschuldigen. 'Ik kan me voorstellen dat ik nu een opdringerige indruk maak, maar ik wist eerlijk gezegd niets beters te bedenken dan even bij jou onder te duiken.'

'Het is goed,' zegt Tessa, en ze meent het. 'Ik was al aan het overwegen om een van mijn dochters weer een paar nachten te slapen te vragen, maar ik wil ze liever niet ongerust maken.'

Josefien zet haar tas op de trap. 'Dank je voor je gastvrijheid. Hoeveel dochters heb je?'

'Twee, een tweeling. Ze studeren allebei geneeskunde. Mijn man was chirurg en ik ben verpleegkundige. Het heeft dus niemand verbaasd dat die meiden deze studierichting kozen.'

'Een tweeling, wat leuk. Hoe heten ze?'

'Iris en Kelly. Jij hebt… geen kinderen?'

'Dat is gelukkig niet gelukt, stel je voor dat David zich zou voortplanten. De natuur neemt soms de beste beslissingen.'

Ze zijn doorgelopen naar de keuken en Tessa maakt twee cappuccino's. 'Had je ze wél gewild met een andere partner?'

Josefien haalt haar schouders op. 'Die was er niet en die is er niet. Ik ben bijna veertig, maar ik was nooit serieus bezig met die vraag. Misschien krijg ik daar later spijt van, maar dat zie ik dan wel weer.'

Tessa zet de dampende bekers op tafel. 'Ik denk dat je gelijk hebt met wat je over David zei, maar daarbij ga ik alleen af op mijn eigen ervaring met hem. Wat zou ik nog meer over hem moeten weten?'

Josefien neemt voorzichtig een slok, maar ze zet de beker snel terug. 'Heb je een weekje? Ik zou een boek over die man kunnen schrijven. Maar voor ik ga vertellen wat je moet weten, wil ik graag tegen je zeggen dat ik heel erg blij ben dat wij elkaar zijn tegengekomen. Dat meen ik, Tessa.'

'Wederzijds, al vind ik het ook merkwaardig. Of is dat niet het juiste woord? Ik heb een beetje het gevoel dat ik in een droom ben beland en dat ik als ik wakker word minstens een dag nodig zal hebben om deze droom van me af te zetten.'

'Wat ik ook ben, geen droom,' antwoordt Josefien. Het lijkt of ze zich beledigd voelt. 'Ik ben echt en ik ga je helpen.' Ze lijkt naar woorden te zoeken. 'Maar alleen als je dat goedvindt.'

'Ik vind het goed en dat meen ik dus ook. Wat moet ik weten over David?'

'Hij is verknipt en dat is de schuld van zijn moeder.'

'Wat heeft die moeder fout gedaan?'

Josefien drinkt behoedzaam. 'Dit is lekker. Wat zijn moeder fout heeft gedaan? Veel, maar haar grootste fout was toch wel de beslissing om een kind te nemen. Ja, ze nam. Sommige mensen krijgen kinderen, anderen nemen ze. Het lukte haar niet om een kerel aan de haak te slaan en ze had een kinderwens. Ze dook dus in bed met een willekeurige voorbijganger, of met meerdere, daar wilde ze zich nooit over uitlaten. Toen ze eenmaal moeder was, ging de baarmoeder op slot. Ze baarde het kind zonder begeleiding van familie of vrienden, het was háár feestje, háár beslissing, háár zaak. Zoals alles wat ze ondernam.'

'Dat klinkt niet erg gezellig,' zegt Tessa.

Josefien drinkt haar beker leeg. 'Ze was allesbehalve gezellig, ze was een tiran. Een monster dat een monster produceerde.'

'Heb je haar gekend? Of leeft ze nog?'

'Ik heb haar gekend, bijna een jaar. Toen heb ik David voor de keus gesteld: zij uit zijn leven of ik. Hij verbrak het contact, maar ze bleef hem hinderlijk volgen. Je kent dat wel, zogenaamd toevallig in de buurt zijn, iets terugvinden wat heel belangrijk is, boodschappen overbrengen die ongeschikt zijn voor mail of app en wat je verder kunt verzinnen om aandacht te krijgen. Toen we vrijwel iedere dag ruzie hadden door haar, kreeg ze een ongeluk. Ze werd aangereden door een vrachtwagen die haar niet zag fietsen in zijn buitenspiegel. Ik was toen bijna weer in God gaan geloven.' Josefien kijkt Tessa aan met een verschrikte blik in haar ogen. 'Dat bedoel ik niet verkeerd, misschien ben jij gelovig. Ik wil je niet beledigen.'

Tessa staat op en neemt de bekers mee naar het aanrecht. 'Ik maak er nog twee en je hebt me niet beledigd, hoor. Ik vind God een beetje ingewikkeld, maar laten we het over die moeder hebben. Hoe heette ze?'

'Bep. Ik noemde haar nooit bij haar naam, als ik aan haar dacht heette ze Het Kreng. Had ze maar nooit bestaan.'

Tessa schept de opgeklopte melk op de koffie. 'Wat was er misgegaan in het leven van die Bep?'

'Zo'n beetje alles. Dochter van een mannelijke en een vrouwelijke militair die de genetische aanleg voor overheersend en dwingend gedrag niet alleen cadeau kreeg, maar vooral uitvergrootte. Ze moest overal de baas zijn en ze kon gewoon niets van een ander aannemen. Een idee was alleen goed als zij het opperde, een beslissing had alleen waarde als zij de bedenker was. Ze had een gruwelijke opvatting van het moederschap. Je hebt van die vrouwen die van mening zijn dat het geluk van hun kind alleen van hen afhangt en voor wie de ouderrol een legitimatie is voor tiranniek gedrag onder het mom van bescherming en liefde. Ik herinner me goed dat ze nooit rechtstreeks nee zei als David een voorstel deed of aangaf dat hij iets graag wilde doen of hebben. Ze zei dan: "Ik dacht het niet." Ik krijg nog steeds de rillingen als ik daaraan terugdenk.'

'En niemand sprak haar tegen?' Tessa hoort de verbazing in haar eigen stem.

'Wie dat waagde, werd direct op een zijspoor gezet. Maar ze was slim, ze kon paaien als de beste, ze was een manipulator pur sang. Ze kreeg David toen ze al bijna veertig was en ze werkte toen als directiesecretaresse bij een multinational. Nog voordat ze ging bevallen kreeg ze het voor elkaar dat er in het kantoorgebouw een crèche kwam, iets wat destijds nog geen enkele medewerkster was gelukt. Ik denk dat niemand haar durfde tegen te spreken.' Josefien drinkt haar tweede beker cappuccino in één teug leeg. 'Een monster, dat was ze.'

'Een monster dat een monster baarde,' citeert Tessa.

'Maar daar kwam ik pas achter toen we al waren getrouwd.' Josefien staart voor zich uit. 'En hoe!'

Tessa roert in haar beker koffie. 'Wat bedoel je daarmee? Maar als je er liever niet over praat...'

Josefien vist haar mobiel uit haar zak. 'Dat getril gaat maar door. Weer een privénummer. We zullen niet gaan raden wie dit kan zijn.' Josefien toont de display.

Tessa buigt zich voorover. 'Dat stond ook op het laatste bericht dat ik kreeg. Heeft hij soms meerdere mobieltjes?'

Josefien knikt. 'Hij had er altijd twee, ik denk dat hij nu het reservetoestel gebruikt.'

'Dus hij schakelde niet iemand anders in om je te bellen toen hij in de gaten kreeg dat hij zijn toestel kwijt was?'

Josefien haalt haar schouders op. 'Geen idee, zou kunnen, maar met David weet je zoiets nooit zeker. Ik dacht er op dat moment eerlijk gezegd niet aan dat hij nog steeds een reservetelefoon kon hebben.'

'Kun je niet beter opnemen?'

Josefien heft een hand op. 'Ik ga heel wat anders doen en dat raad ik jou ook aan. Laten we onze mobieltjes gewoon uitzetten en het gezellig maken. Zit alles goed op slot? Dan kan David in de klei zakken. Wil je echt weten wat ik meemaakte tijdens mijn huwelijk? Je gaat daar niet vrolijk van worden.'

'Ik wil het weten,' zegt Tessa.

35

Het lijkt of ze naar een film zit te kijken die ze al eerder heeft gezien. Ze luistert naar wat Josefien vertelt en ze probeert elk woord ter plekke te vergeten. Dit is te herkenbaar, dit komt te dichtbij. Spontaan doof worden zou nu een oplossing zijn, maar ze zou ook gewoon kunnen zeggen dat ze dit allemaal niet wil horen. Toch zegt ze niets en blijft ze luisteren.

Het blijkt een vaste gewoonte van David te zijn om een vrouw met wie hij slaapt aan een ketting te leggen en seksueel te overmeesteren, tegen haar te zeggen dat ze een beetje moet meewerken en als ze aangeeft dat ze moet plassen een po tevoorschijn te halen.

Als het woord 'po' valt, begint Tessa met open mond adem te halen.

Ze is terug in het duinhuisje en ze herinnert zich scherp hoe ze zich voelde toen ze ontdekte dat ze geen kant op kon. Tot nu toe heeft Amber tijdens elk gesprek dat ze voerden gezegd dat de heftigheid van de herinnering zal slijten, naarmate er meer tijd overheen gaat. Mocht dat kloppen, dan is Tessa zeker een uitzondering, want de beklemming en het afgrijzen zijn even sterk als op de momenten dat alles plaatsvond. Ze voelt niet alleen de reactie op wat er gebeurde, ze hoort zijn stem alsof hij weer naast haar, achter haar, in haar is.

Kom maar, je zei toch dat je moet plassen? We hebben je broekje al uitgedaan.
Nu wel een beetje meewerken, ik weet dat je het kunt.

Elke gezonde man fantaseert over seks met iemand die zich niet kan verweren.
Ik vind alarm een mooi woord.

'Luister je wel?' vraagt Josefien. Ze wappert met een hand voor Tessa's ogen. 'Je kijkt zo glazig.'

'Dat duinhuisje,' zegt Tessa. 'Deed hij daar... Gebeurde het ook daar?'

Josefien kijkt langs haar en Tessa draait zich om. 'Wat zie je? Dat is een foto van mijn dochters bij de uitreiking van hun vwo-diploma. Kijk je daarnaar?'

'Ja, wat een leuke meiden. Ze lijken op jou. Als ik kinderen had gekregen, zou ik dochters willen hebben. Maar ja... Je vroeg naar het duinhuisje. Dat huisje was en is volgens mij de uitvalsbasis voor zijn escapades.'

Tessa vraagt zich af of ze nu moet vragen wat Josefien onder escapades verstaat.

'Ik bedoel de fantasieën en de attributen waar hij opgewonden van wordt, zoals dwang tijdens de seks, bondage en vooral vernedering.'

Tessa merkt dat ze kalm wordt nu ze een andere vrouw hoort praten over dingen die haar zijn overkomen. 'Dus hij bond je vast?'

'Hij ketende me.'

'En hij dwong je tot seks?'

'Klopt, tegenwerken leverde klappen op.'

'En als je moest plassen...'

'Kwam de po tevoorschijn.'

'Waar borg hij die op?'

Nu weet ze niet wat ze moet antwoorden, denkt Tessa. Nu valt ze door de mand en blijkt ze een fantast te zijn.

Josefien glimlacht. 'Herinner je je de spiegel die in de gang hing? Tussen de deur van de slaapkamer en de badkamer? Een lange spiegel, die van het plafond tot de grond liep.'

Tessa weet welke spiegel Josefien bedoelt. Ze durfde niet naar zichzelf te kijken toen ze erlangs kwam.

'Achter die spiegel zit een deur die toegang geeft tot een smalle ruimte. Dat is de geheime attributenplek.'

Tessa heeft het gevoel dat ze bevriest. 'De schoft!' weet ze uit te brengen.

'Maar wel een schoft die goddelijk goed kan vrijen,' zegt Josefien.

Het is vreemd en tegelijk normaal. Tessa zou niet weten hoe ze aan iemand kan uitleggen wat er momenteel gaande is in haar huis. Het lijkt of de realiteit een loopje met haar neemt, of ze iets over het hoofd ziet wat iedereen direct in de gaten zou hebben, of ze bezig is ergens in te trappen.

Maar in wat of waarin? En doet ze met zulke gedachten Josefien niet heel erg te kort?

Het is een aardige vrouw met prachtig haar en ze maakt een eerlijke indruk. Maar wie is ze precies? Hoe is het mogelijk dat ze met David getrouwd is geweest en zich door hem heeft laten mishandelen? Waarom is ze niet na de eerste keer opgestapt, zoals Tessa?

'Ik zie je gedachten overuren maken,' zegt Josefien. 'Mag ik weten wat je denkt?'

'Ik probeer een verklaring te vinden voor jouw besluit om bij David te blijven, ondanks zijn gedrag. Je bent mishandeld en vernederd, je mocht geen lang haar hebben. Dat zei je toch?'

Josefien strijkt langs haar haren. 'Klopt. Toen ik hem leerde kennen had ik nog langer haar dan nu. Ik was er trots op en ik vond het heerlijk als ik complimenten kreeg. Dat gebeurde regelmatig en het maakte David zo jaloers dat hij dreigde me te verlaten. Toen had ik tegengas moeten geven, maar ik was knetterverliefd en ik kon de gedachte dat hij weg zou gaan niet verdragen. Ik was alleen, weet je. Ik ben van mijn dertiende tot mijn achttiende van pleeggezin naar pleeggezin getrokken en ik snakte naar iemand bij wie ik me thuis kon voelen. Later heb ik me pas gerealiseerd dat de slachtofferrol de enige rol was die ik kende en die vertrouwd voor me was. En ik ontdekte nog meer.'

Tessa stelt de vraag niet die nu voor de hand zou liggen. Ze houdt haar blik strak op de muur gericht.

'Ik ontdekte dat David niet de enige was die twee gezichten had,' gaat Josefien verder. 'Wijs mij een man of vrouw aan die precies laat zien wie hij of zij is. We hebben, als je het goed bekijkt, toch allemaal meer dan één gezicht?'

Tessa blijft zwijgen.

Josefien lijkt uitgepraat te zijn over David. 'Je hebt een prachtig huis, Tessa. Ruim, ik hou van ruimte. Maar is het niet te groot voor jou alleen?'

Tessa kijkt om zich heen. 'Het is te groot, ik heb al plannen gehad om het te verkopen en kleiner te gaan wonen. Maar mijn dochters wilden dat liever niet. Het is natuurlijk wél hun ouderlijk huis. Ik ben van plan om binnenkort de hele benedenverdieping te laten schilderen. En op de zolder wil ik kasten laten maken tegen de schuine wanden.'

'Dat begrijp ik,' zegt Josefien. 'Ik bedoel dat van je dochters en van je plannen. Ik ken geen schilder, maar misschien weet ik wel een goede timmerman voor je, ik zoek zijn naam voor je op als ik weer thuis ben. Ik kijk even op mijn mobiel of David nog pogingen heeft gedaan om me te bereiken.' Ze checkt haar toestel. 'Niets. Vreemd. Alle deuren zitten goed op slot, hè?'

Tessa merkt dat ze opeens een gortdroge keel heeft.

HET DUO

PAULA

Van een hoofdverpleegkundige van een geriatrische afdeling wordt verwacht dat ze zaken overziet, het hoofd koel kan houden in stressvolle situaties en in staat is om altijd de juiste toon aan te slaan, op welke manier ze ook wordt aangesproken of benaderd.

Paula staat bekend als iemand die je niet gek krijgt, wat er ook gebeurt. Dat geldt voor de uren dat ze haar functie uitoefent, maar dat lukt minder goed als ze samen met haar zus plannen maakt. Actieplannen.

Afrekeningsplannen.

Maar vooral plannen die de permanente onrust in haar hoofd kunnen verdrijven.

Het komt voor dat de dromen haar 's nachts met rust laten en als ze dan wakker wordt kan ze bijna niet geloven dat ze werkelijk een aantal uren was gevrijwaard van herinneringen die onuitwisbaar lijken.

Ze koestert die nachten, ze heeft ze nodig.

Toch moet ze nog altijd tegen zichzelf zeggen: jou treft geen blaam. Je hoeft je niet af te vragen of je je krachtiger had moeten verzetten, je was geen partij voor het gedrocht dat je te grazen nam.

De onzekerheid zit nog steeds in haar. Hetzelfde geldt voor de haat. Die is intens en verstikkend. Die leidt haar.

Ze zijn begonnen met de persoon die voor hun gevoel het gemakkelijkst te grijpen was. Dat bleek een goed besluit. Amber gebruikte de naam van een slachtoffer om contact te krijgen. Ze loog dat het slachtoffer hem had aanbevolen voor niet-alledaagse seks en de rest was kinderspel. Het is onvoorstelbaar hoe hersenloos mannen met een meer dan gemiddelde intelligentie kunnen reageren als ze verleid worden met geile praatjes en opwindende beloftes.

Echt onvoorstelbaar hersenloos!

Hij ontving hen in zijn eigen huis, nadat Amber had gezegd dat ze zin had in een trio. Eerst stribbelde hij tegen, omdat hij dacht dat ze een andere man zou meebrengen, maar toen hij hoorde dat het om een tweede vrouw ging maakte de afweer plaats voor enthousiasme.

Hij was als was in hun handen en moest worden afgeremd, anders hadden ze niet eens gekleed de slaapkamer gehaald.

Zijn opwinding en zijn gretigheid waren stuitend. Maar daardoor was hij wél totaal onoplettend en kostte het geen enkele moeite om hem onder zeil te krijgen. Ze werkten snel en zwijgend. Daarna omhelsden ze elkaar en schonken ze een borrel in. De bar van Giel de Marechal was goed voorzien, hij zou twee glaasjes minder later niet missen. Ze proostten, dronken hun glas in één teug leeg, wasten de glazen af en zetten ze terug in de kast.

Hij was de eerste die werd afgewerkt. Bij herhaling van zijn ongewenste gedrag volgen andere maatregelen. Hij krijgt hoogstens nog één waarschuwing, daarna is het einde seksuele oefening.

Eigen schuld.

No mercy.

Voorzichtigheid is en blijft geboden, maar ze willen ook genieten van het spel dat ze spelen en het mag gerust een beetje spannend zijn. Het moet ook spannend zijn, de adrenaline moet stromen, alle zintuigen moeten op scherp staan en het is vooral nodig dat ze de controle houden.

De controle staat voorop.

Ze zullen nooit meer seks hebben, met wie dan ook, zonder controle.

Paula staat op het punt om te gaan lunchen, als ze mobiel wordt gebeld. Het is Amber. 'Ben je alleen?'

'Ja.'

'Ik sprak net een ex van me, hij is ambulanceverpleegkundige. Ze hebben gisteravond de overblijfselen van een man verzameld bij een spoorbaan. Het was Giel de Marechal.'

DAVID

36

Het ging over Giel en het was geen goed nieuws.

Giel is voor een trein gesprongen. Hij schijnt al een paar dagen eerder gesignaleerd te zijn bij de spoorbaan, maar als iemand hem probeerde aan te spreken rende hij weg.

Heeft hij drie dagen buiten gelopen? Waarom heeft hij David niet gebeld?

Er moet nog officieel worden vastgesteld dat het om het lichaam van Giel gaat, of wat daarvan over is. Er is een identiteitsbewijs gevonden, daarom kwam de politie naar Giels adres. Ze dachten dat ze een partner zouden aantreffen. David heeft hen het adres en het mobiele nummer van Giels ex gegeven, maar niet voordat hij uitgebreid had verteld over het verdriet dat zijn vriend beheerste doordat zijn ex Rafaëlla dwarslag bij alles wat hij voorstelde over een bezoekregeling voor zijn kinderen. David heeft haar niet gespaard en haar neergezet als een rancuneuze vrouw, die alleen interesse had in een hoge alimentatie en geen kans onbenut liet om Giel in een kwaad daglicht te zetten. Hij heeft haar een monster genoemd, een serpent, een gruwelijke egoïst en een leugenaar. Hij heeft ook heel nadrukkelijk verklaard dat hij goed begreep waarom zijn vriend voor de trein was gesprongen. De man die aantekeningen maakte ging steeds ernstiger kijken en knikte alleen. Maar David gaat ervan uit dat zijn verklaring voldoende was om niet dieper te gaan spitten in Giels leven en dat daardoor de kans gering is dat ze seksuele activiteiten zullen ontdekken die beter geheim kunnen blijven.

Hij wil zelf ook buiten schot blijven.

Als Rafaëlla nu ook maar haar mond houdt, anders zal hij haar even tot de orde moeten roepen.

Voorlopig geen avonturen met vrouwen. De enige vrouw die hij wil zien is Josefien. Tot haar is hij nu eenmaal veroordeeld.

Dan is er ook nog Tessa, met wie Josefien contact heeft. Tessa is een verhaal apart, voor hem is ze een geschiedenis die nog niet is afgerond. Nog lang niet.

Hij moet ook zien uit te vogelen wat er is tussen Josefien en Tessa. Daar klopt iets niet, maar hij weet nog niet hoe hij erachter kan komen wat er is tussen die twee en wat dat voor hem kan betekenen.

Maar er zijn momenteel andere zaken aan de orde, die zijn aandacht nodig hebben. Hij wil achterhalen wie de vrouwen zijn die er een sport van maken om in ballen te snijden. Hoe ze heten, waar ze wonen. Ze hebben recht op een onverwacht bezoek. En op een tegenactie die ze nooit meer zullen vergeten.

De messen zijn geslepen.

En ten slotte moet hij weten welke rol Geranda heeft gespeeld toen Giel te grazen werd genomen. Zijn er dingen gebeurd die Giel niet aan hem heeft verteld? Geranda kan het antwoord geven. Hij weet waar ze woont, maar het zal niet lukken om haar op dat adres te benaderen, omdat hij haar moeder niet zal kunnen omzeilen. Toch is een gesprek met Geranda noodzakelijk en hij zal zijn weerstand voor deze vrouw moeten parkeren. Ze zal niet willen praten zonder seks, die snol denkt nergens anders aan.

Zijn hoofd loopt over, hij moet zijn zaken op de juiste volgorde afwerken en geen domme fouten maken.

Josefien weer binnenlaten was een domme fout.

37

Het leven zat beslist eenvoudiger in elkaar toen hij haar had doodverklaard en zijn handelingen daarop afstemde. Het opdringerige verlangen naar haar aanwezigheid werd minder dominant en het lukte hem eindelijk om niet de hele dag aan haar te denken.

Een belangrijk detail in dat proces was de steun die Giel nodig had toen Rafaëlla steeds ontoegankelijker werd en het haar lukte om de kinderen bij hem weg te houden. Giel had voorzichtiger moeten zijn met het verstrekken van informatie over zijn geheime leven en hij had zich niet moeten laten verleiden om open kaart te spelen. David heeft hem gewaarschuwd, maar hij wilde niet luisteren. Hij bleef geloven in de goede intenties van Rafaëlla waar het zijn contact met de kinderen betrof. Hij bleef beweren dat ze hun scheiding op een volwassen manier zouden afronden en hun jongens niet de dupe gingen worden van hun besluit. Van háár besluit.

Giel was een watje als het zijn eigen leven en zijn eigen emoties betrof. Hij was ervan overtuigd dat eerlijkheid altijd zou leiden tot de beste oplossing voor welk probleem dan ook. Als David ergens van overtuigd is, is het wel van het tegenovergestelde. Hij weet zeker dat de beste optie voor het oplossen voor problemen bestaat uit je mond houden of glashard liegen. Dat leerde hij al toen hij nog een kind was.

De enige die alles te weten kwam over zijn jeugd was Josefien. Al snel nadat hij haar had leren kennen begon hij te praten over de rol die zijn moeder speelde in zijn leven. Josefien kon goed luisteren en troosten. Hij kwam thuis bij haar en hij werd bang om haar te verliezen.

Zijn moeder stond in de weg, dat euvel moest worden opgelost. Hij sloeg toe op een druilerige namiddag, toen er weinig verkeer was op straat. Als dank kwam Josefien hem tegemoet en ze liet haar in het oog springende lange haren kortwieken. Toen was de stand in de strijd 1-1, al had David op dat moment nog niet goed in de gaten dat er sprake was van een strijd. Dat werd hem pas duidelijk toen Giel tegen hem zei dat David had gekozen voor een vrouw die opmerkelijke overeenkomsten had met zijn moeder.

Hij werd eerst kwaad en ontkende het. Giel bood zijn verontschuldigingen aan en herriep alles wat hij had gezegd. En David liet zich overstelpen met liefde en gulzige seks.

Hij stond zichzelf toe om heel voorzichtig te experimenteren met een beetje dwang en daarbij dacht hij altijd aan zijn moeder. Soms schrok hij van wat hij bedacht. Hij begon te dromen over de namiddag toen zijn moeder verongelukte. In die dromen stond hij ergens op afstand en keek naar wat er gebeurde. Naarmate hij dit vaker droomde kon hij beter concluderen dat hij niets te maken had met de dood van zijn moeder. Ze was weg en zou nooit meer terugkomen. Josefien had haar plaats ingenomen. Dat was goed, zolang hij de leiding had. Zolang er niets gebeurde wat in de buurt kwam van het diepgewortelde gevoel in hem dat de grondslag was voor alle woede die nog steeds deel uitmaakt van zijn bestaan.

Giel had gelijk, de vrouw die hij koos leek op zijn moeder. Ze was even dominant, even betuttelend, even agressief, maar ook even verliefd op hem als de vrouw die besloot dat hij gebaard moest worden. Maar hij was geen kind meer, hij was niet meer afhankelijk van gezag, hij had overleefd en wist inmiddels hoe hij met een type vrouw als Josefien moest omgaan. Zijn wapen was seks. Dat was het verschil met de situatie met zijn moeder.

Maar toch verloor hij haar en het duurde lang voordat hij zich daarbij kon neerleggen. Er waren veel uitspattingen nodig om de herinneringen aan Josefien naar de achtergrond te kunnen verplaatsen en verder te werken aan het wissen van elke gebeurtenis die hem met haar in verband bracht. Bij alles wat hij ondernam was Giel zijn trouwe metgezel. Zijn broer, zijn makker in de strijd. De enige die hij vertrouwde.

Had hij meer aandacht moeten besteden aan de overdreven manier waarop Giel omging met lichamelijke kwalen en ziektes? Hij wist dat deze hypochondrie vaak ongezonde vormen aannam, maar hij koos voor negeren in plaats van bespreken. Wegwuiven, weglachen, zelfs belachelijk maken.

Door het gevoel dat hij zijn vriend in de steek gelaten heeft was zijn pantser voor Josefien verzwakt.

Ze stond opeens voor de deur en alles wat hij zich had voorgenomen om haar te weerstaan verdween op het moment dat ze hem aankeek en zijn naam noemde.

38

Rafaëlla heeft hem uitgenodigd in het huis van Giel, omdat ze iets belangrijks met David wil bespreken. Hij heeft geen idee waar dit over kan gaan en hij zou het liefst tegen haar willen zeggen dat hij niets meer met haar te maken wil hebben. Ze zoekt het maar uit, ze is mans genoeg om de nalatenschap van Giel te regelen en ze zal er zeker financieel voordeel van hebben. Hij hoeft het niet te weten. Wat hem betreft zullen ze snel uitgepraat zijn.

Hij heeft bedacht dat hij het best gewoon aan kan bellen. Hij denkt dat Rafaëlla ervan op de hoogte is dat hij een sleutel heeft van Giels huis, maar hij wil voorkomen dat ze die terugvraagt. Misschien vindt hij later, als hij nog eens op zoek gaat, nog bewijzen die hij kan gebruiken tegen de snollen die Giel en hem te grazen hebben genomen.

Ze doet zelf de deur open en ze begroet hem vriendelijk zonder hartelijkheid. Hij aarzelt of hij haar een hand zal geven, maar ze loopt al voor hem uit naar de woonkamer. Daar blijkt een man te zitten die David niet kent. Hij staat op, ze schudden handen.

'Dit is Douwe Gastra, notaris, dit is David Westervaart, vriend van Giel.'

'Westervink,' verbetert David.

Rafaëlla zet grote ogen op. 'Sinds wanneer is dat?'

Hij bedwingt de neiging om een scherp antwoord te geven. 'Al sinds ik werd geboren.'

Rafaëlla lijkt onthutst. 'Nog iets waar dus over gelogen moest worden. Douwe, dit is David Westervink.' Ze biedt koffie aan, David bedankt. 'Ik zal je vertellen wat de bedoeling is,' zegt ze.

Het komt erop neer dat Rafaëlla de uitvaart van Giel door David wil laten regelen. Ze denkt dat hij begraven wilde worden bij zijn ouders en dat kan David beamen. Zoiets heeft Giel tegen hem gezegd toen duidelijk werd dat er geen weg terug meer mogelijk was naar zijn huwelijk. Giel praatte in die tijd voortdurend over zijn ouders en hij huilde meer om hun dood dan hij ooit had gedaan. Het leek of hij toen pas besefte wat het betekend had om binnen zes maanden eerst zijn vader te verliezen en daarna zijn moeder. David ergerde zich aan de tranen van zijn vriend, maar hij zei er niets over. Hij ging vaker op stap en tuigde een vrouw af die nietsvermoedend een boek zat te lezen op een bank in een park. Terwijl hij sloeg, fantaseerde hij dat hij zijn moeder afranselde.

Rafaëlla zwaait met een hand voor zijn oog en vraagt of hij wel wakker blijft.

Hij verontschuldigt zich en zegt dat ze verder kan gaan.

Er is geen uitvaartverzekering, maar het saldo van Giels privérekening is ruim voldoende om de kosten te dekken. De adressenlijst die ze hadden voor familieberichten kan gebruikt worden voor de rouwkaarten. Rafaëlla wil een eenvoudige rouwkaart en een besloten plechtigheid. Na afloop koffie met een broodje, maar daar zullen zij en de jongens niet bij aanwezig zijn. De kinderen willen wel de uitvaartplechtigheid bijwonen en Rafaëlla zal hen daarbij vergezellen. Als er extra kosten moeten worden gemaakt, kan David gebruikmaken van de privérekening van Giel, met de bankpas van Rafaëlla. Ze hoefde die pas niet aan hem terug te geven toen ze gingen scheiden en zij dacht dat hij een nieuwe betaalpas had aangevraagd. Ze heeft geen idee waarom Giel dat niet heeft gedaan, maar nu doet de reden er niet meer toe.

Ze is beheerst en koel op een onaangename manier en David vraagt zich af of hij haar verzoek wil honoreren. Die vrouw weet meer over hem dan hem lief is en hij begrijpt niet goed waarom ze juist aan hém vraagt om dit van haar over te nemen.

Hij vertrouwt haar niet.

Rafaëlla zwijgt.

David zwijgt.

'Ik heb begrepen dat Giel en u goede vrienden van elkaar waren,' zegt Douwe, waarmee hij de stilte verbreekt. 'Rafaëlla heeft me verteld dat Giel volgens haar zijn beste vriend zou aanwijzen om zijn uitvaart te regelen, mocht dit aan de orde zijn. Het is natuurlijk bekend dat Giel en Rafaëlla niet meer samen waren, daarom zal het voor niemand vreemd zijn als iemand namens de familie optreedt. Ik hoop dat u Rafaëlla en de kinderen hiermee wil helpen.' De manier waarop hij naar Giels ex kijkt spreekt boekdelen.

Die slet ketst met hem en ze denken allebei dat het niemand opvalt.

'Het is natuurlijk een vertrouwenskwestie,' zegt Rafaëlla. 'Ik weet zeker dat jij dit vertrouwen waard bent.'

Was will das Weib? Is ze soms vergeten dat ze hem de meest gore verwensingen naar zijn hoofd slingerde nadat ze erachter was gekomen wat Giel en hij samen uitspookten? Verwacht ze een mea culpa van hem? Of denkt ze hem te kunnen betrappen op gesjoemel met het geld van Giel en verkneukelt ze zich al bij de gedachte dat ze hem voor de hele wereld voor schut kan zetten? Die lol gunt hij haar niet. Maar Giel gunt hij een fatsoenlijk afscheid en hij zal geen gelegenheid onbenut laten om het gedrag van spook Rafaëlla als reden aan te wijzen van Giels besluit om voor de trein te springen. Subtiel, maar duidelijk.

Hij kijkt haar aan, hij lust haar rauw. 'Dank voor je vertrouwen,' zegt hij zonder een zweem van afkeer in zijn stem. 'Ik wil je graag van dienst zijn. Heb je zelf voorkeur voor wie er mogen spreken? Of voor muziek die aan Giel herinnert?'

Hij ziet dat ze deze vragen niet had verwacht en dat ze haar niet aanstaan.

Douwe geeft antwoord. 'We laten het graag aan u over, maar zoals Rafaëlla al zei: alles eenvoudig en zo besloten mogelijk.'

Hij schuift een grote envelop over de tafel in de richting van David. 'Hier zitten de sleutels in van dit huis. U kunt rustig rondkijken, als u dat nodig vindt. Uiteraard kunt u hier ook personen van een uitvaartonderneming ontvangen. Zodra u een bedrijf hebt uitgekozen, zal ik ervoor zorgen dat u een schriftelijke machtiging van Rafaëlla ontvangt. Het overlijden is nog niet bekendgemaakt aan de bank om te voorkomen dat de rekening direct geblokkeerd wordt. Ik handel dit allemaal in een later stadium af.' Douwe probeert oogcontact te krijgen, maar David ontwijkt dat. Hij knikt alleen en kijkt de man nu en dan vluchtig aan.

Douwe maakt een onverstoorbare indruk als hij verdergaat. 'De overblijfselen van Giel zijn vrijgegeven en overgebracht naar het adres dat op de eerste lijst staat. Op de tweede lijst staan de adressen die gebruikt kunnen worden. Mochten er namen ontbreken die volgens u moeten worden toegevoegd, ga dan gerust uw gang. U vindt ook het bewijs van overlijden. Verder zit de bankpas die Rafaëlla nog in bezit had in de envelop. De code is 2351, we hebben gecheckt of deze code nog werkte om te kunnen bekijken of het saldo voldoende was.'

'Hij heeft de code niet veranderd en we hebben alleen naar het saldo gekeken,' vult Rafaëlla aan. 'Dat is in orde.'

Wat een eng stel, denkt David. En wat bezielde Giel om dat serpent een bankpas te laten houden? Berouw? Schuldgevoel?

In sommige opzichten leken Giel en hij werkelijk in niets op elkaar.

39

Ze zijn weg en David bekijkt de adressenlijst. Hij kent een aantal namen en vraagt zich af of die mensen al weten dat Giel is overleden. Mocht dat niet zo zijn, dan schrikken die lui zich een ongeluk van een rouwkaart en iedereen zal zich afvragen wat er is gebeurd. Hoe maakt hij in de tekst iets duidelijk zonder in detail te treden, maar toch de reden van Giels overlijden te zoeken in de richting van zijn echtscheiding? Rafaëlla heeft geen inzage gevraagd in de tekst, dus David heeft carte blanche.

Hij kan dat loeder een loer draaien. Maar als ze kwaad wordt kan ze hém terugpakken en hij moet de aandacht van zich afhouden.

Ze wil een korte tekst en hij wil voorkomen dat iemand op zoek gaat naar de echte reden voor Giels besluit. Mensen die op zoek gaan hebben de neiging om te praten met iedereen die denkt iets te kunnen toevoegen en voor je het weet gaat het rumoer dat dan zeker zal ontstaan een eigen leven leiden en dus de verkeerde kant op. De tekst moet duidelijk en vooral eenduidig zijn. Giel was levensmoe en het is bekend dat de scheiding van zijn kinderen hem heeft aangegrepen. Zowel de meelopers als de critici van Rafaëlla moeten genoegen kunnen nemen met een verklaring en het uit hun hoofd laten om vragen te gaan stellen.

Hij gebruikt de achterkant van de envelop voor zijn eerste poging.

Verbijsterd en verdrietig zijn wij door het onverwachte overlijden van Giel de Marechal. Het leven was te zwaar voor hem geworden.
Giel is overgebracht naar..., alwaar geen bezoek.
De uitvaart zal plaatsvinden op..., daarna zal Giel in besloten kring te ruste worden gelegd in het graf van zijn ouders.
Namens de familie: David Westervink.

David leest en herleest de tekst. Misschien kan hij mensen beter de gelegenheid geven om afscheid te nemen op het adres waar Giel in een gesloten kist te wachten ligt op zijn laatste gang. Hij is niet meer toonbaar, hoe zei die notaris dat ook alweer?

Zijn overblijfselen.

Losse ledematen, een hoofd, een romp, waarschijnlijk. Geïdentificeerd aan de hand van DNA-gegevens. Dan valt er weinig meer te herkennen.

David drukt een hand tegen zijn mond. Gadverdamme, wat een smerige gedachte! Maar hij had waarschijnlijk ook geen ballen meer waar zichtbaar in gesneden was.

De smerige smaak in zijn mond kan alleen worden weggespoeld met een borrel.

De tekst is goed, niets meer aan veranderen. Wat nu? Een uitvaartonderneming zoeken, prijsopgave vragen, misschien zelfs meerdere offertes opvragen.

De plek waar de hechting zat begint weer te jeuken. Hij dacht dat het nu wel over was en dat hij genoeg ontsmettingsmiddelen had gebruikt. Hij controleert de plek. De huid ziet er schoon uit, de jeuk komt waarschijnlijk uit zijn hersenen. Hij grijpt de envelop en schrijft een nieuwe tekst.

Verbijsterd en verdrietig moeten wij u laten weten dat Giel de Marechal de treiteracties van zijn ex niet langer kon verdragen en dat het gebrek aan contact met zijn kinderen hem alle levens-

vreugde ontnam. Hij heeft daarom besloten dat dit tranendal hem niets meer te bieden had.

Het kan niet, hij weet het. Toch bewaart hij de tekst, niet in de laatste plaats omdat deze woorden hem niet misselijk maken.

Hij hoort zijn mobiel en vist hem uit zijn broekzak. Josefien. Hij had haar niet binnen moeten laten.

40

Giel was er altijd duidelijk over. 'Je zult altijd tot die vrouw veroordeeld blijven,' zei hij.

Dat klopt.

Ze is nog steeds zijn grootste liefde en zijn ergste vijand. Haar bestaan negeren lukt niet, haar dood verklaren helpt niet, kwaad worden heeft geen zin, tegensputteren leidt nergens toe.

Hij is tot haar veroordeeld en het besef doet hem meer dan ooit naar zijn beste vriend verlangen. Giel zou hem gesteund hebben om Josefien buiten de deur te houden, hij had zijn huis aangeboden als toevluchtsoord, hij zou wijze woorden hebben gesproken en ze zouden zich hebben uitgeleefd op een beschikbare vrouw. Die gedachte doet hem beseffen dat het de hoogste tijd is voor seks, dat het te lang geleden is en dat het heftig en pijnlijk moet zijn voor de vrouw die hij vangt. Tessa komt ook in aanmerking, maar nu hij weet dat die contact heeft met Josefien rinkelen er bellen als hij over haar fantaseert.

Tessa komt nog een keer aan de beurt, maar nu niet. Later.

Hij gaat die uitvaart snel regelen, zodat hij zijn handen vrij heeft voor andere zaken. Hij gaat ook een nieuw mobieltje aanschaffen met een nieuw nummer, anders blijft Josefien hem lastigvallen. Het gaat haar niet meer lukken om hem mee te tronen naar een terras, hij wil niet meer in het openbaar ruzie met haar krijgen en hij moet niet meer de kans lopen dat hij zijn telefoon verliest en zij daarmee aan de haal gaat. Want dat zij wel degelijk die mobiel heeft gevonden en zoek heeft gemaakt, staat voor hem als een paal boven water. Laat ze er blij mee zijn, laat ze alles wissen, hij heeft genoeg kopieën opgeslagen. Hij blokkeert haar nummer.

Dag Josefien.

41

David heeft de voordeur voor de zekerheid op het nachtslot gedaan, zodat hij door niemand overvallen kan worden. Na de scheiding heeft Josefien alle sleutels van het huis teruggegeven, maar hij is nog steeds van plan om voor alle zekerheid nieuwe sloten op de deuren te laten zetten. Dat zal hij doen, uit veiligheidsoverwegingen. Maar hij gaat zich nu eerst bezighouden met wat hij heeft beloofd: de overblijfselen van Giel op een fatsoenlijke manier naar het graf van zijn ouders brengen en hem daar neerleggen. De overblijfselen, hij blijft het een walgelijk woord vinden.

Het saldo op Giels rekening was voldoende, maar wat verstaan de weduwe en haar notarisje onder voldoende?

David gaat achter zijn computer zitten en zoekt de site op van ABN Amro. Hij tikt het rekeningnummer van Giel in en het nummer van de betaalpas.

Welkom meneer De Marechal.

Ook dat nog, een klantvriendelijke banksite.

'Ook goeiedag,' bromt David. Hij bekijkt het saldo. Twintigduizend euro en achtentachtig eurocent. Inderdaad voldoende, ruim voldoende voor een simpele betaalrekening. Zou Rafaëlla ook een pas hebben van Giels spaarrekening? Je mag toch hopen dat Giel ervoor heeft gezorgd dat zijn kapitaal alleen door zijn kinderen gebruikt kan worden en dat hij iemand heeft aangewezen om zijn geld te beheren. David gaat daar geen vragen over stellen en hij kan het verzoek dat eerder een opdracht was natuurlijk alsnog weigeren. Maar is dat wijsheid?

Hij mag zijn beste vriend nu niet in de steek laten, ook al ergert hij zich aan het besluit dat Giel heeft genomen. Waarom heeft die hypochondrische klojo hem toch niet gebeld? David had hem gerust kunnen stellen en ze hadden samen de strijd kunnen aangaan tegen die Zus en Meisje. Ze hadden er samen voor gezorgd dat die twee het nooit meer in hun hoofd gehaald zouden hebben om zelfs maar te denken aan afrekeningsspelletjes. Ze hadden Zus en Meisje uitgeschakeld, voorgoed en afdoende.

Nu zal David dat in zijn eentje moeten doen.

Er zit een uitvaartbedrijf in de buurt en als hij hun website bekijkt, besluit hij geen vergelijkend warenonderzoek te doen. Van Gillissen en Adema bestaat uit een redelijk jong echtpaar, als de foto tenminste recent is. Vriendelijk verhaal, uitnodigende tekst. De eerste indruk is goed en er moet gehandeld worden.

David belt direct.

42

De uitvaart is geregeld, de rouwkaarten zijn verstuurd en David heeft besloten om behalve de rouwkaarten toch ook een advertentie in een landelijke en in de regionale krant te zetten. Hij heeft geen idee of op de lijst die hij kreeg alle contacten van Giel vermeld staan en hij denkt dat hij op deze manier zo veel mogelijk mensen kan bereiken. De meerkosten voor de advertenties bedragen tweeduizend euro en zelfs daarmee passen alle kosten nog in het beschikbare budget en houdt Rafaëlla zelfs nog behoorlijk veel geld over. Wat hem betreft mag ze erin stikken.

Als hij haar stem hoort, en daar viel de afgelopen dagen enkele keren niet aan te ontkomen, moet hij zijn uiterste best doen om vriendelijk te zijn. Zakelijk vriendelijk, correct. Als je iemand telefonisch spreekt, kun je zonder problemen je middelvinger opsteken of je mond dusdanig vertrekken dat het erop lijkt dat je iets smerigs ziet en iets stinkends ruikt. Hij heeft zich nonverbaal uitgeleefd tijdens de korte gesprekken die hij met haar voerde. Ze vond de advertenties een goed idee en ze heeft gezegd dat ze het op prijs stelde dat David als enige het woord zou voeren. Hij vraagt zich af of ze die mening handhaaft als ze te horen krijgt wat hij heeft opgeschreven.

Vandaag worden de advertenties geplaatst, over drie dagen is de uitvaartplechtigheid en de begrafenis. Het begint heel langzaam tot David door te dringen dat hij Giel nooit meer zal zien en dat ze samen geen avonturen meer zullen beleven. Maar als die gedachte zich aan hem opdringt, gaat hij snel iets ondernemen. Hij heeft alle afspraken die voor de komende drie weken gepland staan naar een later tijdstip verplaatst. Het is zeker goed om even niet te hoeven werken. Hij heeft tijd nodig, zodat hij beter in zijn vel komt te zitten, om de onzekerheid die steeds tevoorschijn komt in bedwang te houden en om psychisch afweergeschut te verzamelen voor overvallen die in de lucht hangen.

En hij heeft seks nodig, maar niet alleen voor de fun. Er staan momenteel geen vrouwen op zijn lijst die hij even kan bellen. Geranda is de enige die te benaderen is. Ze was door hem afgeschreven en daar had hij niet meer op terug willen komen. Maar nu is alles anders. Geranda heeft een rol gespeeld in de aanval op Giel en op die van hem.

Hoe zit dat precies?

Daar valt alleen achter te komen via het bed.

Ze hapte direct toe toen hij haar belde.

Hij heeft zijn bed verschoond, het hele huis gestofzuigd, de badkamer extra goed schoongemaakt en hij zal morgen, als ze komt, ruim een uur in bad gaan liggen. Het is een bekend ritueel als hij met een vrouw heeft afgesproken en Giel zei nog niet lang geleden tegen hem dat dit ritueel een hoog vrouwelijk gehalte had en dat het Davids zachte kant benadrukte. David heeft zich toen voorgenomen om nooit meer met iemand te praten over deze gewoonte.

Zachte kant, om onpasselijk van te worden. Projectie, dat was het. Giel was een zacht ei en een zacht ei loopt de trein tegemoet als hij denkt dat iemand zijn ballen heeft verwijderd. Waarom heeft hij toch niet gebeld? Ze waren nota bene elkaars beste vriend. Het was een fluitje van een cent geweest om Giel duidelijk te maken dat die meiden niets hadden gedaan wat onomkeerbaar was.

Hij merkt opeens dat hij kwaad is op Giel en dat wil hij niet zijn. Maar de scheldwoorden borrelen in hem op, de aantijgingen laten zich niet verdrijven. Er buitelen een aantal woorden over elkaar heen in zijn hoofd. 'Aansteller', 'angsthaas' en 'watje' zijn te overzien. 'Lafaard' is andere koek, van 'verrader' gaat zijn hoofd gonzen. Hij wil dat woord wissen, maar hij weet dat het aangeeft hoe hij zich voelt. Verraden en verlaten, achtergelaten, in de steek gelaten. Met de nadruk op verraden.

Hij mist Giel en hij haat hem.

Maar hij zal hem vanmiddag netjes begraven en later op de dag gaat hij los met Geranda.

Ze zal ervan lusten.

En ze gaat praten.

43

Hij heeft een mooie kist uitgekozen van glanzend mahoniehout. Wat er van Giel is overgebleven moet stijlvol worden verpakt en een standaardkist zou een armoedige indruk maken.

David heeft een bescheiden bloemstuk van witte bloemen besteld. Er zijn veel bloemen, dat had hij niet verwacht. Maar hij kan het meer waarderen dan de overdreven massa rode rozen die op de kist liggen en die daarmee de mooie uitstraling van het mahoniehout tenietdoen.

Rode rozen, wat een theater. Denkt Rafaëlla werkelijk dat iemand daar intrapt?

Op de eerste rij zit alleen naaste familie, op de tweede rij een paar mannen die zich als neven en achterneven hebben voorgesteld en enkele vrienden. David heeft een plaats aan het einde van de rij, zodat hij straks gemakkelijk bij de microfoon kan komen.

Achter hem naderen zachte stemmen. Hij kijkt niet om, maar hij hoort wel dat er toch meer mensen de uitvaart willen bijwonen dan hij had verwacht. De aankondiging dat het een besloten plechtigheid zou worden is blijkbaar veel mensen ontgaan. Zou die hele meute straks ook gaan meelopen naar het graf? Hij kan zich voorstellen hoe misprijzend Rafaëlla gaat kijken, als ze dan al is bekomen van de tekst die David voor haar in petto heeft. Hij wil vandaag aan iedereen die hier aanwezig is duidelijk maken dat Giel voor de trein sprong omdat zijn ex hem treiterde, hem vernederde en hem de vernieling in hielp. Dat secreet zal de rest van haar leven spijt hebben dat ze hem de uitvaart liet regelen.

Simon and Garfunkel zingen 'Bridge over troubled water', een van de lievelingssongs van Giel. Straks volgen Gilbert Bécaud en Sting. Daarna wil David hun stemmen nooit meer horen.

De uitvaartleider heet iedereen welkom en spreekt dank uit voor de belangstelling. Hij legt uit dat er dadelijk eerst nog een muziekstuk volgt, dat daarna Giels beste vriend David als enige iets zal zeggen en dat de plechtigheid vervolgens wordt besloten met het derde muziekstuk.

Gilbert Bécaud zingt 'Et maintenant'.

Rafaëlla trekt haar schouders zo hoog op dat ze bijna haar oren raken. De notaris fluistert iets in haar oor. Wie weet wat hij haar nu belooft.

Er hangt een wrede stilte in de aula nadat Bécaud is uitgezongen. David staat op en loopt naar de katheder. Hij vouwt het A4'tje open en kijkt op.

Hij spert zijn ogen open.

Ze zitten op de achterste rij en ze bekijken hem met strakke gezichten. Zijn ze het echt? Ze hebben korter haar in een andere kleur en ze dragen een bril, maar ze zijn het.

Zus en Meisje.

HET DUO

AMBER

Er komen opmerkelijk veel nieuwe aanvragen binnen voor intakegesprekken met vrouwen die het slachtoffer zijn van seksueel geweld. Het is onmogelijk om elk verzoek te honoreren en Amber moet keuzes maken. Ze bestudeert nauwlettend de motieven voor noodzaak van behandeling en stelt vast dat ze een keuzeprobleem heeft.

Wat een shit kunnen mannen toch veroorzaken.

Het lukt haar niet om zich volledig te concentreren en ze weet hoe dat komt. De reden heet Giel de Marechal en het lukt al dagen niet om hem uit haar hoofd te zetten. Hij is dominant aanwezig in haar gedachten sinds ze te horen kreeg dat hij zich heeft gesuïcideerd.

Paula heeft zich tot het uiterste verzet tegen haar plan. 'Aanwezig zijn bij zijn begrafenis lost niets op en betekent het risico dat iemand ons zal herkennen. Dat doen we niet,' zei ze.

'Als je niet mee wil, ga ik alleen,' antwoordde Amber.

'Wat bezielt jou toch?' riep Paula. 'Je gaat toch niet beweren dat je je ergens schuldig over voelt? We hebben hem een waarschuwing gegeven, meer niet. Een normale man knijpt direct in zijn ballen als iemand beweert dat ze zijn zak hebben leeggehaald.

Dat weet je toch? Is het onze schuld dat deze verkrachter ervoor heeft gekozen om direct wappie te worden? En wat is er eigenlijk verloren gegaan aan die man? Blijf uit zijn buurt, alsjeblieft. Grote kans dat we zijn goede vriend David Westervink tegenkomen, kun jij je de scène die er dan volgt niet voorstellen?'

'Als je niet mee wil, ga ik alleen,' hield Amber vol.

Paula ging mee.

Ze gebruikten de korte pruiken en ze droegen een bril. In de aula kozen ze een plaats dicht bij de uitgang. En David was er uiteraard. Hij werd aangekondigd als enige spreker en hij had nog geen zin voorgelezen toen hij hen ontdekte in de zaal en hen duidelijk herkende. Op dat moment drong het pas tot Amber door dat ze niet naar die begrafenis had moeten gaan.

Is dit een voorbeeld van een sluimerend schuldgevoel? Maar wat heeft zij verdomme met een schuldgevoel te maken?

Ze heeft Tessa al een paar keer laten vertellen wat haar is overkomen en dat zal ze blijven doen om te voorkomen dat dit schuldgevoel haar de baas wordt. Kerels als Giel de Marechal en David Westervink verdienen het om de rest van hun leven onrustig te zijn. Dat die Giel al bij de eerste confrontatie heeft besloten uit het leven te stappen is een niet te voorkomen bijkomstigheid, maar wél zijn eigen besluit.

Wat een lafbek.

Ze droomde vannacht van wat er gebeurde in de tijd van haar eerste vriendje, een medestudent die schuchter en daardoor bijzonder aantrekkelijk was. Ze hield hem op afstand tot ze merkte dat zijn belangstelling haar prikkelde. Toen ontdooide ze en stond ze zichzelf toe om een nacht bij hem te blijven slapen.

De eerste nacht gebeurde er niets. Ze sliepen dicht tegen elkaar aan, er dwaalden geen gretige handen over haar lichaam en niemand fluisterde dat ze stil moest zijn.

De tweede nacht begon op dezelfde manier, maar er werd voorzichtig geknuffeld.

De derde nacht meende ze dat ze klaar was voor méér, maar toen hij probeerde om bij haar binnen te komen verkrampte ze van top tot teen. Hij schrok en gleed weer van haar af. Ze graaide haar kleren bij elkaar en vluchtte de deur uit. Een paar weken later vroeg een andere medestudent of het klopte wat er over haar werd verteld.

'Wat wordt er over mij vertelde?' vroeg ze.

'Dat je vaginisme hebt. Als je ervan af wilt worden geholpen, kom je maar langs. Ik ben een expert in het toegankelijk maken van droge vagina's,' zei de medestudent. 'Gortdroog mag ook.'

Het zijn alleen dromen en die hebben niets te maken met het leven dat ze nu leidt. Ze is arts geworden en daarna psychiater. Ze ontdekte dat haar zusje hetzelfde was overkomen als wat haar al jaren dwarszat en ze hebben samen besloten om iets te doen tegen mannen die menen dat ze ongestraft hun gang kunnen gaan. Het idee kwam van Paula en Amber ging ermee akkoord. Ze hoopt nog steeds dat ze door hun acties in staat is om zich minder schuldig te voelen over de onoplettendheid waar haar zusje de dupe van werd.

Ze vroeg iedere keer als ze thuiskwam aan Paula of ze ergens bang voor was. Het antwoord was altijd nee. Ze vroeg ook of papa weleens bij haar in bed kroop. Paula keek haar recht aan toen ze dat ontkende.

Ze zag een zusje dat speels en vrolijk was, dat niet schrok van onverwachte geluiden, dat niet in elkaar dook als ze werd aangeraakt, dat goed at en dat moeiteloos de middelbare school afmaakte. Amber bleef vragen stellen, Paula bleef nee zeggen.

Ze had iets moeten zien, ze had beter moeten opletten. Ze had haar vader moeten waarschuwen. Ze had moeten zeggen dat ze hem persoonlijk zou castreren als ze merkte dat hij zijn vunzige gedrag herhaalde. Maar ze zei niets, ze dreigde niet, ze kwam nooit onverwacht tevoorschijn.

Ze liet hem zijn gang gaan. Pas toen Paula direct nadat ze de middelbare school had afgerond de hogere beroepsopleiding voor verpleegkundige ging volgen in een stad die ver genoeg van haar ouderlijk huis verwijderd was om niet thuis te kunnen blijven wonen, begreep Amber dat ze zich had laten misleiden. Het steekt nog steeds dat ze tekort is geschoten, want dat deed ze, hoe vurig Paula haar ook tegenspreekt.

Ze had het moeten zien, ze had zijn ballen persoonlijk moeten verwijderen. Ze had hem moeten aangeven en dat was zeker gebeurd als hij niet op een eerste lentedag in gedachten verzonken een weg had overgestoken en door een auto werd geschept. Toen de politie Amber belde, was hij al overleden.

Hij had een bericht achtergelaten waarin stond dat hij bij hun moeder in het graf wilde liggen. Dat bericht heeft ze verscheurd en daarna is hij gecremeerd en uitgestrooid op een algemeen veld. Amber en Paula onderhouden samen hun moeders graf. Ze hebben allebei vastgelegd dat ze later bij haar begraven willen worden.

Paula heeft gelijk: je kunt je afvragen wat er verloren is gegaan aan Giel de Marechal.

Toch vreet het aan Amber dat hij uit het leven is gestapt.

TESSA

44

De eerste dag van haar najaarsvakantie stormt en regent het. Tessa was van plan om vandaag te gaan winkelen, maar voor morgen wordt er beter weer voorspeld dus dat feest gaat een dag later plaatsvinden.

Ze voelt zich onrustig en betrapt zichzelf er voortdurend op dat ze geluiden meent te horen in de gang en ook in de tuin. Negeren is geen optie, dus ze draaft door het huis en drukt haar neus tegen de ramen. Er is niets aan de hand, natuurlijk niet.

De onrust komt niet alleen door de storm, maar ze probeert daar verder niet over na te denken. Ze heeft genoeg aan haar hoofd, voor extra muizenissen is geen ruimte. Om halfvijf heeft ze een afspraak met Amber en ze gaat ook tegen haar niets zeggen over de chaos die een man met wie ze recent kennis heeft gemaakt heeft veroorzaakt. Ze wil ook niet voortdurend aan zijn naam denken.

Luuk de Brij.

Nu denkt ze het tóch en nu ziet ze ook weer zijn ogen. Mooie, zachte ogen, eerlijke, warme ogen.

Eenzame ogen waarin ze alles herkende wat ze zelf voelde.

Ogen waarin oprechte bewondering te lezen was.

Niet aan denken.

Josefien belde een dag nadat ze had verteld dat ze misschien een timmerman kende. 'Ik weet weer hoe hij heet: Luuk de Brij. Hij heeft een eenmansbedrijf en hij leverde heel goed werk af bij een vriend van David. Een vakman, dat is het. Je kunt hem googelen, dan krijg je een indruk van hem. Succes!'

Tessa googelde en ze zag een foto van Luuk. Mooie man, dacht ze. Open blik, leuke lach. Uitnodigend verhaal en hij woont in de buurt.

Ze belde hem.

Hij zei direct dat hij verrast was door haar mooie stem en dat hij graag naar mooie stemmen luisterde. Tessa zou anders zijn teruggedeinsd van een dergelijke opmerking, maar ze voelde niets waarvan teruggedeinsd zou moeten worden. Ze maakte een grapje door te vragen of ze nu op de favorietenlijst terecht zou komen. 'Of heb je die niet?' voegde ze eraan toe.

Hij antwoordde: 'Wel degelijk. Bovenaan de lijst staan twee kopstukken die door niemand worden verdreven. Dat zijn Arthur Japin en Frits Spits. Als ik aan hun stemmen denk, voel ik me goed. Veilig. U mag op nummer drie. Maar vertel eens, wat kan ik voor u doen?'

'Ik wil graag op zolder een kastenwand laten maken, over de hele lengte aan weerszijden van het schuine dak. Hang- en legkasten. Zo strak mogelijk.'

'Dat kan geregeld worden. Toevallig heeft er net iemand afgebeld voor wie ik drie weken aan het werk zou zijn. Zullen we een afspraak maken?'

Ze spraken af dat hij de volgende dag om vijf uur langs zou komen. Ze gaf haar adres.

'Ik heb een mooie stem,' zei ze tegen haar spiegelbeeld.

Hij stond op exact de afgesproken tijd voor de deur. Toen ze voor hem stond, zag ze dat hij schrok. Ze vroeg wat er aan de hand was, terwijl ze een hand uitstak.

Hij drukte haar uitgestoken hand. 'Ik schrok, omdat je op mijn vrouw lijkt. Ik ben Luuk.'

Het was volkomen vanzelfsprekend dat ze elkaar direct tutoyeerden.

'Maar waarom schrik je dan?' vroeg Tessa. Ze deed een stap naar achteren en nodigde hem uit om binnen te komen.

Luuk wachtte tot ze de voordeur had gesloten. 'Ik schrok omdat het heel even leek alsof zij de deur opendeed. Het verlangen dat dit nog een keer gebeurt kan me zomaar overvallen. Ze woont in het verpleeghuis hier om de hoek, al bijna vijf jaar. Ze is dement, alzheimer. Extreem vroeg, volgens de doktoren. Ze was net vijftig toen het duidelijk werd en haar conditie holde achteruit. Ik heb haar drie jaar thuis kunnen houden, maar toen kon ik niet meer voor haar zorgen.' Hij leek een beetje beduusd door zijn eigen woorden. 'Sorry dat ik meteen over mijn vrouw begin, Tessa. Het was niet mijn bedoeling om direct zo persoonlijk te worden.'

Tessa ging hem voor naar de woonkamer. 'Ik begrijp het wel, Luuk. Ik werk als verpleegkundige op de afdeling geriatrie en ik kom regelmatig mensen tegen die te maken hebben met de zorg voor een partner met dementie. Je hoeft je nergens voor te verontschuldigen.' Ze bood hem koffie aan en stelde voor om in de keuken te gaan zitten.

Ze hadden voortdurend oogcontact. En ze spraken uren met elkaar, alsof ze oude vrienden waren die elkaar lange tijd niet hadden gezien.

Het was bijzonder en overdonderend en ongelooflijk en goed.

Het geluid van haar mobiel onderbreekt haar overpeinzingen en als ze ziet dat Josefien haar belt, neemt ze direct op.

'Ben je thuis?' De stem van Josefien klinkt opgewonden.

Tessa antwoordt kalm dat ze inderdaad thuis is, maar dat ze om halfvijf een afspraak heeft met een vriendin. Ze heeft niet aan Josefien verteld dat ze contact heeft met een therapeut en ze is van plan dat zo te houden. Amber is een privéaangelegenheid, zelfs haar dochters weten hier niets van.

Josefien wil graag langskomen en ze belooft dat ze hooguit een uurtje zal blijven. Het zal wel weer over een incident met David gaan, maar Tessa laat zich daar niet meer door van haar stuk brengen. David is passé, mét foto's. Hij kan die foto's verspreiden en zij kan dan aangifte tegen hem doen. Dat heeft Luuk haar verteld tijdens de uren die ze met elkaar spraken en elkaar alles vertelden over pijnlijke herinneringen aan kwetsbare onderwerpen. Ze staat nu nog versteld van haar openhartigheid.

Morgen gaat hij beginnen aan de klus op haar zolder. De materialen zijn drie dagen geleden bezorgd en ze vormen een stilleven dat goed aanvoelt. Maar ook over Luuk gaat Tessa geen mededelingen doen.

Josefien valt bijna naar binnen. 'Wat denk je dat ik vorige week in de krant las? De beste vriend van David is dood en als ik de tekst van de rouwadvertentie goed gelezen heb, heeft hij zelfmoord gepleegd. O nee, dat is geen goede uitdrukking, dat las ik ook pas in de krant. Je hoort te zeggen dat het om zelfdoding gaat. Hoe het dan ook mag heten, Giel de Marechal is dood en David schijnt zijn uitvaart geregeld te hebben, want de advertentie was namens de familie en alleen zijn naam werd gemeld. Ik heb geprobeerd om David te bellen, maar hij heeft me geblokkeerd.'

'Waarom ben je zo opgewonden?' vraagt Tessa.

'Omdat ik me afvraag of die schijn van zelfdoding wel klopt. Giel was gescheiden en mocht zijn kinderen niet meer zien. Hij was dol op zijn jongens, ik kan me niet voorstellen dat hij de dood beschouwde als een oplossing. Hij was altijd heel erg bang om iets te mankeren, van een bultje op zijn rug kon hij al in paniek raken. Een schaafwond of een verkleuring op zijn huid durfde hij niet aan te raken. Alles wat te maken had met de dood was onbespreekbaar en veroorzaakte paniek. En dan jezelf iets aandoen? Ik geloof er niets van.'

Tessa weet niet goed wat ze moet denken van de opwinding van Josefien. Waarom moet die zich druk maken over de dood van de beste vriend van haar ex?

'Waarom zeg je niets?' Er zit een boze ondertoon in de stem van Josefien.

'Ik weet niet goed wat ik met deze informatie moet of kan.' Tessa vraagt zich af op welke manier ze Josefien weer snel kwijt kan raken. Haar hele houding duidt erop dat ze zich wil vastbijten in een vraag waarop het antwoord niets meer kan veranderen aan het feit dat de vriend van David niet meer leeft. 'Hoe komt het dat dit je zo raakt en dat je zo achterdochtig bent? Verdenk je David ergens van, wil je hem beschermen?'

'Dat zal jij je niet kunnen voorstellen,' zegt Josefien en de kilte in haar stem geeft Tessa een onbehaaglijk gevoel. 'Jij begrijpt er toch ook niets van dat ik aan David verslingerd ben geraakt, ondanks zijn buitensporige gedrag?'

Tessa voelt dat haar maag zich samentrekt. 'Je zou nog wel versteld kunnen staan, Josefien, van wat ik me allemaal kan voorstellen. Maar als je vragen hebt en gerustgesteld wil worden, waarom ga je dan niet gewoon naar David toe? Het enige wat kan gebeuren is dat hij je niet binnenlaat. Heeft hij je geblokkeerd omdat hij nog steeds denkt dat jij zijn mobiel die op het terras onder de tafel lag hebt zoekgemaakt? Wat mij betreft mag je hem gerust de waarheid over dat mobieltje vertellen.'

Josefien knijpt haar ogen tot spleetjes. 'Begrijp ik het goed, heb jij opeens maling aan David? Wat is er met jou gebeurd?'

'Ik heb besloten om mijn leven niet te laten verzieken door iemand die geen enkele emotie van mijn kant waard is. Ik voel me niet aan hem verslingerd en ik ga hem ook niet langzaam afbouwen, ik blokkeer hem zodra hij weer belt.' Tessa heeft de neiging om zichzelf in de spiegel te bekijken om te kunnen ontdekken of ze er even strijdvaardig uitziet als ze zich nu voelt.

Josefien fronst. 'Guttegut, wat een overmoed. Jij hebt duidelijk nog niet in de gaten wat voor type David is. Ik heb het al eerder tegen je gezegd: je kunt hem echt beter te vriend houden.'

Tessa denkt dat ze buiten een geluid hoort, maar het lukt haar om niet naar het raam te lopen. 'Dat ben ik niet van plan,' zegt ze. 'Ik ga mijn leven weer oppakken en alle shit achter me laten.'

Josefien buigt zich naar Tessa toe, tot hun neuzen elkaar bijna raken. 'Dat klinkt alsof er iets is gebeurd wat alle bordjes zomaar de andere kant heeft opgezet. Vertel eens, wat weet ik nog niet?'

Tessa doet zo onopvallend mogelijk een stap naar achteren. 'Ik heb gewoon goed nagedacht, waarom zou er iets gebeurd moeten zijn?'

Josefien heft haar armen op. 'Allemachtig! Jij bent verliefd, het kan niet anders. Op wie? Vertel!'

Tessa loopt naar de keuken. 'Wil je koffie? En op wie zou ik verliefd kunnen zijn?' Ze wil snel het aanrecht bereiken.

'Geen idee, maar daar kom ik wel achter. Ik kom altijd overal achter. Ik heb zelf ontdekt dat Davids voorkeur voor gewelddadige seks voor alle vrouwen geldt en dat ik niet de uitverkoren uitzondering was, zoals ik mezelf had geprobeerd wijs te maken.' Josefien kijkt weg bij de laatste woorden. 'Zelfs op het gebied van discutabele seks was ik niet uniek.'

Tessa kijkt toe als Josefien gaat zitten en op een nagel bijt.

'Ga met hem praten en laat je niet wegsturen,' adviseert ze.

'O nee, toch, dat ik daar niet direct aan dacht!' zegt Josefien. 'Is het soms de timmerman die ik voor je heb geregeld? Weet je wel dat die man is getrouwd en dat zijn vrouw in een tehuis voor dementen zit?'

'Wat heb ik daarmee te maken?' Tessa hoort hoe scherp deze vraag klinkt.

'Niets misschien, maar je kunt maar beter zoiets weten voordat je je illusies maakt, denk ik. Maar geef eens antwoord, is het die timmerman?'

'Ik ben niet verliefd, op niemand. Niet op de drogist, niet op de postbode, en ook niet op de timmerman. Hij gaat kasten voor me maken op zolder en verder niets. Het maakt mij niet uit of hij getrouwd is of niet, ik wil kasten, ik betaal hem en ik verwacht goed werk. In non-informatie ben ik niet geïnteresseerd.' Tessa is steeds sneller gaan praten en ze merkt dat ze een beetje hijgt.

'Je bent echt verliefd,' stelt Josefien vast. 'Jammer genoeg op de verkeerde.'

45

Josefien is, na nog wat heen en weer gepraat waarbij zij voornamelijk zelf aan het woord was, verdwenen met het dringende advies om uit de buurt van de timmerman te blijven. Na haar vertrek heeft Tessa ruim een halfuur voor zich uit zitten kijken en nagedacht over twee prangende vragen.

Waarom moest Josefien de ontdekking over de dood van Davids beste vriend speciaal aan háár vertellen?

Waarom waarschuwde ze haar zo nadrukkelijk voor de timmerman?

Er dringt zich nu nog een derde vraag aan haar op.

Klopt het, is ze verliefd?

Amber vindt dat Tessa er moe uitziet. Tessa voelt zich ook moe, maar dat is meestal het geval op de eerste dag van een vakantie. Ze moet altijd eerst een beetje bijkomen en even wennen aan de vrijheid. Als ze het aan Amber uitlegt, glimlacht de therapeut. Ze vertelt dat het bij haar ook altijd zo gaat en dat ze zichzelf na de eerste slome dag meestal tot de orde roept en plannen begint te maken. Daarna verontschuldigt ze zich omdat ze Tessa niet eerder kon ontvangen. Ze had een bomvolle agenda en ze heeft besloten om voorlopig geen nieuwe cliënten aan te nemen.

'Toen je een boodschap insprak zei je dat het om David ging,' brengt ze Tessa in herinnering. 'Wil je vertellen wat er gaande is?'

'Ik dacht dat zijn vrouw dood was en ik ontdekte dat ze nog leeft. Het is een heel verhaal, maar het komt erop neer dat ik contact heb met die vrouw. Ze heet Josefien.'

'Hoe heb je Josefien leren kennen?'

'Hij zat met haar op hetzelfde terras waar ik ook zat, maar hij zat met de rug naar me toe,' begint Tessa.

Amber valt haar geen enkele keer in de rede als Tessa vertelt hoe de ontmoeting met Josefien verliep en wat er daarna is gebeurd. Ze stipt de kennismaking met Luuk heel kort aan en slaagt erin het zo achteloos mogelijk te houden. Ze wil geen indringende vragen over deze ontmoeting en wat valt er te vertellen? Zolang ze er zelf niet uit is wat er speelt tussen Luuk en haar, óf er wat speelt en of ze daar aandacht aan wil besteden, gaat ze hier aan niemand iets over vertellen, zelfs niet aan Amber. Ze vertelt liever dat ze aan Josefien duidelijk heeft gemaakt dat David wat haar betreft in de klei kan zakken.

'Dat is progressie!' zegt Amber. 'Hoe ben je op dit punt gekomen?'

'Het voelt niet als progressie,' protesteert Tessa. 'Als ik eraan denk wat die man kan aanrichten, krijg ik spontaan moeite met ademen. Ik denk nog steeds dat het mijn eigen stomme schuld is, dat ik beter had moeten opletten en dat ik veel te snel mijn vertrouwen aan een onbekende heb gegeven.'

Amber gaat rechterop zitten. 'Luister, Tessa. Jou treft geen blaam. Je kunt je afvragen of je je niet krachtiger had moeten verzetten, het is logisch dat je twijfelt aan wat je hebt gezegd en hebt gedaan, en dat de onzekerheid die in je heeft plaatsgenomen aan je zit vastgekleefd. Maar jou treft geen blaam, onthoud dat goed. De blaam is voorbehouden aan het stuk ellende dat je belaagde, bezeerde en overmeesterde. Is hij ziek? Reken maar van yes. Ziek in het hoofd, door welke reden dan ook, maar geen enkele reden kan een vrijbrief zijn voor wat hij jou heeft aangedaan. Geen enkel leed, geen enkele opvoeding, geen enkel geloof, geen enkel gemis, zelfs geen enkele gelijksoortige ervaring. Wees je daarvan bewust. Dit lag niet aan jou, dit is jou overkomen. En je herstelt je prima, ik ben trots op je.'

Tessa moet Ambers woorden even tot zich laten doordringen.

Ze voelen goed, ze geven lucht en ze zijn de reden om tóch alles te vertellen over de man die momenteel haar gedachten domineert.

Ze voelt zich opgelucht als ze na de sessie met Amber weer in haar auto stapt. Ze heeft zin om iets te gaan kopen, iets moois. Nieuwe schoenen, bijvoorbeeld. Ze heeft een week geleden een paar zwarte laarzen zien staan in de etalage van een schoenenzaak. Glad, mat leer met een stevige hoge hak. Laarzen die stoer en tegelijk vrouwelijk ogen. Die gaat ze kopen.

Ze hoort dat er een app binnenkomt en ze ziet dat het een bericht is van David. Ze kijkt snel om zich heen. Houdt hij haar in de gaten? Er is niets te zien wat wijst op zijn mogelijke nabijheid.

Ze opent het bericht.

Ik vind alle foto's van jou superopwindend. Zulke foto's kan ik toch niet alleen voor mezelf houden? Kom eens langs om ze samen te bekijken. Ik zal lief zijn.

Je bent zo mooi, Tessa.

Ze start de motor. Geen laarzen kopen, vandaag. Snel naar huis, deuren op slot en nadenken. Luuk is aan het werk op zolder, het is een veilig idee dat er een man in haar huis aanwezig is.

Ze verwijdert het bericht van David en ze aarzelt of ze hem zal blokkeren. Toch maar niet doen, wie weet wat hij gaat uithalen als hij merkt dat hij haar geen apps meer kan sturen. Hij weet dat ze dochters heeft en hij is overal toe in staat.

De gedachte die nu in haar opkomt is een gedachte die ze zelfs niet aan Levi heeft gewijd als hij haar beledigde en treiterde.

Ze wenst David dood.

Zo morsdood als maar mogelijk is.

HET DUO

PAULA

Ze ergert zich aan het gedrag van haar zus. Wát ze ook verwacht had van Amber, niet dat ze onder de indruk zou zijn van de zelfdoding van Giel de Marechal. Die man heeft zichzelf opgeruimd en dat geeft het vrouwelijk deel van de mensheid lucht. Zelfs al zou hij zich alleen aan slachtoffer Geranda hebben vergrepen, wat onmogelijk is omdat types als De Marechal altijd in vrouwen grossieren, zelfs dan zou zijn aanwezigheid op onze aardbol volstrekt overbodig zijn geweest.

Ze kwamen hem op het spoor via Geranda, een vroegrijpe jonge vrouw die al sinds haar dertiende seksueel actief was. Amber vertelde in vertrouwen dat Geranda haar zowel irriteerde als imponeerde, maar toen het meisje eenmaal begon te vertellen over haar negatieve ervaringen met een zekere Giel de Marechal maakte de irritatie plaats voor betrokkenheid en medelijden. Ze zocht aandacht en liefde, maar kreeg gedwongen seks en mishandeling. En ze werd zwanger.

Gelukkig verloor ze de vrucht, dat was voor haar een opluchting. Verder was ze geestelijk een wrak, een angstige schim van de levenslustige jonge vrouw die ze voorheen zei te zijn geweest, een twijfelaar en een doemdenker.

Amber en Paula bespraken de mogelijkheid voor Geranda om het vertrouwen in zichzelf terug te krijgen en om de gevolgen van haar ervaring met foute mannen achter zich te kunnen laten en af te sluiten. Maar iets afsluiten leek onmogelijk zolang Giel de Marechal aandacht bleef eisen en dat bleek nog ingewikkelder toen duidelijk werd dat Giels beste vriend David Westervink ook bij het misbruik betrokken was. Geranda was niet opgewassen tegen het pushen en de dwang. Ze smeekte om hulp.

Ze begonnen met Giel, omdat hij gemakkelijk te benaderen was. Ze presenteerden zich als vrouwen die geïnteresseerd waren in bijzondere vormen van seks en tot hun verbazing stelde hij geen vragen. Later hoorde Amber van Geranda dat Giel een fortuin had geërfd van zijn ouders en niet hoefde te werken. Typisch gevalletje van een verwend rijkeluiszoontje dat gewend is om op zijn wenken bediend te worden, stelden de zussen vast. Diep nadenken stond duidelijk niet in zijn woordenboek.

Ze zorgden ervoor dat ze er sexy uitzagen en lieten er al bij de kennismaking geen twijfel over bestaan dat ze hem aantrekkelijk vonden. Een mooie haan. Een lot uit de loterij.

Hoe kregen ze het uit hun strot?

Hij was gemakkelijk te lijmen, snel te overtuigen van hun belangstelling voor het type man dat hij zelf meende te zijn.

Ze hadden zijn lievelingswhisky meegenomen en deze hersenloze adonis vroeg zich niet eens af hoe zij op de hoogte konden zijn van zijn voorkeur voor juist dit merk.

Hij hikte van het lachen toen ze constateerden dat de twee middelste letters van zijn voornaam omgedraaid konden worden.

Hij sliep heel snel.

Paula besluit om haar zus vanavond te bezoeken en haar er dan van te overtuigen dat de zelfdoding van Giel de Marechal hun niet is aan te rekenen. Ze zal Amber herinneren aan de manier waarop hij hen bekeek, aan die gulzige en tegelijk vunzige blik zonder respect en doordrenkt van zelfoverschatting. Ze zal Amber wijzen op hun doelstelling die gericht is op het veroorzaken van schrik, laten nadenken over bepaalde gewoontes en inzicht verschaffen met betrekking tot verandering van gedrag. Ze zal benadrukken dat ze hebben afgesproken dat pas als dat niet lukt toeslaan met onomkeerbare gevolgen is toegestaan. In die volgorde en niet anders.

Die Giel is uit eigen wil direct doorgegaan naar de laatste fase. Kan gebeuren, maar het was echt zijn eigen wil. Hij heeft er blijkbaar geen behoefte aan gehad om zijn ervaring te delen met vriend David.

Voorlopig hoeven ze dus alleen David in de gaten te houden, maar mocht Amber besluiten om hun missie te beëindigen, dan gaat Paula dat alleen doen. En daar zal ze haar zus niet van op de hoogte stellen.

Ze heeft een week geleden kennis gemaakt met Teun, een nieuwe collega die hoofdverpleegkundige is geworden van de afdeling Inwendige Ziektes. Hij laat geen gelegenheid onbenut om haar aan te spreken. Het is een aantrekkelijke man en ze zou willen dat ze iets kan voelen als ze hem aankijkt.

DAVID

46

Hij had direct naar ze toe moeten lopen, ze mee naar buiten moeten nemen, ze een paar geweldige optaters moeten verkopen en hij had ze allebei zo ongenadig in hun kruis moeten trappen dat van neuken minstens een maand geen sprake zou zijn geweest. Hij had… Maar hij deed niets dan staren, friemelen aan het papier waarop zijn tekst stond en slikken, kuchen en luisteren naar het geschuifel van zijn publiek.

De tekst was venijnig en vals, hij hoefde niet op het papier te kijken, want hij had de woorden vaak genoeg nagelezen. Toch bleef hij staren naar de letters en toen er in de zaal steeds meer werd gekucht, schraapte hij zijn keel en zei dat Giel een man was die hij nooit zou kunnen vergeten. Daarna keek hij op en richtte hij zijn blik op de achterste rij.

Ze waren weg.

Sting zong 'Fragile'.

David weet dat bijna iedereen naar hem keek, hij ving verontruste blikken op, maar ook afwijzende. Hij liep mee naar het graf, keek toe toen de kist langzaam zakte, gooide een hand aarde op het mahoniehout en maakte dat hij wegkwam. Op de parkeerplaats liep hij langs alle auto's om te controleren of Zus en

Meisje ergens zaten, maar hij wist ook wel dat die twee er direct vandoor waren gegaan.

Wat hadden ze te zoeken op de uitvaart van Giel? Verschenen ze vanuit schuldgevoel? Hoe komt hij erachter wie ze zijn?

Waren ze het wel?

Ze waren het, hij weet het zeker. De confrontatie heeft hem verlamd. Toen hij op weg was naar huis heeft hij Geranda afgebeld en daarna heeft hij Josefien gedeblokkeerd. Toen hij daarmee bezig was leek het of hij Giel hoorde lachen. 'Je had gelijk, vriend,' heeft hij tegen de lachende Giel gezegd. 'Ik ben tot die vrouw veroordeeld en ik ga haar terugwinnen onder voorwaarden. We blijven apart wonen en er worden door haar geen vragen gesteld over mijn seksleven, behalve waar het haar betreft. Misschien lukt het, misschien niet. Maar niet geschoten is altijd mis, om een cliché waar mijn moeder dol op was maar eens van stal te halen. Sorry dat ik je ex niet voor schut heb gezet, ik reken wel op een andere manier met haar af. Ga er maar van uit dat ik venijniger zal zijn dan zij en als ik met haar klaar ben, durft ze niet meer naar buiten. Dat beloof ik je, gozer. Rust zacht, sufferd, stommeling. Ik zal je altijd missen.'

Daarna belde hij Josefien en zei tegen haar dat hij haar nodig had. Hij zette zich schrap voor een venijnig antwoord, maar ze klonk vriendelijk toen ze beloofde dat ze snel zou komen. En ze condoleerde hem met het verlies van Giel.

Ze stond nog geen uur later voor de deur en na hooguit drie minuten waren ze allebei naakt. Hij sloeg niet, hij dwong niet, hij beet niet, het was allemaal niet nodig. Hij vree met haar zoals hij nog nooit met haar gevreeën had.

'Ik wist dat je het kon,' zei Josefien snikkend na afloop.

47

Ze moet hem iets vertellen en hij zal niet weten wat hij hoort. Kan ze langskomen?

David wilde net Geranda bellen, maar nu is Josefien onderweg. Ook goed. Kut is kut, zei de boer en daarna neukte hij het varken. Hij schatert het uit om zijn eigen gedachten en hij realiseert zich dat het te lang geleden is dat hij lekker heeft gelachen.

Hij heeft een collega gebeld voor wie hij onlangs een periode alle zaken heeft waargenomen en aan hem gevraagd of hij nu een paar weken zíjn zaken wil behartigen. De collega stemde direct toe. De mededeling aan zijn hele cliëntenbestand is verstuurd, hij is voorlopig vrij. Hij heeft behoefte aan extra rust. En aan seks en aan losgaan op alle fronten.

Hij wil zijn oude leven terug en hij wil reuring veroorzaken die iemand in de gordijnen jaagt en die hem geestelijke ontlading geeft. De eerste persoon die in aanmerking komt is Tessa. Hij heeft haar eerst een app gestuurd en daarna de foto geprint die ze aan niemand zal willen laten zien, het topstuk uit de serie.

Ze was nog maagd op de plek die hij niet eens mocht aanraken en ze wilde daar maagd blijven. Hij heeft alles wat hij aan verleidingskunsten kon bedenken uit de kast gehaald en eindeloos geduld gehad, en uiteindelijk lukte het om haar met de rug naar hem toegekeerd voor zich te krijgen, haar angst en weerstand te sussen en haar een hoogtepunt te bezorgen waardoor ze vergat zich verder te verzetten. Hij zei dat hij haar gezicht wilde zien en ze draaide haar hoofd met gesloten ogen. Zijn mobiel lag klaar en hij maakte snel een foto, snel genoeg om het toestel direct weer onder het dekbed te kunnen schuiven. Het was opwindend en spannend om foto's te maken terwijl ze niets in de gaten had. Ze is een van de meest succesvolle bedpartners geweest op zijn lijst. Achter haar naam prijken sterren, uitroeptekens en vlammen. Hij bekijkt de lijsten die hij tot nu toe heeft verzameld regelmatig en alleen al het kijken naar de namen en de toegevoegde waarderingstekens windt hem op. Tessa is en blijft een verhaal apart. Hij heeft vanaf het moment dat hij haar zag in de bibliotheek geweten dat ze van hem zou zijn. Voor altijd.

Er is nog een andere foto die hij koestert en dat is de foto waarop ze rustig, bijna sereen op haar buik ligt. Een vrouwelijk naakt waar menig schilder zich door zou laten inspireren. Het beeld straalt een soort onbevangenheid uit, een bereidheid tot overgave, de afwezigheid van angst of verzet. Op die manier lig je als je denkt dat jou niets kan gebeuren en dat is wat David het meest opwindt. Zijn prooi denkt dat ze veilig is, ze heeft totaal niet in de gaten dat de man met wie ze seks gaat hebben vooral een belager is. David wil bij iedere vrouw die hij verovert een belager zijn.

Kijk haar nu liggen, de onschuld in eigen persoon. Klaar voor de liefde, die niet bestaat. Ze geloven allemaal in sprookjes, die domme wezens.

Waar blijft Josefien?

Zijn ex is de enige persoon aan wie hij het heeft verteld en daar heeft hij nog steeds spijt van. Hij moest het ergens kwijt, het was nodig om aan iemand te vertellen wat hem als puber was overkomen. Iemand moest weten hoe vernederd hij zich voelde toen hij als jongen van veertien jaar ontdekte dat zijn moeder foto's van hem maakte als hij lag te masturberen. Als hij met zichzelf bezig was, vervaagde zijn omgeving, hoorde en zag hij niets meer van wat er om hem heen gebeurde. De deur van zijn slaapkamer mocht nooit op slot, zijn moeder wilde zeker weten dat ze hem zou kunnen wakker maken als er brand uitbrak.

Hij deed het soms wel vier keer op een middag en hij heeft nooit gemerkt dat ze hem begluurde en fotografeerde. En als ze niet met spoed was opgenomen in het ziekenhuis door een acute blindedarmontsteking en hij niet in haar linnenkast op zoek had moeten gaan naar schoon ondergoed en een nachthemd, had hij de envelop met foto's nooit gevonden.

Ze ontkende niet eens wat ze had gedaan, ze was er eerder trots op dat ze kon bewijzen hoe vunzig hij zich gedroeg. Ze zei dat alle kerels viezeriken waren en dat haar eigen zoon geen haar beter was dan de rest. De foto's waren daarvan het bewijs en ze bewaarde ze voor het geval dat ze ze nodig zou hebben.

Hij was onthutst en hapte naar lucht. Voor het geval dat ze ze nodig zou hebben? De gedachte dat iemand deze opnames onder ogen zou krijgen, maakte hem woedend. Hij wilde weten bij welke gore fotograaf ze de fotorolletjes had laten ontwikkelen. Ze had een oneindig superieure blik in haar ogen toen ze vertelde dat ze een collega had die zelf fotografeerde en ontwikkelde van wie ze iets wist wat hem zijn baan kon kosten en aan wie ze zonder problemen de opdracht kon geven om haar foto's af te drukken.

Hij verbrandde de foto's en vernielde haar camera. Ze gaf hem huisarrest, hij lachte haar recht in het gezicht uit. Zijn angst voor haar opmerkingen en gedrag was verdwenen en had plaatsgemaakt voor een allesoverheersende minachting. En de deur van zijn slaapkamer ging op slot.

Zodra hij de middelbare school had afgerond, solliciteerde hij bij een bank en werd direct aangenomen. Zijn vrouwelijke chef was onder de indruk van zijn vastberadenheid om verder te studeren en accountant te worden.

Binnen een week lag hij bij haar in bed. Ze had een kamer ingericht voor wat ze buitensporige seks noemde. Het leek of er een beest in hem wakker werd dat tot die tijd had liggen slapen. Ze wilde meer en meer, maar hij vond haar te oud. Er was een hele stapel foto's nodig om haar zover te krijgen dat ze hem met rust liet en haar mond hield. In dezelfde periode zocht een collega een huisgenoot, omdat hij de huur van zijn flat niet in zijn eentje kon ophoesten. Een paar dagen later woonde David bij hem. Zijn moeder jammerde, hij lachte haar uit. In die periode begon hij alle meisjes die bij hem in bed belandden te fotograferen, aanvankelijk met een minicamera, later met zijn mobiel.

Hij heeft alle foto's nog.

Als Josefien dit niet had geweten, zou ze minder alert zijn geweest en was het hem zeker gelukt om wat hij vastlegde van háár geheim te houden. Maar ze was slim en controleerde zijn telefoon en zijn computer terwijl hij sliep. Hij had een onmogelijk wachtwoord moeten instellen, maar hij had nooit verwacht dat ze op onderzoek zou uitgaan.

Toen ze aankondigde dat ze een huis had gevonden en hem verliet, had hij niet in de gaten dat ze alle beelden die hij van haar had opgeslagen al had gewist. Dat ontdekte hij pas toen hij op een avond beneveld en verdrietig de foto's opzocht. Het verdriet veranderde in woede, maar hij sprak haar niet aan. Hij sloeg alles wat hij voelde en dacht op in zijn geheugen en het zit daar nog steeds. Hij weet dat er een dag komt waarop hij wraak zal nemen. Want ze heeft straf verdiend.

Hij hoort de voordeur dichtslaan. Ze valt binnen en haar stem slaat over als ze roept dat Tessa een vrijer heeft.

David grijpt haar vast en dwingt haar op haar knieën.

'Je zou niet meer dwingen,' zegt ze snikkend, maar haar ogen verraden een ander gevoel.

'Ik wist dat je dit wilde,' zegt hij. 'Je bent goddelijk goed, vooral als je je eerst verzet. Lieg maar dat je het niet lekker vond.'

Josefien veegt de tranen van haar wangen. 'Ik vond het lekker, maar ik wil geen dwang meer. Er moet een streep onder ons verleden.'

David streelt haar wang. 'Klein streepje dan, dit blijven we erbij doen. En wat had je te vertellen over Tessa?'

Wat zegt ze nu? Heeft Tessa iets met de timmerman die bij Giel werkte? Maakt het haar niet uit dat die man getrouwd is? Heeft ze besloten om zich niets meer aan te trekken van Davids spelletjes? Gaat ze zijn nummer blokkeren als hij het waagt om haar nog een keer te bellen?

Die snol zal erachter komen met wie ze te maken heeft. En die timmerman gaat binnenkort ook slecht slapen. Hij blijft met zijn poten af van de vrouw die van David is en van niemand anders.

Die timmerman gaat wensen dat hij Tessa nooit had ontmoet.

En zij zal erachter komen dat David niet te blokkeren valt.

48

Josefien is in haar eigen huis gaan slapen, omdat ze morgen moet werken. Ze heeft sinds drie maanden een nieuwe job als serveerster in een eetcafé en David heeft haar niet eerder zo enthousiast over haar werk horen vertellen. Na talloze baantjes die nooit langer duurden dan een paar maanden voelt ze zich eindelijk op haar plaats. Maar voor hoelang?

David heeft bij het contact met Josefien een dubbel gevoel. Het is goed, het is fout.

Er zit een onbetrouwbaar tintje aan. Ze is een grote liefde en een geduchte vijand. Alles klopt en is tegelijk discutabel. Ze is vertrouwd, maar ook een vreemde. Volgens haar liggen alle tegenstellingen aan hem, volgens David liggen ze aan háár. Het zal wel voer voor psychologen zijn.

Ze heeft hem altijd gesteund, zeker in de periode dat hij naast zijn baan bij de bank studeerde en niemand was trotser dan Josefien toen hij afstudeerde als accountant. Het was Josefien die hem stimuleerde om een eigen bedrijf te beginnen en toen hij dat deed huilde ze van opluchting. Later verweet ze hem dat hij niet in de gaten had gehad hoe spannend zijn studietijd voor haar was geweest. Ze eiste aandacht en wilde exclusief zijn. Hij vluchtte naar Giel, die breed lachend aan hem vroeg of het geen goed idee zou zijn als Josefien ook eens met haar hoofd onder de wielen van een vrachtwagen terechtkwam.

Nu hij aan deze opmerking terugdenkt, mist hij Giel enorm. Er is niemand meer met wie hij zijn buitensporige fantasieën kan delen en met wie hij plannen kan maken en uitvoeren. Het is an-

ders nu hij er alleen voor staat. Het zelfverzekerde is weg, er is een gevoel van kwetsbaarheid voor in de plaats gekomen.
Dat zint hem niet.

Hij heeft eerst overwogen om de foto naar Tessa te appen, maar dan kan ze bewijzen dat hij degene was die hem stuurde. Het is beter dat tot haar doordringt dat hij met de foto's kan doen wat hij wil, daar moet ze nu even aan herinnerd worden. Maar ze moet vooral bang worden. Bange vrouwen wakkeren zijn libido aan. Hij heeft de foto die ze zeker niet zal willen zien geprint, in een envelop gestopt en er een post-it bij gedaan met daarop een tekst die haar aan het denken zal zetten.
David voelt zich goed bij deze openingszet. Tessa dacht misschien dat ze zomaar hun contact kon verbreken, grootspraak kon uitkramen, een andere man in haar bed kon halen en hém kon blokkeren, maar ze zal erachter komen dat ze zich daarin heeft vergist. Niemand verwijdert David uit zijn leven.
Niemand.

TESSA

49

De envelop ligt vóór haar op tafel en ze heeft al een paar keer op het punt gestaan hem te openen, maar iets weerhoudt haar.

Ze bekijkt opnieuw het handschrift. Ze kent het niet en ze probeert zich te herinneren of ze in de korte periode dat ze omging met David zijn handschrift heeft gezien.

Er is geen herinnering.

Toch weet ze vrijwel zeker dat hij dit heeft gestuurd en ze aarzelt of ze hem wil open maken. Het is een envelop op A4-formaat. Waarom zou hij dit formaat gebruiken?

'Ik ben niet bang voor David,' zegt ze.

Het volgende moment heeft ze de envelop geopend.

Er zit een vel papier in. Ze trekt het papier uit de envelop en kijkt.

O my god!

Hij drong steeds meer aan en zij begon steeds meer te twijfelen. Herinneringen vielen haar lastig, ze hoorde voortdurend de stem van Levi die aandrong op anale seks. Hij vond het deel waar hun dochters uit tevoorschijn hadden moeten komen niet meer interessant, juist afstotelijk. Dat begreep ze niet. Ze had toch niet gebaard? Ze was verlost met een keizersnee en haar vagina was ongeschonden gebleven. Wat was er opeens mis mee?

Hij weigerde daar antwoord op te geven.

Ze vond zijn wens walgelijk en onfatsoenlijk. Levi zei dat ze een trut was, een stumper die geen notie had van wat er in het leven te koop was, een mislukkeling op seksueel gebied, een vals kreng dat hem erin had geluisd. Zijn woorden deden pijn, ze kon er niet door eten en slapen. Ze dacht er serieus over na om hem zijn zin te geven, maar ze walgde van de gedachte.

David schold niet, maakte haar twijfel niet belachelijk, deed geen pogingen die in de buurt kwamen van dwang. In plaats daarvan liet hij haar sterretjes zien in bed en ze durfde zich ten slotte over te geven.

Hij was teder en voorzichtig, hij liet zijn vingers hun gang gaan en toen ze haar eerste hoogtepunt bereikte nam hij haar resoluut op de plek die tot dat moment ontoegankelijk was geweest. Hij wilde haar gezicht zien, ze draaide haar hoofd. Het deed even pijn, maar daarna voelde de overgave als een verlossing. Ze genoot met gesloten ogen.

Hoe is het mogelijk dat ze geen enkele keer in de gaten heeft gehad dat hij foto's maakte? Waarom heeft ze niet beter opgelet?

Het is een pornografische foto, maar dat is niet het ergste. Het ergste is dat ze herkenbaar is, dat iedereen die deze foto ziet zal weten op welke manier ze zich heeft laten nemen en hoe heerlijk ze het vond.

Ze draait het A4'tje om en kijkt nog een keer in de envelop. Er zit een gele post-it in. Ze haalt het tevoorschijn en leest de tekst.

Cc naar je timmerman, naar je dochters, naar je collega's? Kies maar.

Ze pakt haar mobiel en belt Amber.

50

Amber bekijkt de foto en aan haar gezicht is niet te zien wat ze ervan denkt. 'Het wordt tijd dat er met deze meneer afdoende wordt afgerekend,' zegt ze.

Tessa maakt een afwerend gebaar. 'Zijn ex waarschuwde me voor David. Ze zei dat ik hem het best te vriend kon houden.'

'Hoe had je je dat voorgesteld?' wil Amber weten.

Tessa haalt haar schouders op. 'Bij hem uit de buurt blijven, maar wel telefonisch contact houden tot hij er genoeg van krijgt? Ik weet het echt niet. Hij verwacht meer, hij wil gewoon verdergaan en hij zal blijven ontkennen wat er gebeurd is. Maar ik wil hem vooral niet in mijn buurt hebben. Ik wil de situatie onder controle houden. Het mag nooit meer uit de hand lopen, daar moet ik voor zorgen.'

Amber drukt een hand tegen haar voorhoofd. 'Veel vrouwen die te maken hebben gehad met misbruik denken dat het fout ging toen ze de controle kwijtraakten. Herken je dat? Herinner je je het gevoel dat zich aan je opdrong wanneer je terugdacht aan dat ene moment, aan de beslissing die goed leek en verkeerd uitpakte, aan de poging om de fout te herstellen en aan de verlamming die je overviel toen je ontdekte dat je weerloos was?'

Tessa knikt.

'Hoeveel Tessa's zouden er rondlopen die nog nooit met iemand hebben gepraat over wat hen is overkomen?' Gaat Amber verder. 'Hoeveel schaamtegevoel zal hen parten spelen, hoeveel woede over hun goedgelovigheid, hoeveel onmacht, hoeveel spijt?

Van alle emoties die een rol kunnen spelen is de schaamte vaak heel nadrukkelijk aanwezig. Je voelt je een dombo, de oen van de eeuw en niemand die je kent zou er net als jij zijn ingetrapt. Je hebt niet goed opgelet, je hebt de verkeerde signalen uitgezonden, je gedroeg je als een imbeciel, zelfs het meest naïeve kind zou je nog uitlachen. Eigen schuld, dat kan niet anders.

Niet waar, Tessa, dat is niet waar! Stop met die schaamte en vooral met de schuld op je nemen. Ik zei het al eerder, ik herhaal het en ik zal het tegen je blijven zeggen: jou treft geen blaam. Je hebt in de liefde willen geloven en toen gekozen voor iemand die je niet waard was. Je had beter verdiend en het is belangrijk dat je wat jou is overkomen bekendmaakt, zodat je het kunt verwerken en afsluiten. Je bent hier op het juiste adres.'

'Ik wil niets bekendmaken,' zegt Tessa. Ze wacht even en denkt na of ze de vraag die in haar opkomt gaat stellen.

'Zeg het maar,' reageert Amber uitnodigend.

'Hoe komt het dat je zo feilloos kunt verwoorden wat ik voel ten opzichte van mijn ervaring met David?'

Ambers gezicht vertrekt even, maar ze herstelt zich snel. 'Dat komt doordat ik hetzelfde heb meegemaakt.'

Tessa kan haar verbazing niet verbloemen. 'Jij? Ben jij…? Heb jij…? Hoe kan dat nou?'

'Het kan iedereen overkomen, Tessa. Het maakt niet uit of je jong of oud, hoog of laag opgeleid, dun of dik bent, iedereen kan de verkeerde tegenkomen en slachtoffer worden. Ik was jong en onervaren en ik geloofde mooie praatjes en aantrekkelijke beloftes. Het heeft lang geduurd voordat ik erover durfde te praten, maar toen het eenmaal zover was kwamen de angst, de schrik en vooral de schaamte verdriedubbeld, wat zeg ik, vertiendubbeld over me heen vallen. Ik was aan mijn derde studiejaar geneeskunde bezig en de hele wereld veranderde in de hel toen ik eindelijk mijn mond opendeed tegen mijn studiebegeleider. Nadat ik was afgestudeerd ben ik al snel aan de specialisatie psychiatrie begonnen. Toen ik bij een crisisdienst ging werken, viel het me op dat veel vrouwen in psychische nood kwamen door misbruik en erger en toen heb ik besloten om me toe te leggen op dat specifieke deel van de psychiatrie. Tegenwoordig begeleid ik alleen nog vrouwen die getraumatiseerd zijn door wat mannen in hun leven hebben aangericht. Ik weet hoe het werkt, Tessa, ik ben een ervaringsdeskundige. Laat me je helpen om te leren leven met wat je is aangedaan.'

'Toch wil ik niets bekendmaken,' zegt Tessa.

51

Ze heeft de foto achtergelaten bij Amber, want ze wil hem niet in haar huis hebben. Ze heeft Amber beloofd dat ze niet zal reageren op wat David doet en dat ze hem niet binnen zal laten, mocht hij plotseling voor de deur staan. Ze zal elke poging tot contact van zijn kant negeren en ze zal Amber op de hoogte houden van alles wat zich met betrekking tot David voordoet.

Nergens op ingaan, is de voorlopige nieuwe mantra. Ik ben niet bang voor David blijft bestaan.

Tessa repeteert de nieuwe mantra in gedachten, als ze naar huis rijdt.

Nergens op ingaan, nergens op ingaan.

Ik ben niet bang voor David.

Behalve de woorden die ze blijft herhalen, zingt er nog een vraag rond in haar hoofd.

Wat bedoelde Amber met de opmerking 'het wordt tijd dat er met deze meneer afdoende wordt afgerekend'?

Wordt er iets van haar verwacht?

Ze hoopt dat Luuk er nog is en dat hij ook nog even wil blijven. De kastenwand aan de linkerkant van de zolder is klaar en de rechterkant vordert al. Ze gaat elke avond kijken, maar daar wacht ze mee tot Luuk naar huis is. Ze wil niet de indruk wekken dat ze hem controleert.

Vrijwel elke middag drinken ze samen nog een kop koffie, maar de afgelopen dagen nam hij geen tweede kop. Hij heeft tijdens hun eerste gesprek verteld dat alcohol geen optie meer is, omdat hij na de opname van zijn vrouw zóveel gedronken heeft dat hij bijna zijn bedrijf was kwijtgeraakt. Nadat hij onder deskundige begeleiding was afgekickt, heeft hij alcohol uit zijn leven verbannen. Ze bood hem dus geen biertje aan, maar ze vroeg wél of hij zin had om een hapje mee te eten. Ze had een pastaschotel gemaakt en hij bleek dol te zijn op pasta. Maar hij leek afwezig en was stil. De pastaschotel werd zwijgend verorberd en daarna moest hij opeens weg. Ze was teleurgesteld en ook een beetje boos.

De volgende dag bood hij excuses aan voor zijn overhaaste vertrek. Het had niets met Tessa te maken. Ze was opgelucht en toch een beetje beledigd.

Nu is het onaangename gevoel verdwenen, maar het blijft verwarrend om aan deze man te denken en met hem om te gaan. Hij schept opeens afstand, maar ze weet niet of dit te maken heeft met zijn persoonlijke omstandigheden of met háár. Haar verstand zegt dat ze de afstand het best kan respecteren, haar hart zegt juist dat ze vragen moet stellen. Over een paar dagen is het werk klaar, ontvangt ze zijn rekening, betaalt ze hem en nemen ze afscheid. Het contact was korte tijd intens, maar het glipte uit haar vingers. Kan gebeuren. Een aardige man bij wie ze zich op haar gemak voelt en met wie ze iets zou kunnen opbouwen is te hoog gegrepen. Niet die conclusie veroorzaakt een wee gevoel in haar maag, wél het besef dat ze naar zo'n man verlangt.

Hij is al weg. Tessa schopt haar schoenen uit en loopt naar de badkamer. Heet douchen, huispak aantrekken, zak chips leegeten en dorst lessen met koude witte wijn. Vroeg naar bed.

Of zal ze iemand bellen?

Ze leeft al weken zonder sociale contacten, ze beantwoordt geen apps of mailberichten en ze luistert geen ingesproken boodschappen op haar mobiel af. Het is de beste manier om contact met David te omzeilen, maar het klopt niet, dat weet ze.

Ze hoort dat er een app binnenkomt en ze kijkt van wie het bericht is.

David.

Ze heeft Amber beloofd om nergens op in te gaan, maar ze kan het gevoel dat ze dit bericht moet lezen niet negeren.

Ze opent het bericht.

Heel onverstandig om mij buiten te sluiten.

Gaat alles wel goed met je dochters?

Tessa rent naar beneden en trekt snel haar schoenen weer aan.

Ze moet zo snel mogelijk naar Iris en Kelly toe.

HET DUO

AMBER

De foto die Tessa achterliet gaat niet over haar, maar over Tessa. Ze weet dat het contact met Tessa een professioneel contact is en dat ze haar eigen emotie gescheiden moet houden van alles wat een cliënt naar voren brengt. Ze weet ook dat ze in eerdere contacten met Tessa te veel van zichzelf heeft laten zien.

Wordt het tijd om te stoppen met vrouwen behandelen die het slachtoffer zijn van seksueel geweld? Die vraag zou aan de orde moeten komen tijdens de supervisiegesprekken die ze heeft met een van haar opleiders. Toch mijdt Amber dit gespreksonderwerp en richt ze zich op zaken als het reguleren van haar eigen agressie en het voorkomen van adviezen die gebaseerd zijn op medelijden.

Dat is safe.

De foto is grof en schaamteloos, vooral omdat hij zonder toestemming is genomen. Iemand die een dergelijke foto maakt en hem als een soort trofee presenteert, gaat alle perken van beschaving te buiten. Dit gedrag laat zien dat iemand de grens van fatsoen gepasseerd is.

De man met wie Amber nu drie keer een date heeft gehad is de eerste sinds lange tijd die op geen enkele manier moeite doet om haar te verleiden, niet in woord, niet in daad. Ze hebben elke keer als ze elkaar zagen gegeten, gedronken, gelachen en van gedachten gewisseld over alles wat spontaan ter sprake kwam. Bij ieder afscheid heeft hij haar drie luchtige kussen gegeven en tegen haar gezegd dat hij graag binnenkort weer wil afspreken.

Vanavond heeft hij haar uitgenodigd om bij hem te komen eten. Als hij seks wil, gaat ze zich niet verzetten.

Maar ze zal wél voorzichtig zijn.

Ze bestaan, mannen die deugen, mannen die kloppen, mannen die vrouwvriendelijk zijn. Er kwamen eerder kerels langs die zich normaal gedroegen en met wie ze meer had gewild dan alleen vrienden zijn, ze weet dat goede relaties bestaan, het is mogelijk dat ook zij uiteindelijk iemand tegenkomt die wars is van dwang, van overheersing, van geweld en van zelfoverschatting. Het is haar werk om vrouwen te behandelen die voor de verkeerde types kozen, de vrouwen die het goed hebben getroffen ziet zij niet.

Ze heeft behoefte aan een goed type, aan een maatje, aan een zielsverwant, aan een normale vorm van liefde die iets toevoegt en die heelt.

Hij heet Freek en hij wil voor haar koken. Ze gaat de kwalijke gedachten over David Westervink op een zijspoor zetten en misschien wel wissen.

Want ze weet dat de plannen die ze met haar zusje beraamt verkeerd kunnen aflopen. Ze zijn, hoe verklaarbaar dan ook, niet ethisch. Ze staan haaks op de eed die ze heeft afgelegd toen ze haar artsenbul ontving. Ze passeren de grens van beschaving. Dat moet ze herhalen.

Ze passeren de grens van beschaving.

De foto die Tessa haar gaf, gaat binnenkort in de papiervernietiger. Geen olie op het vuur meer, nuchter denken, emotie vermijden.

Ze kijkt zichzelf aan in de spiegel.

Wat is er met haar aan de hand?

Misschien is de tijd rijp om het verleden meer naar de achtergrond te verplaatsen. Misschien moet ze besluiten om niet meer alleen seksueel gemolesteerde vrouwen te behandelen, misschien kan ze beter wat meer afstand nemen van haar zusje en van hun trauma.

Hij woont in een prachtig vrijstaand huis aan het einde van een doodlopende weg. Hij is hier gaan wonen na zijn scheiding en zijn oudste zoon heeft in dit huis nog drie jaar bij hem gewoond. Zijn ex en hij gaan vriendschappelijk met elkaar om, dat vinden ze het beste voor de kinderen.

Ze hebben elkaar ontmoet tijdens een afscheidsborrel van een collega-psychiater van Amber. Freek bleek een broer van die collega te zijn.

Hij heeft een baard en zij houdt niet van baarden.

Hij is te zwaar en zij houdt niet van dikke mannen.

Wat bezielt haar toch?

De deur zwaait open, hij spreidt zijn armen. 'Wat fijn dat je er bent,' zegt hij. Die stem, die mooie, warme stem.

Ze laat zich omhelzen.

DAVID

52

Hij begint er steeds meer van overtuigd te raken dat het een goed idee was om Josefien weer in zijn leven toe te laten. Ze is een aantrekkelijk alternatief voor de lege plek die Giel heeft achtergelaten, omdat ze contact heeft met Tessa, omdat ze hem van informatie voorziet en omdat ze goede ideeën heeft. Ze was enthousiast over zijn actie met de foto en sinds hij die heeft laten zien biedt ze hem haar achterkant aan.

Hij heeft het altijd al geweten: Josefien is een moordwijf. Hij moet ervoor zorgen dat hij haar niet nog een keer kwijtraakt. Ze bezinnen zich samen op een actie om Tessa de stuipen op het lijf te jagen. Het plan dat Josefien nu heeft bedacht, ontstond toen hij haar had verteld wat hem was overkomen met twee vrouwen in een café. Hij was niet van plan om er ooit met iemand over te praten, maar onder invloed van drank en gulzige geilheid lukte het hem niet om er nog langer over te zwijgen. Ze wilde zien waar hij gesneden was en liefkoosde zijn ballen.

Hij ging los als nooit tevoren.

Later zei ze dat hij Tessa in de gaten moest houden, maar ze wilde niet uitleggen wat ze daarmee bedoelde.

Daarna heeft David besloten om meer zicht te krijgen op wat Tessa doet en volgt hij haar dagelijks.

Vandaag gebruikt hij de auto van Giel die Rafaëlla hem direct ter beschikking stelde toen hij erom vroeg. Ze is bedenkelijk aardig, maar hij is op zijn hoede. Hij mag de auto gebruiken zolang hij hem nodig heeft, pas daarna zal ze hem verkopen.

Ze is vals en onbetrouwbaar, maar hij stapt nu even over zijn weerstand voor die takketang heen, want hij kan Tessa het best onopvallend volgen als hij in een auto rijdt die ze niet kent.

Vandaag was hij vroeg wakker en hij besloot om direct naar Tessa's huis te rijden. Ze stapte om tien over zeven naar buiten en reed naar haar werk. David is om halfvier weer op de parkeerplaats gaan staan. Om hem heen stappen vrouwen in auto's. Hij tuurt naar de plek waar Tessa die van haar heeft geparkeerd.

Daar is ze.

Hij laat zich zo laag mogelijk zakken en start de motor pas als ze in de buurt is van de uitgang. Ze slaat rechts af, dus ze gaat niet naar huis. Nu in de gaten houden dat er minstens drie auto's tussen hen rijden. Rustig, man, relax!

Wat heeft Tessa te zoeken in deze buurt? Ze passeren het ene na het andere herenhuis. Ze geeft richting aan bij een parkeerplaats, het lukt David net op tijd om op een veilige afstand een lege plek te vinden. Hij zet de motor af en ziet dat ze een tuin in loopt. Ze belt aan, de deur gaat open.

Zijn adem stokt.

Wát?

Ziet hij het goed?

Hij ziet het goed.

De vrouw die Tessa binnenlaat is Meisje, of hoe ze ook mag heten. Ze heeft kort haar en nu weet hij zeker dat ze in de aula bij de begraafplaats was.

Er hangt een glimmend bord naast de voordeur. David graait in het dashboardkastje en vindt de verrekijker die Giel altijd gebruikte om vrouwen die op straat liepen beter te kunnen bekijken. Hij drukt het ding tegen zijn ogen, stelt de lens scherper en nog scherper en leest:

AMBER LISZT, PSYCHIATER

Amber Liszt heeft een probleem.

53

Josefien kijkt hem met grote ogen aan. 'Weet je het zeker? Was het dezelfde vrouw? En is ze psychiater?' Ze kijkt een paar seconden peinzend voor zich uit. 'Een psychiater is arts, een arts loopt in zijn studietijd coschappen in een ziekenhuis en kan leren hoe het werkt met een... Hoe noemde je dat ook alweer? Ik bedoel dat woord dat je moest googelen? Het leek op orchidee.'

David glimlacht. 'Orchidectomie. Je hebt gelijk, het is heel aannemelijk dat die Amber precies weet hoe het werkt. De andere vrouw die zich Zus noemde zal ook wel in het vak zitten. Maar hoe kwamen ze bij mij terecht?'

'Dat lijkt me niet moeilijk te raden. Tessa heeft waarschijnlijk haar gekwelde geest ruimte moeten geven om te herstellen. Wat zeg ik dat mooi, hè? Haar gekwelde geest. Als je maar geld genoeg hebt kun je je lekker laten pamperen door een dame die heeft doorgeleerd voor luisteren naar jouw ellende en in dit geval heeft die dame een missie.'

'Missie?' herhaalt David.

Josefien drukt een kus op zijn lippen. 'Zeg, meneer de accountant, wat heb je met je gezonde verstand gedaan? Een en een is twee, toch? Je bent therapeut en behandelt vrouwen die spijt hebben gekregen van hun wilde avonturen met een man en die vrouwen leggen natuurlijk alle schuld bij de man om verzekerd te zijn van medelijden en begrip. Ik haat dat soort vrouwen. Dat jankende soort vol zelfmedelijden en met geen greintje besef van eigen verantwoordelijkheid.'

'Je hebt het over Tessa? Waarom heb je contact met haar?'

'Ik vond haar aardig, ze leek me aanvankelijk oprecht. Nu denk ik daar anders over.'

Het lijkt David verstandig om hier niet op in te gaan. 'Wat doen we nu?'

'Dat ligt voor de hand, vind je niet?' Josefien kust hem opnieuw, nu nog wat steviger. 'Laten we niet oordelen voordat we zeker weten dat Tessa haar problemen met een psychiater bespreekt en dat het duidelijk is om welke psychiater het precies gaat. Daarna kunnen we tot actie overgaan. Dus: ik ga weer eens langs bij Tessa en ik wacht de gelegenheid af om een vraag te stellen in de richting van professionele hulp. Laat mij dit maar oplossen, die Amber krijgt wat ze verdient. Je weet echt zeker dat zij het was, in die kroeg?'

'Ik weet het zeker,' zegt David. 'En ik weet ook zeker dat ik met haar wil afrekenen.'

De kus die Josefien hem nu geeft, is niet alleen een kus. Het is een belofte. 'Ik ben je maatje,' zegt ze hijgend als ze even ademhalen. 'Ik ben van jou, jij bent van mij.'

Ergens dichtbij staat Giel te lachen.

Ze liggen naast elkaar en David hoort hoe hun ademhalingen langzaam weer het normale niveau bereiken. Hij draait zijn hoofd en kijkt naar Josefien. Ze heeft haar ogen gesloten. 'Kijk niet zo naar mij,' zegt ze.

Hij wil een snedige opmerking plaatsen, maar hij heeft geen tekst.

Hij merkt dat hij het koud krijgt.

Josefien draait zich naar hem toe. 'Jij bent van mij,' herhaalt ze.

Het kan niet kloppen dat haar woorden aanvoelen als een dreigement.

HET DUO

PAULA

De rollen zijn volledig omgedraaid. Het jongste zusje dat de leiding altijd toevertrouwde aan de oudere zus neemt nu het voortouw. Paula heeft Amber stevig tegen zich aan getrokken en blijft zeggen dat het goed is dat ze huilt. Dat het nodig is, dat het moet.

Amber is niet tot bedaren te brengen. Ze schokt, ze hikt, zelfs haar ademhaling hapert.

Ze kruipt steeds dichter tegen Paula aan en de enige tekst die ze uitspreekt is een vloek. Daarna probeert ze te vertellen wat haar is overkomen.

Ze besluiten om een bestelling te doen bij de pizzeria die twee straten verder zit. Paula bestelt twee porties ravioli gevuld met kaas en gamba's in groenten-tomatensaus. Terwijl ze wachten schenkt ze twee glazen vol met witte wijn.

Ze proosten op vernietiging.

Amber is weer rustig en ze vertelt over wat haar overkwam met Freek. Paula luistert en denkt: hoe vaak heb ik dit al gehoord? Ze weet dat het niet de eerste keer is dat een van hen aan de ander iets vertelt over een man die aanvankelijk de moeite van een nieuw avontuur waard leek. Een man die er niet alleen goed uitzag, maar die ook slim was, en met wie je niet alleen goed kon praten maar met wie je ook kon lachen. Zo belangrijk, volgens haar zus, humor met een hoofdletter. Humor die intelligentie verraadt en die contact lichtvoetig maakt. Humor die voor verbinding zorgt.

Freek had alles wat Amber in staat stelde om geen weerstand te bieden en om iets te voelen wat in de richting ging van hoop. Hij was een man die in geen enkel opzicht op hun vader leek. Bij die constatering begint het gevaar, weet Paula. Zodra de gedachte in hen opkomt dat iemand niet op hun vader lijkt, moeten alle mogelijke alarmbellen gaan rinkelen. Hoe is het toch mogelijk dat ze allebei nog altijd voorbijgaan aan zo'n herkenbaar element in het contact met mannen? Hoe verklaar je deze vorm van naïviteit? Hoe vaak moeten ze zich nog laten misleiden om te durven besluiten om vooral op hun hoede te zijn als een man níét op hun vader lijkt?

Wanneer doen ze eindelijk dat wat ze als doel hebben gesteld om voor eens en altijd een streep onder hun verleden te zetten?

Het scenario is bekend.

Ze vangen berichten op die het onderzoeken waard lijken en meestal hebben die berichten te maken met bepaald gedrag van bepaalde mannen. Er wordt uitgebreid informatie ingewonnen over de handel en wandel van die persoon. Ze analyseren, onderzoeken, checken, bespreken, duiden en pas als alle controles minstens twee keer zijn herhaald wordt er een actieplan ontworpen.

Ze werken nauwkeurig en zorgvuldig samen in het geheim. Wat tussen hen besproken wordt, zal nooit met iemand gedeeld worden, ook niet met andere familieleden, niet met collega's, niet met beste vrienden. Met niemand, de rijen zijn altijd gesloten en dat herhalen ze eindeloos tegen elkaar. Er mag niets misgaan, als er eenmaal een actieplan is afgesproken.

En intussen leven ze verder en onderhouden ze sociale contacten zonder ooit iets prijs te geven over teleurstelling, over misbruik, over wrok.

Ze zijn voor de buitenwereld twee intelligente vrouwen voor wie de juiste partner nog niet verschenen is. Aardige vrouwen, aantrekkelijke vrouwen, zelfstandige vrouwen.

Soms te naïef en dat ontdekken ze altijd weer te laat.

Paula luistert naar wat Amber vertelt. Ze sluit haar ogen om de wanhoop van haar zus niet te hoeven zien. Maar ze hoort het verlangen, het ongeloof, de twijfel over overgave en de schrik als wat verleiding leek verandert in dwang. Ze herkent de worsteling, de verwijten, de aantijgingen en het gevoel dat zich aandient als je naar buiten wordt geschopt en je wordt toegewenst dat er nooit meer iemand in je geïnteresseerd zal zijn.

Amber veegt de tranen die weer tevoorschijn zijn gekomen van haar wangen. 'Ik had net een sessie achter de rug met Tessa, die me een foto liet zien die David Westervink had gestuurd en ik was toe aan goede seks om dat beeld van mijn netvlies te halen. Heb ik daardoor niet goed opgelet?'

'Val jezelf niet lastig met irrelevante vragen,' zegt Paula.

TESSA

54

Het leven ziet er anders uit sinds Luuk zijn handen om haar gezicht legde en haar kuste. Tessa kan de herinnering aan die kus elk moment van de dag naar voren halen en weer voelen wat er met haar gebeurde.

Ze had zich voorbereid op een vriendschappelijk afscheid. Zo gaat het soms, dacht ze steeds, je komt iemand tegen met wie je goed kunt praten en van wie je weet dat je hem kunt vertrouwen, maar dat is dan tijdelijk en op een bepaald moment neem je weer afscheid. Luuk wilde dat ze zijn werk heel grondig inspecteerde en dat ze het eerlijk zou zeggen als er iets niet helemaal naar haar zin was.

Tessa inspecteerde en ze zei dat ze echt met de beste wil van de wereld niets kon ontdekken wat niet zou kloppen. En zonder na te denken flapte ze eruit dat ze het jammer vond dat ze hem niet meer zou zien.

Hij leek verrast. En blij. En ontroerd. Hij spreidde zijn armen, ze kroop tegen hem aan. Toen kuste hij haar.

Ze was niet van plan om hierover iets aan Amber te vertellen, maar al bij de vraag hoe het gaat, barst ze los. Wat maakt het ook uit? Amber heeft een zwijgplicht als het gaat om wat haar cliënten haar toevertrouwen, maar waarom zou ze hier iets over willen doorvertellen? Zo spectaculair is het toch niet dat een man en een vrouw die het een en ander hebben meegemaakt in elkaars armen vallen en elkaar kussen?

'Je raakt helemaal verhit,' stelt Amber vast. 'Wat heerlijk om dit te zien. Het komt je toe, Tessa. Dit is een omslag, hierdoor zou je je ervaring met David naar de achtergrond kunnen verplaatsen en de weg kunnen inslaan naar de streep die nog moet worden gezet.'

'Dat zei Luuk ook al tegen me, nadat ik hem had verteld wat me is overkomen met David. We stonden op die zolder en ik bleef maar praten. Ik had het gevoel dat mijn woorden een soort barrière vormden om David op afstand te houden. Weet je, ik was op dat moment echt bang dat ik gestraft zou worden voor wat er met me gebeurde toen Luuk me kuste.'

'En toen zei Luuk dus dat je met een nieuwe man een streep kon trekken, begrijp ik dat goed?'

Tessa knikt. 'Dat begrijp je goed. Maar ik ben toch nog steeds bang dat David zal proberen me te grazen te nemen als ik niet inga op zijn wens om me nog een keer te zien. Ik heb al een tijdje niets meer van hem gehoord en dat zou me misschien gerust moeten stellen, maar ik ga me daar juist iedere dag óngeruster door voelen. Ik heb de indruk dat hij op deze manier de spanning groter wil maken.'

Amber frunnikt aan haar onderlip. 'Het lastige is dat we het David niet kunnen vragen, maar uit jouw verhaal is me duidelijk geworden dat hij kickt op spanning en dat hij erg overtuigd is van zijn eigen aantrekkingskracht. Je ziet die combinatie wel vaker bij mannen die grenzen opzoeken en die dan bij voorkeur overschrijden. Zulke mannen geloven heilig in hun eigen onweerstaanbaarheid.'

Tessa voelt een koude rilling over haar rug kruipen. 'Ik kan niet vergeten hoe hij keek, ik droom nog van die afstotelijke blik in zijn ogen, zonder respect en doordrenkt van zelfoverschatting. Hoe is het toch mogelijk dat ik niets in de gaten heb gehad? Ik ben niet dom, goed opgeleid, heb levenservaring. En dan overkomt me toch zoiets.'

Amber maakt een geruststellend gebaar. 'Opleiding en levenservaring zijn geen garantie dat je leugens doorziet. Denk niet: dit gebeurde met mij omdat ik niet goed oplette of omdat ik een bepaald soort beschikbaarheid uitstraalde of wat er verder te bedenken valt aan mogelijke drogredenen. Het kan met iedereen gebeuren, lieve meid, op een verkeerd paard wedden is al talloze vrouwen overkomen. Jou ook, mij ook, dat is wat ons verbindt. Wat ons ook verbindt is het ontkennen, zwijgen, bagatelliseren, negeren, wegwuiven en ons schamen. Vooral het schamen drukt op onze schouders en het belet ons rechtop te lopen. Maar het was niet jouw schuld en geen enkele vrouw verdient dit soort molest. Geen enkele, Tessa.'

'Ik zou op een gruwelijke manier met hem willen afrekenen.' Tessa schrikt van haar eigen woorden.

Amber glimlacht. 'Ook herkenbaar. Maar weet je, mannen als David komen vroeg of laat de verkeerde tegen. Mijn moeder was een expert in het tevoorschijn toveren van oneliners op bepaalde momenten. Als zij hier nu was, zou ze tegen ons zeggen: "Alle kwaad straft zichzelf." En ik denk dat ze gelijk heeft.'

'Wat doe ik als hij opeens ergens opduikt?'

'Dan maak je dat je wegkomt, maar ik denk dat je daar niet bang voor hoeft te zijn. Hij heeft een nieuw spannend spelletje bedacht: Tessa bang maken dat er foto's van haar worden verspreid. Maar David weet natuurlijk goed dat hij in dat geval kan wachten op een aangifte. Hij zal je waarschijnlijk nog vaker op stang gaan jagen met andere foto's. Bewaar ze, zorg voor een vorm van dossieropbouw. En reageer niet. Weet je het nog? Jij bent niet bang voor David.'

Er is iets met Amber wat Tessa niet goed kan plaatsen, maar ze wil daar liever niet bij stilstaan. Deze vrouw is momenteel te belangrijk voor haar, ze voelt zich iedere keer na een gesprek met haar beter en vooral opgelucht.

‘Heb je nog steeds het gevoel dat David ergens bij je in de buurt is?’

De vraag overvalt Tessa een beetje. Ze voelt dat ze haar schouders te hoog optrekt. ‘Nou… Ik merk dat ik vaak mijn achteruitkijkspiegel gebruik als ik in mijn auto zit. Dan denk ik algauw dat ik Davids auto zie rijden, maar dat blijkt dan een vergissing te zijn. Vandaag dacht ik, toen ik op weg was naar jou, dat ik werd gevolgd door een witte auto, maar toen ik hier aankwam was er geen witte auto meer te bekennen. Ik moet mezelf gewoon vaker tot de orde roepen.’

‘We gaan afsluiten,’ zegt Amber. ‘Volgende week dezelfde tijd? Vind je het erg als ik niet meeloop naar de voordeur? Ik herinner me opeens dat ik nog iemand moet bellen.’

Tessa staat op. ‘Geen probleem, tot volgende week.’

Buiten is het gaan regenen. Tessa rent naar haar auto, maar voordat ze instapt kijkt ze toch snel om zich heen. Nergens is een witte auto te zien. ‘Ik ben niet bang voor David,’ zegt ze luid en duidelijk tegen de regen.

55

Luuk is vandaag aan een nieuw project begonnen en hij heeft beloofd dat hij na werktijd bij haar zal komen eten.

Er hangt iets in de lucht wat Tessa moeilijk kan duiden, maar het is een aangenaam gevoel. Ze heeft nog niets over Luuk aan haar dochters verteld, daarvoor is alles nog te pril en ook te kwetsbaar. Er is alleen nog maar gekust, wie zegt dat er méér in zit? Misschien wil hij voorlopig niet meer dan een kus.

Ze start de motor.

Het is nog harder gaan regenen, ze moet de ruitenwissers op de hoogste stand zetten om iets te kunnen zien. Iedereen rijdt langzaam. De rit naar huis duurt vandaag ruim een kwartier langer dan anders, maar het maakt haar niet uit. Pas als ze de auto in de garage heeft gezet en de deur laat zakken realiseert ze zich dat ze deze terugweg niet één keer in haar achteruitkijkspiegel heeft gekeken. Hoe is het mogelijk?

Ze staat stil in de garage en zoekt een antwoord op deze vraag. Wat heeft ervoor gezorgd dat ze drie kwartier geen angst heeft gevoeld?

Ze krijgt het warm van het antwoord dat in haar opkomt.

Er ligt een stapel post op de deurmat. Veel reclame, een proeftijdschrift en een grote envelop waarop een sticker is geplakt met haar naam en adres.

In de keuken grijpt ze een mes en daarmee snijdt ze de envelop open. Er komt een vel papier tevoorschijn met een getypte tekst. Tessa leest.

Ik zal je volgen,
niets houdt me tegen,
ik ben de schaduw,
ik ben de stilte,
de vijand
die je nergens verwacht.
Ik ben de belofte
waar je niets van begrijpt,
ik word de herinnering
die je wil wissen.

Ik ga je volgen,
dus wees op je hoede.
Ik kan iedereen zijn.

Er staat iemand op de deur te bonzen. Tessa loopt snel naar de gang en hoort Luuk haar naam roepen.

Hij valt bijna naar binnen. 'O, ik dacht dat er iets niet in orde was. Ik heb drie keer aangebeld en je deed maar niet open. Wat zie je bleek, wat is er gebeurd?'

Tessa reikt hem het vel papier aan.

56

'Dit staat gelijk aan bedreiging, ik vind dat je hier aangifte van moet doen.' Luuk houdt Tessa nog steeds stevig vast.

Ze maakt zich voorzichtig van hem los. 'Als ik aangifte doe, zal me gevraagd worden of ik weet wie me dit gestuurd heeft en waarom. Dan moet ik alles vertellen over wat er met David is gebeurd, en hoe denk je dat de politie dan reageert? Verwacht je dat ze naar zijn huis gaan en met een opgestoken vinger tegen hem zeggen dat hij dat niet meer mag doen? Ik zal echt bewijzen op tafel moeten leggen waarmee onomstotelijk komt vast te staan dat deze tekst van David komt. Ik heb geen bewijzen, ik heb alleen foto's gezien die ik aan niemand bekend wil maken. Geen politie, dus. Voorlopig nog niet.'

Luuk loopt met haar mee naar de woonkamer. 'Maar wat ga je dan wél doen?'

'Ik ga lekker voor ons koken. Hamburgers van de biologische slager met uien en champignons, gebakken kriel en verse sperziebonen. Kan dat uw goedkeuring dragen, meneer?'

Luuk spreidt zijn armen. 'Kom eerst nog even bij me, alsjeblieft.'

Ze was het niet van plan, ze heeft er tot nu toe nauwelijks aan durven denken, maar het gebeurt en ze haalt het niet in haar hoofd om zich te verzetten.

'Ik voel me niet fris na een hele dag gewerkt te hebben,' zegt Luuk als ze bijna boven zijn.

Tessa trekt hem mee in de richting van de badkamer. 'Geldt ook voor mij. Eerst even douchen?'

Het is vanzelfsprekend om samen naakt onder de douche te staan, elkaar in te soppen, af te sproeien, voorzichtig overal aan te raken, af te drogen en naar het bed te lopen. Ze zouden dit al talloze keren gedaan kunnen hebben, het is vertrouwd.

Heeft Tessa echt ooit gedacht dat ze na David door niemand meer kon worden aangeraakt? Ze snakt naar Luuks handen, naar zijn lippen, naar zijn geur. Dit laat ze zich door niemand meer afnemen. Ze vrijt vol overgave, ze kust de tranen weg die over Luuks wangen lopen en hij doet hetzelfde bij haar.

Ergens in de verte slaat een torenklok acht keer.

Acht keer?

Ze liggen dicht tegen elkaar aan, Tessa hoort haar maag rommelen. 'Nu nog koken gaat me te lang duren. Zal ik boerenomeletten maken?'

Luuk kijkt verrast. 'Wat dat ook mag zijn, ik lust momenteel álles!' Hij gaat rechtop zitten. 'Hoor ik jouw mobiel?'

'Ze spreken maar wat in,' zegt Tessa. Ze trekt aan zijn arm. 'Kom, nog vijf minuten liggen.'

De omeletten smaken heerlijk en van het stokbrood dat Tessa nog snel in de oven heeft gelegd blijft geen kruimel over. Ze drinken er allebei een groot glas jus d'orange bij en Luuk zegt dat Tessa gerust een glas rosé kan nemen. Tessa antwoordt dat ze liever solidair is.

De brief met de vreemde tekst ligt ergens uit het zicht en het lijkt erop dat ze hebben afgesproken om het daar niet meer over te hebben. Toch denkt Tessa er wel aan en ze overweegt om Amber hier snel van op de hoogte te stellen, ook omdat ze haar heeft beloofd om alles te melden wat David zou uithalen.

Ze heeft koffiegezet en ze zitten tegenover elkaar aan de eettafel.

'Moet je niet kijken of je een bericht hebt?' vraagt Luuk.

Tessa staat op om haar mobiel te pakken. 'Voicemailbericht van een onbekend nummer. Zal ik het afluisteren?' Ze wacht zijn antwoord niet af en drukt op de afluistertoets. Het volgende moment voelt ze zich verstijven.

‘Was het lekker? Kan hij er wat van? Wil je de meneer die je blijkbaar niet kon versmaden soms vaker zien? Denk je dat hij nog opgewonden kan raken als ik de foto’s die jij zelf niet onder ogen wil krijgen naar hem stuur? Ik weet waar hij woont, fluitje van een cent om daarachter te komen. Zouden zijn klanten nog werk voor hem hebben als ze ontdekken met wie hij omgaat? Ik wil die klanten wel met rust laten als jij het goed komt maken, je weet vast wel op welke manier dat moet. Kusje.’

Tessa kokhalst.

‘Diep ademhalen,’ adviseert Luuk. ‘Wat was dat voor bericht?’

Tessa reikt hem de mobiel aan. ‘Luister zelf maar.’

‘Hij heeft dus voor de deur gestaan,’ zegt Luuk. ‘Kan hij binnen zijn geweest? Nee? Laat ik hem niet tegenkomen!’

‘Klopt het, kan hij jouw klanten benaderen?’

Luuk neemt haar bij de hand en gaat naast haar op de bank zitten. ‘Grootspraak, meissie. Laat je niet gek maken door zo’n klootzak. Excusez le mot.’

57

Luuk is naar huis om wat spullen op te halen, daarna komt hij terug om bij Tessa te blijven slapen.

Het is halftien, Luuk heeft beloofd om uiterlijk elf uur terug te zijn. Of eerder, als het lukt. Hij wilde niet dat ze hem met de auto bracht, hij had behoefte aan frisse lucht.

Tessa heeft opgeruimd en bij alle ramen de luxaflex laten zakken. Ze voelt zich bespied en probeert niet te denken aan hoe David heeft kunnen weten dat Luuk bij haar was en dat ze gevreeën hebben. Kan hij dat eigenlijk wel weten? Heeft hij het niet gewoon gegokt?

Die man is ernstig gestoord.

Ze schiet overeind als ze het geluid van de voordeurbel hoort. Staat die gek nu voor de deur? Ze loopt snel naar boven en opent het raam van de badkamer om te kunnen zien wie er heeft gebeld.

Het is Josefien, die haar hand opsteekt. 'Hoe later op de avond… Lag je al in bed? Nee toch? Ik was in de buurt en ik had je vandaag willen bellen, maar ik moest overwerken. Heb je een kwartiertje?'

Tessa sluit het raam en loopt naar beneden.

Josefien stapt snel naar binnen en ze gebaart dat Tessa de deur direct moet sluiten. 'Hij heeft het weer op zijn heupen en ik denk dat hij je volgt. Ik dacht dat de fascinatie voor jou onderhand een beetje aan het wegebben was, maar niets is minder waar. Hoe zou jij hem afleiden?'

Tessa vraagt of Josefien iets wil drinken en ze schenkt een glas rosé voor haar in. Zelf houdt ze het bij Spa. 'Hoe je hem moet afleiden? Heb je er weleens aan gedacht dat je gescheiden kunt blijven en alle banden weer kunt verbreken?'

Josefien neemt een slok wijn. 'Ik denk aan niets anders, maar ik blijf aan die man verslingerd. Toch moet ik leren om beter aan mezelf te denken, ik weet het. Ik vrees dat ik daar wel enige professionele ondersteuning bij kan gebruiken. Ik kom er zelf niet meer uit hoe ik met David moet omgaan en, ik heb je gehoord, óf ik nog met hem moet omgaan. Ken jij iemand van wie ik psychologische begeleiding kan krijgen?'

Tessa denkt na. Zàl ze zeggen dat ze hulp heeft en van wie? Het is niet de eerste keer dat Josefien haar achterdocht aanwakkert. Wat klopt er toch niet met die vrouw? 'Ik ken wel een therapeut, maar die heeft zijn praktijk gesloten vanwege pensionering. Kan je huisarts je niet naar iemand doorverwijzen?'

Josefien haalt haar schouders op. 'Ik kom nooit bij een huisarts, maar misschien is dat een goed idee. Wat ik je nog niet heb laten weten is dat ik de bestanden op Davids computer heb bekeken en nergens foto's heb kunnen vinden. Er is nog één mogelijkheid die ik niet heb onderzocht en dat is de laptop die in het duinhuisje staat.'

'Ik heb daar geen laptop gezien,' werpt Tessa tegen.

Josefien lacht breed. 'Weet je nog wat ik vertelde over de ruimte achter de spiegel? David wil volgende week een paar dagen naar een vriendin, die in Duitsland woont. Ik denk dat ik dan mijn sleutel van het duinhuisje tevoorschijn ga halen. Je mag wel met me mee. Doe dat, ga mee en reken samen met mij met die liederlijke gewoonte van hem af. Ik ben ervan overtuigd dat hij de foto's die hij van jou maakte op de laptop in het duinhuis heeft opgeslagen.' Ze kijkt op haar horloge. 'Ik moet ervandoor. Morgen vroeg op, ik heb de ochtenddienst, dan open ik. Wat kijk je verwonderd? Heb ik je nog niet verteld dat ik weer een baan heb? Ik werk in een eetcafé en ik denk voor het eerst sinds jaren dat ik het hier wel een tijdje ga volhouden. Het enige wat me niet bevalt is dat ik soms moet openen voor vaste koffieklanten. Wat bezielt mensen om 's morgens om halfacht koffie te willen drinken in een eetcafé? Snap jij het, snap ik het. Jammer dat jouw therapeut niet meer werkt. Ik zal verder moeten zoeken.'

Tessa had bijna gezegd dat ze tot nu toe geen idee had wat voor werk Josefien deed, maar ze zegt niets. Luuk kan elk moment terug zijn en ze wil niet dat Josefien hem ziet.

Ze opent de voordeur en loopt met Josefien mee naar haar auto.

'Tot gauw,' zegt Josefien.

Tessa steekt een hand op.

Als de auto uit het zicht verdwenen is, draait ze zich om en schrikt enorm. Luuk komt op haar af, terwijl hij sussende gebaren maakt. 'Sorry dat ik je laat schrikken. Ik zette mijn fiets op slot en hoorde de voordeur opengaan. Het leek me beter om van achter de struik naast de schuur te bekijken wie er naar buiten kwam. Ik wil je niet voor een voldongen feit plaatsen waardoor je me aan iemand moet voorstellen.'

'Je bedoelt dat ik me niet verplicht moet voelen om je te introduceren bij mijn dochters?' Tessa geeft hem een kus. 'Dat is geen verplichting, dat ga ik binnenkort gewoon organiseren. Maar goed dat je je nu even verdekt hebt opgesteld. Dat was Josefien, ze wilde weten of ik haar een goede therapeut kon aanraden, die haar zou kunnen begeleiden om van David af te komen. Gek, hè, het was een plausibel verhaal en toch wist ik zeker dat ik de naam van mijn therapeut erbuiten moest houden. Ik heb gezegd dat de therapeut die ik ken gestopt is met werken.'

'Waarom zei je dat?'

'Er is iets met Josefien waardoor ik haar niet vertrouw.'

Luuk duwt de deur in het slot. 'Misschien kun je haar beter niet meer binnenlaten als je alleen bent.'

'Ik moet een manier zien te vinden om zonder problemen van haar af te komen,' zegt Tessa.

HET DUO

AMBER

Ze weet dat het niet goed met haar gaat. Ze beseft dat ze met iemand moet praten die haar psychisch weer in het gareel kan krijgen. Ze is zich ervan bewust dat er nog een weg terug is, maar dat ze zelf de beslissing moet nemen. Het is goed om een paar dagen niet te werken en na te denken, naar buiten te gaan om frisse lucht diep op te snuiven en om ruimte te voelen.

Na een wandeling van anderhalf uur nadert ze haar huis. De buitenlucht heeft haar goed gedaan, ze heeft een lichter gevoel in haar hoofd en ze verlangt naar een stevige maaltijd.

Ze ziet hem pas staan als ze halverwege de tuin is en haar voeten weigeren nog één stap te verzetten.

Freek heft een hand op als groet. 'Laten we praten,' stelt hij voor.

Amber zwijgt.

Hij doet een stap naar voren. 'Geef me je sleutel maar, dan maak ik de deur even open. Kun je anders naar me kijken? Nu voel ik me een monster.'

Amber haalt diep adem. 'Je bent ook een monster en mijn sleutel krijg je niet. Ga weg, en kom nooit meer terug.' Ze klemt haar vingers om de sleutel die in haar jaszak zit.

'Het was een misverstand, Amber. Ik dacht dat je hetzelfde wilde als ik. Je was niet duidelijk, ik vatte je verzet op als onderdeel van ons spel.'

Het lood in haar benen verdwijnt. Als hij aanstalten maakt om weer een stap in haar richting te doen, heft ze haar hand op. 'Geen stap verder, Freek, ik waarschuw je. Ik wilde niet gedwongen worden en dat heb ik heel duidelijk te kennen gegeven. Er was geen sprake van een spel, alleen van brute kracht en een nietsontziende waas voor je ogen. Ik heb me in jou vergist zoals ik me nog nooit in iemand heb vergist en ik wil niets meer met je te maken hebben. Dus nogmaals: verdwijn.' Ze hoort de kracht in haar stem en ze blijft hem recht aankijken.

De manier waarop hij glimlacht raakt haar diep. Het is de glimlach die haar vader altijd liet zien voordat hij zijn broek openmaakte en haar op haar knieën dwong.

'Ik ken jouw soort,' zegt Freek. 'Goed ontwikkeld, denkt de wijsheid in pacht te hebben, speelt met kerels en hangt later de vermoorde onschuld uit. Ga lekker door met je fratsen, mij vind je niet meer op je pad. Ik ben niet geïnteresseerd in gefrustreerde academici.' Hij doet een stap opzij en passeert haar. Ze ruikt zijn geur, die ze eerder heerlijk vond. Op het moment dat hij langs haar loopt hoort ze hem zeggen dat hij haar graag eens goed had willen leren pijpen.

Ze loopt met opgeheven hoofd naar de voordeur en wacht tot ze hem het tuinhek hoort sluiten. Daarna opent ze snel de deur en knalt hem achter zich dicht.

Ze kan nog net op tijd het toilet bereiken.

Ze ziet dat ze al twee uur aan de keukentafel zit met een glas water voor zich. Haar mobiel geeft het signaal dat er een appje is binnengekomen. Ze kijkt op de display en ziet dat er een bericht is van Tessa.

Er is weer een foto gestuurd door David en hij waarschuwt me. Als ik uiterlijk over een week niet bij hem in het duinhuis zal ver-

schijnen, stuurt hij de foto naar mijn dochters en naar de afdeling waar ik werk. Wat moet ik doen?

Amber antwoordt dat Tessa niets moet doen en dat ze nergens bang voor hoeft te zijn.

Daarna belt ze Paula.

DAVID

58

Het is hem gelukt om Geranda zover te krijgen dat ze opnieuw met hem wil afspreken, maar hij heeft daar wel zijn kaken stijf voor moeten lullen. Ze geloofde eerst niet dat hij echt in haar geïnteresseerd was en hij heeft drie keer moeten terugbellen voordat ze bereid was om met hem te praten.

David zou haar liever hebben laten lopen, maar het ding heeft nog altijd een stevige bos hout voor de deur en een goddelijk strakke doos en dat is waar hij al dagen behoefte aan heeft. Als ze zou weten op welke manier hij aan haar denkt, zou hij geen schijn van kans maken op een ontmoeting. Dit onverzadigbare missy hangt graag de maagd van Orleans uit. Ze kon altijd heel nuffig doen en daar moest Giel om lachen, David niet. Hij vond dat Geranda het hoog in de bol had en hij zei tegen Giel dat hij haar maar lekker voor zichzelf moest houden. Daarna volgde nog de trioseks en zette David een streep onder Geranda.

Hij had nooit gedacht dat hij nog een keer van haar gebruik had willen maken, maar het is toch nodig. Het zal een kwestie zijn van stoom afblazen. Tessa blijft onbereikbaar, Josefien is meer van hetzelfde en Geranda is beschikbaar, al stribbelt ze nog zoveel tegen. Hij weet dat ze jong genoeg is om gevoelig te zijn voor mooie praatjes en ze was destijds dol op de mooie praatjes van Giel. Het was een lumineus idee van David om haar te benaderen in de stijl van zijn dode vriend en er een schepje bovenop te doen.

Hij heeft voorgesteld om een weekend naar zijn duinhuisje te gaan, maar als ze een heel weekend weg wilde, zou haar moeder dat tegenhouden. Deze vrouwen leven samen in een soort gewapende vrede en het is Geranda nog niet gelukt om een eigen woning te vinden. Ze kan dus maar één dag komen en een vrijdag komt het best uit, omdat haar moeder dan de hele dag werkt.

Vandaag gaat het gebeuren. Ze hebben een plek afgesproken waar hij haar zal oppikken en hij heeft haar beloofd om haar daar om uiterlijk vier uur weer af te zetten. Het is hem gelukt om vriendelijk en voorkomend te blijven en als hij zich niet vergist heeft Geranda zin in een nieuw avontuur. Ze zal ervan lusten. Hij zal haar ook zover krijgen dat ze mededelingen doet over Amber Liszt. Op die manier slaat hij twee vliegen in één klap.

De messen kunnen geslepen worden.

David is deze week weer aan het werk gegaan en het kwam goed uit om tussen de bedrijven door zijn aandacht op Geranda te vestigen. Zich uitleven in geile praat en ontremde fantasieën is en blijft een tegenhang voor de burgerlijke fatsoensnormen die hem door zijn werk worden opgelegd. Hij moest deze week zijn uiterste best doen om zijn gedachten tijdens gesprekken met cliënten niet te laten afdwalen en hij had het gevoel dat het nooit vrijdag zou worden. Maar nu is het dan zover. De attributen die hij gaat gebruiken liggen in het duinhuis binnen handbereik, maar buiten het zicht van iemand die ervan zou kunnen terugdeinzen. Geranda zal dit bezoek aan het duinhuis nooit meer vergeten.

Ze staat op hem te wachten. Hij stapt uit en houdt het portier galant voor haar open. Ze kijkt een beetje verschrikt. Hij stelt haar gerust.

Hij kan lief zijn, dat zei zijn moeder al tegen hem toen hij nog heel jong was. Hij was ook lief voor haar, er zat weinig anders op om de tirannie, de dwang en de dreiging het hoofd te kunnen bieden. Nu is de situatie anders. Nu is hij aan zet en hij weet op welke manier hij te werk moet gaan.

Hij wacht tot ze de veiligheidsgordel heeft dichtgeklikt, vraagt of ze goed zit en strijkt haar snel heel zacht over haar knieën. Nog altijd even knokig, stelt hij vast.

Geranda raakt zijn kruis aan. ‘Deze jongen is heel wat van plan,’ zegt ze.

Hij geeft gas.

59

Het is niet druk op de weg, David kan goed doorrijden. Hij wil snel de duinen in en de deur van het duinhuis achter zich dichttrekken. Het is bijna tien uur, er liggen zes uitdagende uren vóór hem. Het mormel dat naast hem zit zal wel niet aan haar psychiater hebben verteld dat ze met de beste vriend van Giel heeft afgesproken, anders zou ze niet hebben toegehapt. Dat is wel het eerste dat hij haar laat beloven, geen woord over hem tegen Amber Liszt. Mocht ze protesteren, dan zal hij haar op de hoogte stellen van Ambers verantwoordelijkheid voor de zelfdoding van Giel. Hij zal haar ook duidelijk maken dat ze geen nacht rustig meer gaat slapen als ze het geheim van hun ontmoeting prijsgeeft, aan wie dan ook. Die domme doos zal niet moeilijk te bedreigen zijn. Toch gaat hij geen gewoonte maken van dit contact. Het is een noodoplossing, meer niet.

Ze springt uit de auto en loopt snel naar de deur.

David steekt de sleutel in het slot van de voordeur en duwt hem open. 'Welkom, schoonheid.'

Geranda kijkt weg en ze friemelt aan de sluiting van het tasje dat ze bij zich heeft. 'Ik heb lekkere pilletjes,' fluistert ze. 'Ik heb er zelf al eentje genomen. Je gaat er een uurtje van zweven en dat is zó lekker.' Ze steekt haar hand in het tasje en haalt er een wit pilletje uit. 'Neem ook, ik wil graag samen zweven.'

David aarzelt.

'Het kan geen kwaad,' fluistert Geranda.

Waarom fluistert ze eigenlijk?

David neemt het pilletje van haar aan, stopt het in zijn mond en slikt het door. Wat maakt het uit om een beetje te zweven? Dan hoeft hij minder na te denken en lukt het hem misschien te fantaseren over Tessa terwijl hij bezig is met de vrouw die niet meer is dan een noodoplossing.

Geranda klapt in haar handen. 'Top!' roept ze. 'Mag ik even naar het toilet en me daarna een beetje opfrissen?

David sluit de deur. Hij snuift de geur op die binnenkomt. Parfum? Hij kijkt om zich heen. Zo rook Geranda toch niet toen ze bij hem in de auto zat?

Hij loopt naar de keuken en drinkt een glas water. Rustig blijven, geen paniek, er is niets aan de hand.

Geranda komt achter hem aan en ze vraagt of het wel goed met hem gaat.

David klemt zijn hand om de rand van de tafel en laat zich op een stoel zakken. 'Beetje dizzy, ik denk dat ik beter eerst iets kan eten.'

Geranda grijpt zijn arm vast. 'Zal ik iets klaarmaken?' Ze lacht breed. 'Niet dubbelzinnig bedoeld, hoor. Voel je al wat? Het zou mij niet verbazen als ik zomaar opsteeg.' Weer die lach. Vreemde lach.

Foute lach.

Op hetzelfde moment hoort hij een geluid in de buurt van de keuken. Het geluid is buiten.

'Het lijkt of er iemand aankomt,' zegt Geranda. 'Heb je nog met iemand anders iets afgesproken? Ik wil geen trio meer, hoor.'

David probeert te zeggen dat hij met niemand anders iets heeft afgesproken, maar zijn lippen lijken verlamd.

Dat pilletje was niet oké, denkt hij nog.

Er zijn stemmen, hij wordt vastgehouden.

'Werk maar mee, David, dat is het beste wat je kunt doen.' De stem vervaagt, hij voelt iets in zijn rechterbeen prikken.

'Lekker slapen, David, je bent aan de beurt.'

Hij kent die stem, het is de stem van Meisje, die Amber heet. Er valt een nadrukkelijke stilte over hem heen.

‘Hij wordt wakker, we kunnen gaan.’

David probeert zijn ogen te openen om te kunnen zien wie dit zei, maar dat lukt niet. Zware oogleden, duizeligheid. Even wachten. Nog even slapen.

Dorst. Koud. Stijf.

Hij opent zijn ogen. Dit is zijn bed in de slaapkamer van zijn duinhuis. De lampjes links en rechts van het hoofdeind branden. Heel langzaam komt hij overeind en kijkt om zich heen.

Op het voeteneinde ligt zijn spijkerbroek. Hij strijkt over zijn blote benen en probeert zich te herinneren wat er gebeurde.

Hij kwam binnen, samen met Geranda. Ze bood hem een pilletje aan en hij slikte het door. Hij voelde een prik. Iemand zei dat hij aan de beurt was.

Hoe laat is het?

Hij staart naar het klokje dat op het nachtkastje staat. Kwart voor acht? Is het ochtend of avond?

Hij moet plassen. Eerst op de rand van het bed gaan zitten, benen buitenboord, rustig gaan staan, ook rustig lopen.

Hij is bij het toilet.

Waarom draagt hij een verband?

Van wie is de strakke slip die hij aan heeft? Waar is zijn boxershort gebleven?

Strakke slip. Er moet iets tot hem doordringen, maar het lijkt of er een muur is opgetrokken in zijn hoofd.

Hij trekt de slip naar beneden, legt het verband opzij en gaat op de toiletpot zitten. Eerst de druk op zijn blaas kwijtraken, daarna verder denken.

Hij kijkt naar beneden. Zijn hele balzak is gejodeerd. Vliegensvlug trekt hij de slip weer aan, spoelt door en schuifelt terug naar bed. Als hij de slaapkamer binnenkomt ziet hij op het andere kussen iets liggen. Een A4 met getypte tekst.

Hij gaat op de rand van het bed zitten en leest.

David,
Je bent verlost. Dat is goed voor jou en voor alle vrouwen die nog je slachtoffer hadden kunnen worden. Voor de komende tijd gelden de volgende leefregels.

- *Het drukverband dat is aangelegd mag na vierentwintig uur verwijderd worden en daarna kun je weer douchen.*
- *De strakke slip moet achtenveertig uur gedragen worden.*
- *Sporten, zwemmen en fietsen is weer mogelijk na twee weken.*

Vooral voorlopig de strakke onderbroek blijven dragen, David. Napijn bestrijden met paracetamol. Niet meteen in paniek raken als de balzak nog even gezwollen blijft door vocht en blauw kleurt van een bloeduitstorting. Alleen bij extreme zwellingen contact opnemen met je huisarts en zelf bedenken hoe je een en ander uitlegt.
Het ga je goed, David. Geniet van de rust die wij je geschonken hebben. Geen dank, het was ons een genoegen.

Hij steekt een hand in de slip en voelt.
Dit kan niet waar zijn.

HET DUO

PAULA

Het is macaber, ze weet het. Maar het klopt ook dat de enige positieve herinnering aan een man de weg heeft vrijgemaakt om af te rekenen met alle negatieve herinneringen. Met de woede, met de schaamte. Met de psychische pijn.

Paula heeft de afgelopen maanden regelmatig aan hem gedacht en als ze haar ogen sluit, kan ze hem nog altijd voor zich zien en weet ze hoe zijn stem klonk. Soms zegt ze hem gedag. 'Hééé, Jonas!' Dan hoort ze hem antwoorden. 'Hééé, meisjemijn!'

Hij had een opvallende achternaam: delaFonteijne. Paula vond vooral de hoofdletter in het midden bijzonder en dat bleef ze vinden nadat Jonas haar in het diepste geheim had toevertrouwd dat hij die hoofdletter zelf had bedacht toen hij op het gymnasium zat, omdat hij iets wilde hebben wat niemand anders had, namelijk een hoofdletter midden in zijn achternaam.

Het was hun geheim en ze heeft hem nooit verraden, ook niet toen ze hem verloor. Ze koestert het idee dat zij iets van Jonas weet wat voor anderen verborgen bleef. Het is al bijna twintig jaar geleden dat hij na een kort ziekbed stierf, maar hij is niet weg. Hij woont bij haar, hij bevolkt en beïnvloedt nog steeds haar gedachten. Hij had nooit dood moeten gaan.

Maar als hij was blijven leven zouden de woede, de schaamte en de pijn bedekt zijn gebleven en hadden types als David Westervink nooit hun verdiende loon gekregen. Jonas heeft niet voor niets geleefd en hij is zeker met een doel in haar leven verschenen, daar is Paula van overtuigd.

Ze hebben het gedaan, ook al had Paula niet verwacht dat Amber bereid zou zijn om hun plan uit te voeren. Ze raakte behoorlijk geïrriteerd toen Amber begon te oreren over ethische dilemma's en medische risico's. Dat vond ze aanstellerij en die mening heeft ze niet onder stoelen of banken gestoken. 'Ben je vergeten dat ik voordat ik in een managementfunctie terechtkwam bijna tien jaar ervaring heb opgedaan als operatieassistent en dat ik sinds ik hoofdverpleegkundige ben van een geriatrische afdeling nog steeds een dag per week op een operatiekamer werk? Ik kan alles leveren wat we nodig hebben om een orchidectomie uit te voeren. En als jij liever assisteert, dan weet ik hoe ik het moet doen. Ik heb een excellente leermeester gehad, ik kan die ingreep blind uitvoeren.'

'Infectiegevaar,' protesteerde Amber.

'We zijn geen leken, we kunnen steriel werken. Wat moet er gebeuren om jou over de streep te trekken?'

Het antwoord bleek Freek te heten. Amber had die ervaring blijkbaar nodig om te kunnen beslissen dat de tijd was gekomen om actie te ondernemen.

Ze adviseerden Geranda om David Westervink een pilletje aan te bieden en gelukkig trapte hij in de val. Ze spoten hem nog even een extra diepe slaap in, desinfecteerden de keukentafel, de vloer en David zelf en een halfuur later was de klus geklaard.

Geranda wachtte buiten zonder te weten wat zich binnen afspeelde. Ze heeft later geen vragen gesteld en ze hebben afgesproken dat niemand die dag bij het duinhuis van Westervink in de buurt is geweest.

Paula slaapt voor het eerst sinds maanden weer iedere nacht zeven uur achter elkaar. Ze durft weer van Jonas te dromen.

TESSA

60

Het eerste wat ze denkt als ze wakker wordt is: ik heb al drie weken niets van Josefien gehoord. Direct daarna vraagt ze zich af waarom ze dit denkt. Heeft geen contact met Josefien iets te maken met de onrust die ze voelt? Ze hoeft zichzelf niet wijs te maken dat ze deze vrouw mist, het gaat hier niet om een goede vriendin met wie ze al jaren omgaat. Als Tessa heel eerlijk is, moet ze toegeven dat ze het niet zal betreuren als Josefien zonder moeilijke gesprekken uit haar leven verdwijnt, niet in de laatste plaats omdat ze iets te maken heeft met David.

David, die heeft ook al meer dan drie weken geleden voor de laatste keer een bericht gestuurd. Moet ze daar iets achter zoeken?

Ze rekt zich uit en kijkt op de klok van haar wekkerradio. Het is al halftien! Wat zou Luuk aan het doen zijn?

Er ligt een lang vrij weekend voor haar, ze moet pas dinsdag weer werken. En vanmiddag komen haar dochters om kennis te maken met Luuk. Toen ze Iris belde om haar uit te nodigen, slaakte die een diepe zucht. 'Eindelijk! Dat werd tijd, mama.' Kelly reageerde enthousiast. 'Ik hoop dat dit voor altijd is, je hebt het grootste geluk verdiend.'

Luuk zit aan de keukentafel de krant te lezen. Zijn haar is nat, hij heeft zich al geschoren. 'Dag, schoonheid,' zegt hij.

Het is gewoon een lieve begroeting, meer niet.

Luuk trekt haar naar zich toe. 'Wat gebeurt er nu? Vanwaar die tranen?'

Tessa kruipt tegen hem aan. 'Soms is wat er gebeurt een beetje overweldigend. Ik kan dan nauwelijks geloven dat je er bent, dat er geen addertjes onder het gras zitten en dat ik niet bang hoef te zijn om te schrikken van onverwachte nare woorden.' Ze strijkt met een vinger over zijn wang. 'Ik heb voor de eerste keer in mijn leven te maken met een man die me elke minuut dat we samen zijn het gevoel geeft dat ik belangrijk ben.'

Luuk kust haar. 'Dat voel je goed. Zal ik nu een lekker ontbijt voor je maken?'

Ze schrikken allebei van het geluid van de voordeurbel.

'Ik ga wel,' zegt Tessa.

Het is een postbezorger, die een pakket komt afgeven dat voor een van de buren is bestemd. Zonder af te wachten of Tessa bereid is het pakket aan te nemen, duwt hij het haar in de handen, steekt een hand op en loopt terug naar zijn auto.

Tessa zet het pakket op de trap en sluit de deur. Ze ergert zich aan haar eigen dociele gedrag. Er is natuurlijk niets op tegen om een pakket aan te nemen voor iemand uit de buurt, maar ze wil niet dat haar zomaar van alles blijft overkomen.

'Heeft iemand je een cadeautje gestuurd?' wil Luuk weten.

'Niets bijzonders, pakje voor de buren,' mompelt ze.

Luuk schuift een stoel onder de tafel vandaan. 'Ga lekker zitten, ik ga nu echt aan de slag. Zachtgekookt eitje en verse jus? O jee, alweer tranen? Het wordt een spannende dag, denk ik. Stel je voor dat je dochters me afkeuren?' Er zit een lach in zijn stem.

'Laat ze het niet in hun hoofd halen,' zegt Tessa met een snik. Ze begrijpt totaal niet waarom ze zo emotioneel is en ze veegt geïrriteerd haar wangen droog.

Luuk kust haar stevig. 'Je hoeft je geen zorgen te maken, ze gaan me geweldig vinden. Laten we eerst ontbijten, daarna zal ik je vertellen welke giga opdracht ik heb binnengesleept.'

Tessa veegt haar wangen droog. 'Ik wil je eerst iets vragen, het is belangrijk voor mij. Maar misschien geldt dat niet voor jou. Mag ik je vrouw leren kennen? Voor mij zal onze relatie pas echt legaal aanvoelen als ze mij heeft gezien. Maar als jij dat niet wil, is het goed.'

Nu heeft Luuk tranen in zijn ogen. 'Graag, heel graag. Ze zal niet begrijpen wie je bent, maar ik deel je gevoel over legaliteit. Dank je wel voor je vraag.'

DAVID

61

Hij heeft zijn mobiel uitgezet, want hij wil onbereikbaar zijn. Het is hem gelukt om naar huis te rijden en nadat hij de voordeur had vergrendeld, besloot hij dat hij zeker moest weten wat die meiden met hem hadden uitgehaald. In de beslotenheid van zijn badkamer ontdekte hij de waarheid en drong tot hem door dat hem iets onomkeerbaars was aangedaan.

Dit is onverdraaglijk en zal de rest van zijn leven onverdraaglijk blijven. Hij is geen man meer. Een paar hechtingen in de gejodeerde huid van zijn balzak konden hem de eerste keer niet van zijn stuk brengen, omdat hij duidelijk voelde dat er vanbinnen niets was veranderd. Nu wel. Zijn ballen zijn weg, eruit gehaald, van hem gestolen. De ingreep op zich kan in een halfuurtje worden uitgevoerd, dat heeft hij al eerder gelezen op internet. Het pilletje waar hij volgens Geranda van zou gaan zweven, was een ordinaire slaappil en hij is er met zijn domme kop ingetuind.

Hij wordt wakker, we kunnen gaan.

Over de gevolgen voor hém zullen de dames zich niet druk maken.

David googelt op 'orchidectomie' en opent alle links die hij kan vinden. Tegen beter weten in zoekt hij naar een bericht dat de impact van deze ingreep verzacht, dan wel tegenspreekt. Bij de meeste links gaat het om het verwijderen van maar één zaadbal en gloort er hoop aan de horizon voor degene die het moet ondergaan. Maar bij hem is het einde oefening. Hij is niet alleen onvruchtbaar geworden, behalve het wegvallen van de productie van zaadcellen valt ook die van een aantal hormonen weg. Daardoor neemt het libido en de agressie af, meldt Wikipedia.

Hij is zichzelf niet meer.

Hij heeft de brief die op het hoofdkussen lag inmiddels zó vaak herlezen dat hij de tekst bijna van buiten kent. De eerste zinnen blijven gonzen in zijn hoofd.

Je bent verlost. Dat is goed voor jou en voor alle vrouwen die nog je slachtoffer hadden kunnen worden.

Wat werd er beweerd op Wikipedia over de afname van agressie? De dames gaan erachter komen dat er uitzonderingen bestaan die de regel bevestigen.

Hij moet alles wat door zijn hoofd spookt met iemand bespreken en daar komt maar één persoon voor in aanmerking.

HET DUO

AMBER

Ze heeft drie collega's met wie ze regelmatig intervisiegesprekken voert bereid gevonden om haar cliënten voor onbepaalde tijd over te nemen en daarna heeft ze alle betrokkenen schriftelijk op de hoogte gesteld van haar besluit om haar praktijk tot nader order te sluiten.

De vrijheid waar ze al maanden naar verlangt, geeft haar eerder een beklemmend dan een opgelucht gevoel. Ze scharrelt iedere dag uren door haar huis en ze is steeds van plan om dingen op te ruimen, maar komt niet verder dan ze te verplaatsen.

In haar hoofd strijden triomf en zelfhaat om de eerste plaats.

De triomf is aanwezig, dat valt niet te ontkennen. Het uitschakelen van David Westervink werd de catharsis die gestalte moest krijgen en heeft een enorme opluchting veroorzaakt. De daad was nodig om haar vader te verdrijven. Amber kon hem nooit negeren, hoe graag ze dat ook wilde. Hij dook altijd wel weer ergens in haar herinneringen op en bleef haar lastigvallen. Nu is hij weg, ze voelde dat hij zou verdwijnen toen ze de incisie maakte.

Ze heeft hem weggesneden en zichzelf bevrijd.

Maar ze heeft zich op hetzelfde moment zelfhaat op de hals gehaald.

Ze weet wat ze heeft gedaan. Ze heeft een man voor de rest van zijn leven seksueel verminkt en die daad staat haaks op de eed die ze ooit heeft afgelegd. Ze zou zoals haar zus in staat willen zijn om te geloven dat wat David Westervink is overkomen de enige oplossing is om een permanente gewelddadige omgang met vrouwen te doorbreken.

Paula wil niets weten van een gevoel van spijt en vooral niet van schuld. De schuld is eigendom van mister misbaksel, blijft ze herhalen. Ze is ervan overtuigd dat ze zijn denkwijze niet hebben veranderd en dat ze alleen zijn gedrag hebben ingedamd. Hij kan doorgaan met pornografische fantasieën, hij kan de rest van zijn leven grof taalgebruik hebben, hij kan talloze geheime bergplaatsen volstouwen met wat voor hem speelgoed is, maar hij kan fluiten naar een erectie. Ze hebben niet alleen zijn penis, maar ook zijn libido uitgeschakeld.

Amber kan dat beamen, maar er komt geen enkele tekst over de gevolgen van hun daad over haar lippen.

En de strijd in haar hoofd gaat maar door.

TESSA

62

Er liggen vier hele vrije dagen voor haar. Luuk komt zaterdag en zondag, hij heeft aan haar gevraagd of ze met hem mee wil om een paar nieuwe spijkerbroeken te kopen. Ze heeft hem een beetje geplaagd met die vraag en dat leverde een stoeipartij op die natuurlijk eindigde in seks.

Haar dochters hebben hem goedgekeurd. Ze trokken zich na het avondeten samen terug in de keuken, omdat ze iets moesten bespreken. Na een paar minuten kwamen ze weer tevoorschijn en Iris verklaarde ook namens haar zus Kelly dat Luuk welkom was in de familie.

'Hij is goedgekeurd,' meende Kelly nog te moeten verduidelijken.

Luuk slaakte een vreugdekreet.

De volgende dag appten de meiden haar allebei en ze benadrukten dat ze blij voor haar waren.

Tessa voelt zich voor het eerst sinds weken vederlicht. Het valt niet te ontkennen dat ergens op de achtergrond een angstig gevoel aanwezig is, maar de blijdschap over haar relatie met Luuk en het enthousiasme van haar dochters is prominent aanwezig.

Ze heeft zich voorgenomen om vandaag haar hele huis eens goed op te ruimen. Daarna een grote stofzuigbeurt en als ze nog genoeg energie over heeft zal ze zich ook nog uitleven met een emmer sop. Maar nu eerst een grote cappuccino, een cracker met oude kaas en een frisse appel.

Ze heeft de appel half opgegeten als ze hoort dat er iemand aanbelt. Haar lichte stemming verandert direct. Staat er soms weer een pakketbezorger voor de deur? Ze gaat niets aannemen!

Ze opent de voordeur en het volgende moment wordt de stilte in huis totaal verdreven.

'Ik heb je werk gebeld en hoorde dat je een lang vrij weekend hebt,' schreeuwt Josefien. Waarom maakt ze zo'n herrie?

'Ik dacht: dan ga ik nú langs, want ik heb al veel te lang niets van me laten horen. Zeg, moet ik in de regen blijven staan?'

Tessa aarzelt. Ze denkt aan het advies dat Luuk haar gaf.

Josefien doet een stap naar voren en duwt Tessa opzij. 'Je laat me écht in de regen staan, geloof ik. Je bent weleens gastvrijer geweest.' Ze loopt direct door naar de keuken. 'Heb je koffie en wat te eten? Ik rammel.'

Wat schreeuwt ze toch!

'Ik ben nogal opgefokt, maar ik ben dan ook erg overstuur. Er is iets verschrikkelijks gebeurd met David.'

Tessa duwt haar op een stoel. 'Ga eerst rustig zitten en vertel me wat er aan de hand is. Zal ik een paar croissants in de oven leggen?'

'Heb je paracetamol in huis?' vraagt Josefien. 'Ik heb een barstende hoofdpijn.'

Tessa vult een glas met water.

'Ik moet weer rustig worden,' zegt Josefien.

Tessa vult voor zichzelf ook een glas. 'Ik geef je croissants en paracetamol,' beslist ze. Daarna werk ik haar snel de deur uit, denkt ze.

Josefien zit te eten alsof ze uitgehongerd is. Ze heeft achter elkaar drie glazen water leeggedronken en accepteert gretig het aanbod van Tessa om nog een glas neer te zetten.

Tessa kijkt naar haar en ze probeert te bedenken waardoor Josefien zo opgefokt kan zijn. Het antwoord op die vraag komt nadat de laatste croissant verorberd is.

'David is te pakken genomen door een paar vrouwen. Ze hebben hem bedwelmd en iets bij hem ingespoten. Daarvan is hij buiten westen geraakt en toen hij bijkwam ontdekte hij...'

Stilte.

'Ga verder,' dringt Tessa aan.

'Hij ontdekte dat ze zijn ballen hadden verwijderd.'

Tessa kijkt Josefien hoofdschuddend aan. 'Dat kan toch niet, zoiets gebeurt misschien in een ziekenhuis en dan alleen om een medische reden. Maar ergens bij iemand thuis... Nee, dat geloof ik niet.'

'Ze hebben zijn ballen eruit gehaald,' houdt Josefien vol.

Ze praat maar door, Tessa wordt er duizelig van. Ze schreeuwt niet meer, maar ze weet van geen ophouden. Het hele leven van David en Josefien samen komt langs en passie voert de boventoon. Toch hoort Tessa ook andere dingen, zoals achterdocht en jaloezie. Terwijl ze luistert, eet ze de rest van haar appel op en biedt aan om er ook een voor Josefien te schillen.

Josefien vraagt of ze een paar sinaasappels mag uitpersen en Tessa gaat akkoord. Ze heeft de indruk dat Josefien ergens mee bezig moet zijn om rustiger te kunnen worden en ze zet zelf een bordje op tafel, pakt een appel van de fruitschaal en vist een schoon mes uit de bestekla. Luuk sneed zich een paar dagen geleden aan dit mes, toen heeft ze zijn vinger verbonden.

Luuk. Ze zou hem op dit moment in de buurt willen hebben.

Josefien zet twee glazen met sinaasappelsap op tafel. 'Kijk, ook een voor jou. Een bommetje vitaminen. Moet ik een lepeltje pakken om te roeren?'

Tessa pakt het glas en drinkt het in één teug leeg. 'Lekker, zeg. Altijd fijn als er iemand voor je zorgt.'

Josefien drinkt haar glas ook leeg. 'Ik wil voor David zorgen, maar hij heeft me weggestuurd. Hij is kapot, helemaal de weg kwijt. Logisch, toch?'

Tessa begint de appel te schillen. Ze probeert iets te verzinnen wat zinnig klinkt, maar ze wil niet ingaan op dat wonderlijke verhaal over ballen die verdwenen zijn. De appel valt uit haar hand, ze pakt hem weer vast. Voorzichtig schillen, denkt ze. Het mes is scherp.

Wat is er met mijn handen? Waarom is het opeens zo stil?

63

'Je bent er weer,' zegt iemand.

Tessa luistert met gesloten ogen. Is dat de stem van Josefien?

'Doe je ogen maar open.'

Tessa opent haar ogen. Ze vallen meteen weer dicht, maar ze heeft wel gezien dat Josefien voor haar staat. Ze denkt na. Is ze flauwgevallen? Is er iets gebeurd wat ze zich niet meer kan herinneren? Ze schilde een appel. Ze dronken sinaasappelsap.

'Weet je nog hoe het was in het duinhuisje?' In de stem van Josefien klinkt een lach door. 'Kijk nou toch, zomaar terug in de tijd.'

Tessa opent opnieuw haar ogen. Het eerste wat ze ziet zijn haar knieën. Heeft ze haar kaki broek uitgedaan? Blote knieën, blote voeten, een stalen ketting. Ze draagt geen slip, ze heeft geen shirt aan, geen beha.

Ze is naakt, haar voeten zijn geketend, haar linkerarm zit met een touw vastgesnoerd aan de armleuning van haar stoel.

'Je ziet het goed,' zegt Josefien. 'Ik heb je rechterarm niet vastgebonden, zodat je nog je galgenmaal kunt eten. Maar als ik merk dat ik je niet vertrouwen kan, gaat dat armpje ook in de touwen.'

Tessa spert haar ogen open. Niet meer in slaap vallen, opletten, alert blijven. Tijdrekken. Haar ogen zoeken de klok in de keuken. Het is bijna twee uur. Luuk komt vanmiddag, hij zal er uiterlijk om halfvijf zijn. Ze gaan samen koken. Lukt het om Josefien tweeënhalf uur af te leiden? Ze kijkt om zich heen. Bij de keukendeur staat een jerrycan.

Een jerrycan.

Ze buigt haar hoofd. 'Ik moet plassen,' zegt ze.

'Daar hebben we natuurlijk rekening mee gehouden,' roept Josefien opgewekt. Ze loopt naar een grijze vuilniszak die naast de jerrycan staat. 'Ik zei het al: terug in de tijd. Je hebt toch al een beetje ervaring met plassen op de po? Ga maar staan, goed zo. Nu zitten. Geneer je niet, we zijn meisjes onder elkaar. Plas maar lekker.'

Dit kan onmogelijk echt gebeuren, denkt Tessa.

Het is hetzelfde bevroren gevoel, dezelfde sprakeloosheid, dezelfde neiging tot ontkenning, dezelfde angst. Ze probeert niet naar de jerrycan te kijken, maar ze weet dat het ding er staat en ze vermoedt wat erin zit.

Geen vragen over stellen, geen vragen over stellen!

Josefien scheurt een stuk papier af van een toiletrol en reikt het haar aan. 'Afvegen kun je zelf wel.'

Tessa pakt het papier met haar vrije hand aan. 'Waarom?' Ze hoort haar eigen stem nauwelijks.

Het gezicht van Josefien is opeens heel dichtbij. 'Vroeg je waarom? Dat zal ik jou graag heel goed uitleggen. Maak eerst je doos droog.'

Tessa gehoorzaamt. Ze gaat staan, zodat Josefien de po kan weghalen en op het moment dat ze weer zit ziet ze de appel en het mes. Daar kan ze net niet bij. Ze kijkt snel een andere kant op om de aandacht niet op het mes te vestigen. Nadenken, niets laten merken. 'Ik heb het koud,' zegt ze.

Josefien loopt naar het aanrecht. Gooit ze nu echt de inhoud van de po in de gootsteen? Ze zet de kraan wijd open. 'Zo, dat is weg. Je zult begrijpen dat ik bij je in de buurt blijf, ik hou ervan om controle te hebben over een situatie. Heb jij het koud? Troost je, het zal hier straks warm genoeg worden.'

De po gaat terug in de grijze vuilniszak, de toiletrol blijft op de tafel staan. Josefien ziet hoe Tessa naar de rol kijkt. 'Die is lekker brandbaar, of dacht je dat niet?' Ze lijkt te willen lachen, maar ze komt niet verder dan een grimas.

Tessa herinnert zich opeens haarzuiver dat ze zich afvroeg of hun eerste ontmoeting niet te toevallig was. Ze had vanaf het moment dat ze kennismaakten het gevoel dat er iets niet klopte met Josefien. Waarom heeft ze niet beter naar dat gevoel geluisterd?

'Ik schreef het wel mooi op, hè?'

Tessa probeert te begrijpen wat Josefien bedoelt.

'Ik ga je volgen, niets houdt me tegen,' declameert Josefien. 'Had je niet in de gaten dat het van mij kwam? Heb jij eigenlijk ooit iets in de gaten gehad voordat het te laat was?'

Tessa voelt nu pas goed hoe koud ze het heeft.

Josefien gaat tegenover haar zitten. 'Ik volgde jou vanaf het moment dat David je aansprak in de bibliotheek, ik was altijd bij hem in de buurt en dat wist hij. Je kent toch wel de uitdrukking "ze kunnen niet mét maar ook niet zónder elkaar"? Zo zat het met ons. Ik verdroeg het niet dat hij met andere vrouwen precies hetzelfde deed als met mij en ik dacht dat ik hem moest verlaten. Maar alles in mij schreeuwde om hem, ik bestond nog maar half. Ik was al te vaak genegeerd en in de steek gelaten. De maatschappelijk werkster met wie ik sprak in de periode dat ik van het ene naar het andere pleeggezin werd gestuurd, vertelde me dat het mij ontbrak aan basisveiligheid. Mooi gezegd, hè? Het ontbrak mij aan basisveiligheid. Dat is volgens de deskundigen niet goed. Maar met de komst van David kwam alles goed.'

Tessa kijkt naar het gezicht van Josefien. Mondhoeken naar beneden getrokken, strakke wangen, boze ogen. 'Waarom moet ik hier naakt blijven zitten? Heb ik iets gedaan wat je boos heeft gemaakt? Dat was echt niet mijn bedoeling.'

'Vast niet, maar je hebt ook niet goed nagedacht. Je had het avontuur dat je met David beleefde gewoon achter je kunnen laten, je had mijn advies om hem op afstand te houden en het contact langzaam af te bouwen serieus kunnen nemen. Je had niet moeten liegen over je therapeut. Toen je dat deed, wist ik dat ik je goed in de gaten moest houden.'

'Ik had het nodig om met iemand te praten over wat me was overkomen,' protesteert Tessa.

Josefien knijpt haar ogen tot spleetjes. 'En daarvoor koos je ene Amber Liszt uit. Klopt, hè? De psychiater die tamelijk close is met haar zus Paula, die op haar beurt weer jouw leidinggevende is. Paula is een verhaal apart. Ze werkt vier dagen per week als hoofdverpleegkundige en één dag als operatieverpleegkundige. Dat wist jij niet, hè? Ik wel. Ik volg haar al geruime tijd. De zussen hebben wekelijks overleg met elkaar op het adres waar jij zo nodig je hart moest uitstorten. Hun eerstvolgende vergadering zal de laatste zijn.

Maar eerst wil ik met jou aan de slag. Je ging akkoord met een afrekening. Nee, spreek me niet tegen. Wat je ook zegt, hoe je ook tegensputtert, ik weet dat je schuldig bent. Het was zeker een fijne dag toen je wist dat ze David te grazen gingen nemen? Kijk niet zo verbijsterd, je weet heel goed waar ik het over heb. Je mag dan niet hebben meegeholpen, een orchidectomie zal niet tot jouw bevoegdheden behoren, maar door het toe te staan ben je medeplichtig aan de teloorgang van mijn seksleven. Weet je wat ze tegen David zeiden voordat ze hem te pakken namen? Ze zeiden: "Je bent aan de beurt." Nu ben jij aan de beurt, Tessa. Ik heb het een en ander uit het duinhuisje gehaald. Kettingen, po, een stuk touw dat nog in de opslag lag, genoeg attributen om het werk van David eer aan te doen en af te maken. Niemand zal weten dat ik hier was, ik leef verder zonder seks en zonder man en daar zal ik tevreden mee kunnen zijn omdat ik jou heb laten verdwijnen.'

Tessa heeft het nu zó koud dat ze haar vingers en haar tenen niet meer voelt. Haar vrije hand ligt in haar schoot, ze probeert toch de vingers te bewegen. De appel en het mes liggen op een placemat en als het haar lukt een punt van die placemat te pakken…

'Heb je niets te zeggen?' vraagt Josefien. 'Ik moet even plassen. Ben zó terug.'

Tessa wacht tot Josefien in de gang is, daarna strekt ze haar rechterarm zo ver mogelijk uit en het lukt haar om de placemat een stuk dichterbij te trekken. Niet te ver, Josefien moet niet in de gaten krijgen dat het mes nu binnen handbereik is.

Het toilet wordt doorgetrokken. Iemand zingt.

Ze zingt!

Tessa beweegt haar vingers en haar tenen. Ze trekt haar schouders op en laat ze weer zakken. Ze beweegt haar hoofd naar voor, naar achter, naar links, naar rechts.

Concentreren, denk ze.

'Doe je oefeningen? Wil je tot het laatste moment actief zijn? Prijzenswaardig, meisje!' Josefien staat voor haar, met de jerrycan in haar hand. Ze draait de dop eraf.

Tessa fluistert iets.

Josefien buigt zich naar haar toe. 'Zeg dat nog eens, ik kon je niet verstaan.' De situatie lijkt haar te amuseren.

Tessa kijkt opzij, Josefien volgt haar blik.

Nú!

Tessa grijpt het mes, steekt het zonder te aarzelen recht in de strot die vlak vóór haar hangt en houdt het vast als de handen van Josefien nog een poging doen om het weg te trekken. Ze ziet de schrik in Josefiens wijd openstaande ogen en ze voelt een golf bloed over haar gezicht naar beneden druipen.

Ze hoort rochelende geluiden en iets wat lijkt op het geluid van borrelend water.

Josefien zakt langzaam door haar knieën, met open mond en ogen in een permanente staat van verbijstering.

Deze stilte is een andere stilte dan die je waarneemt als niemand iets zegt. Dit is de stilte die zich aandient als leven eindigt en dood een plaats opeist. Tessa heeft hem gehoord en gevoeld als patiënten overleden en ook toen Levi plotseling in elkaar zakte. Het is het soort stilte dat definitief iets verandert, een stilte die onomkeerbaar is.

Ze beweegt haar rechterhand en probeert het touw om haar linkerhand los te krijgen. Dat lukt niet.

Heel voorzichtig komt ze overeind, terwijl ze zich met haar rechterhand stevig vasthoudt aan de rand van de tafel. De stoel waar ze op zat bungelt aan haar linkerarm. Ze moet weer gaan zitten, dit is te zwaar. Het lukt om met haar voeten stevig op de grond de stoel een stuk naar achteren te schuiven. Ze rilt, ze hijgt. Even rusten, daarna verder achteruit, langs de tafel, in de richting van de gang. Naar de voordeur, niet opgeven, niet nadenken, alleen hopen dat er iemand in de straat in de gaten krijgt dat ze hulp nodig heeft.

De voordeur is eindelijk open. Aan de overkant van de straat lopen een man en een vrouw.

Tessa zwaait, probeert te roepen. Er komt geen geluid uit haar keel.

Er is wél een ander geluid, ergens in de tuin.

'Mámaaa.'

Daarna niets meer.

64

Iemand huilt.

Tessa opent haar ogen en ziet dat het Iris is. Er zijn sirenes in de buurt, de man en de vrouw die aan de overkant liepen staan over haar heen gebogen. 'Politie en ambulance komen eraan,' zegt de vrouw. 'Ik heb je bedekt met mijn jas. Je hoeft niet bang te zijn, we blijven bij je.'

Iris knielt aan haar voeten. 'Wat is er gebeurd, mama? Moeten we je niet eerst losmaken?'

'Nee, niet doen,' zegt de man. 'Ze moet kunnen bewijzen dat het zelfverdediging was. Daar zijn ze, ik zal ze wijzen waar ze moeten zijn.'

'Hij is naar binnen gelopen,' legt de vrouw uit. 'Ik ben blij dat ik niet heb gezien wat daar ligt. Ben je ergens gewond? We durfden het bloed niet van je af te vegen.'

'Ik ben niet gewond,' zegt Tessa.

De ambulance is er het eerst, er springen twee mannen naar buiten.

'Ze zegt dat ze zelf niet gewond is,' meldt de vrouw, voordat ze een stap opzij doet. Ze wijst naar de woonkamer als er twee agenten naderen. De man loopt met hen mee.

'Hoe komt al dat bloed op uw lichaam?' vraagt de ambulancebroeder. 'Weet u zeker dat u niet gewond bent?'

'Ik moest haar uitschakelen,' antwoordt Tessa. 'Ze had een jerrycan bij zich, daar zat benzine in. Ze wilde mijn huis in brand steken en mij daar laten zitten. Ik...' Het lukt niet om nog verder te praten. Ze huilt niet, ze jankt. Ze schreeuwt het uit, ze proeft tranen.

'Probeer diep adem te halen,' zegt de ambulancebroeder. Hij doet het voor.

Tessa hikt, snikt, kermt, brult, en ze vloekt hartgrondig.

'Ik heb haar nog nooit horen vloeken,' hoort ze Iris zeggen.

Er komt een agent de gang in gelopen. 'Leg mevrouw even in de auto, ik maak haar arm los.'

Tessa wordt op een brancard geholpen. 'Die ketting moet weg,' zegt ze.

'Komt goed,' sust de broeder. 'We leggen u eerst in de auto en we geven u iets te drinken. U bent veilig bij ons.'

'Was ik maar eerder gekomen,' zegt Iris huilend.

Ze hebben haar bedekt met twee dekens en ze heeft een tablet gekregen om rustig te worden. Buiten hoort ze stemmen, de broeder legt uit dat de technische recherche is gearriveerd.

Tessa wil weten hoe laat het is.

'Het is bijna halfvier,' antwoordt Iris.

'Luuk zou er om halfvijf zijn, iemand moet hem opvangen.'

'Komt goed,' herhaalt de broeder.

Tessa ruikt het bloed dat nog overal aan haar kleeft. Ze kokhalst. Er wordt een kartonnen bakje onder haar kin gedrukt. 'Gooi het er maar uit,' zegt de broeder.

Tessa duwt het bakje weg. 'Het gaat wel weer. Ik wil zo graag in bad.'

'Dat doen we zodra het kan,' belooft de broeder.

Tessa's oogleden voelen zwaar aan. Heel even slapen, denkt ze.

65

‘Ze wordt wakker,’ zegt iemand.

Tessa voelt een hand op haar voorhoofd. Ze ligt een beetje te deinen, lijkt het.

‘Iris vertelde dat je Tessa heet. Ik ben Matthieu, we brengen je naar een ziekenhuis. Als je je ogen nog dicht wil houden, is dat goed.’

Tessa opent haar ogen en ze herkent de broeder die al bij haar was. ‘Waar is Iris?’

‘Iris zit voorin, bij de chauffeur. Ze mocht kleding pakken van de politie, als je straks bent gewassen en gecontroleerd, kun je je weer aankleden.’

‘Waar is de politie?’

‘Er rijdt een wagen met ons mee. Er zal voorlopig iemand bij je in de buurt blijven.’

‘Moet ik naar de gevangenis?’

Matthieu knijpt even in haar linkerhand. ‘Dat weet ik niet, misschien valt het allemaal wel mee. Denk je dat je straks een verklaring kunt afleggen?’

Tessa sluit haar ogen weer.

Ze is door een vriendelijke verpleegkundige onder de douche gezet en ze heeft het warme water met gesloten ogen over haar lijf voelen stromen. Pas toen de verpleegkundige zei dat alle viezigheid van haar was afgespoeld, heeft ze haar ogen weer geopend. Het klopte, er was geen spoor meer te bekennen van geronnen bloed.

Een vrouwelijke arts heeft haar temperatuur, pols en bloeddruk gemeten, haar longen beluisterd en haar lichaam van top tot teen nagekeken. Ze heeft geadviseerd om eerst tot rust te komen en een recept uitgeschreven voor slaapmedicatie.

Iris is door de politie naar huis gestuurd. Er mag niemand bij Tessa op bezoek komen, er is alleen contact toegestaan met hulpverleners, politie en een advocaat. De agent die dit aan haar vertelde, legde uit dat hij bevoegd was om op te treden als hulpofficier van justitie en dat hij haar in verzekering had gesteld. Ze mag de kamer waar ze ligt niet verlaten, tenzij dit noodzakelijk is voor een behandeling. Het is niet toegestaan om haar telefoon te gebruiken, kranten te lezen of op enige manier contact te hebben met de buitenwereld. De toegang tot haar kamer wordt bewaakt. De agent voegde hier ten overvloede aan toe dat een inverzekeringstelling een vrijheidsbeperkende maatregel is.

Tessa heeft alles aangehoord en bevestigend geantwoord op de vraag of ze begrepen had wat er tegen haar was gezegd.

Ze voelt niets bij het idee dat haar een vrijheidsbeperkende maatregel is opgelegd. Het enige wat telt is dat ze in een veilig bed ligt en dat niemand haar levend kan laten verbranden. Staat er een agent voor de deur om te voorkomen dat ze vlucht?

Vluchten is het laatste waar ze aan denkt.

De verpleegkundige die haar heeft geholpen met douchen brengt een dienblad binnen. Tessa weet dat ze zich heeft voorgesteld, maar ze kan zich haar naam niet meer herinneren.

'Ik weet niet meer hoe je heet,' zegt ze. 'Sorry, ik ben daar altijd heel alert op.'

'Geen punt, ik ben Shirley. We zijn collega's, hoorde ik. Mag ik Tessa zeggen?' Ze wacht het antwoord niet af en zet het dienblad op de tafel die voor het raam staat. 'Ik heb een paar boterhammen gemaakt en vruchtensap ingeschonken. Probeer iets te eten. Druk op de bel als je iets nodig hebt. Er komt nog iemand van de politie langs voor een verhoor. Een rechercheur, maar je hoeft nog niet te praten als dat te vermoeiend is.' Ze wijst op een stukje papier dat op het dienblad ligt. 'Ik heb haar naam genoteerd. Ga jezelf niet forceren, laat haar gewoon terugkomen als je het nu nog niet trekt. Eet smakelijk.'

Tessa leest de naam. Ingeborg Stalz.

Ze moet goed nadenken over wat ze wil vertellen, maar denken lukt niet. De schrik, de angst en ook de woede hebben haar op slot gedraaid. Ze kan zich alleen concentreren op het veilige bed en de agent die haar bewaakt. Verder heeft ze nergens ruimte voor.

Alleen deze plek telt, de rest van de wereld is oneindig ver weg.

Ze gaat aan de tafel zitten en pakt een stukje brood. Er ligt geen bestek bij het bord, de boterhammen zijn in vier stukken gesneden. Zou bestek ook verboden zijn?

Het vruchtensap zit in een kartonnen beker. Het is mierzoet, ze schuift de beker van zich af. Het brood smaakt nergens naar.

Ze wil slapen. Hoe laat is het? De klok die boven de deur hangt geeft aan dat het bijna zeven uur is. Ze wil een slaappil en ze hoopt dat de dokter iets heeft voorgeschreven waardoor ze minstens twaalf uur onder zeil kan gaan.

Er wordt op de deur geklopt en er komt een vrouw binnen. 'Ik ben Ingeborg Stalz, rechercheur,' zegt de vrouw. Ze draagt een zwarte broek en een hagelwit jack, maar dat is bijzaak. Tessa kan haar ogen niet van het lange blonde haar van de vrouw afhouden. Het haar van Josefien.

De kamer begint te draaien.

Er is een stem in de buurt die geruststellend klinkt.

'Hoor je me? Knijp eens in mijn hand.' Dat is de stem van Shirley. Tessa knijpt. 'Je was even van de wereld, de dienstdoende arts komt je nakijken. Wil je iets drinken?'

Tessa opent haar ogen. 'Water, graag.' Ze kijkt om zich heen. De vrouw met hetzelfde haar als Josefien is verdwenen. 'Er was hier een vrouw.'

'Klopt, ze heeft alarm geslagen en ze zit nu op de gang. Je leek heel erg van haar te schrikken.'

Ga ik me nu steeds halfdood schrikken van vrouwen met lang blond haar, vraagt Tessa zich af. Ze wil met iemand praten die ze vertrouwt. Ze wil weten hoelang ze hier moet blijven, ze wil horen dat ze niet naar de gevangenis zal worden gebracht.

'Ik kan aan die rechercheur vragen of ze morgenochtend terugkomt,' stelt Shirley voor. 'Ik kan me voorstellen dat ze je snel willen verhoren, maar te snel is nergens goed voor.'

De deur gaat open en er komt een vrouw in een witte jas binnen.

'Morgen is goed,' zegt Tessa.

66

Ze staat naast het bed en ze lacht op een eigenaardige manier. 'Je dacht toch niet dat ik je met rust zou laten?'

Tessa schuift wat dieper onder de deken. 'Jij kunt hier niet zijn, jij bent dood.'

Weer die lach. 'Dat zou ik ook denken, als ik jou was. Fout, fout, fout. Ik ben niet te wissen, door niemand.'

Tessa probeert het snoer te grijpen waar de zusteroproep aan vastzit. Er is geen snoer. Ze schraapt haar keel om te kunnen roepen, maar haar stem is weg.

Josefien ligt dubbel. 'Kijk,' hikt ze. 'Kijk wat ik bij me heb.' Ze tilt iets van de grond.

Tessa staart naar de jerrycan en naar de aansteker die Josefien uit haar broekzak haalt. 'Jij kunt hier niet zijn,' herhaalt ze en ze ergert zich aan de trilling in haar stem.

Josefien draait de dop van de jerrycan af gooit een deel van de inhoud op het bed, de tafel en de vensterbank.

Tessa kijkt toe. Ze kan hier niet zijn, denkt ze. Het volgende moment zit ze midden in een vlammenzee.

Ze probeert te schreeuwen.

Iemand trekt aan haar arm. 'Rustig, rustig, Tessa, er is niets aan de hand, je had een nachtmerrie.'

De hitte is weg, Tessa kan alleen nog bibberen en klappertanden.

'Kijk me eens aan,' zegt de stem. 'Je bent veilig in het ziekenhuis.'

Tessa vraagt hoe laat het is.

'Halfvier in de ochtend. Ik ben Ankie, ik heb nachtdienst en ik hou je goed in de gaten.'

'Ze stak me in brand,' zegt Tessa.

Ankie gaat op de rand van het bed zitten. 'Je hebt een ernstig trauma opgelopen, dat zul je moeten verwerken. Ik weet zeker dat je daarbij hulp kunt krijgen, maar dat weet je zelf ook. Je bent hier toch op bekend terrein?'

Tessa vraagt zich af of iedereen in het ziekenhuis weet dat zij hier ligt en waarom.

'Er wordt discreet omgegaan met je situatie, het is zelfs niet bekend op de afdeling waar je werkt dat je hier ligt. Heb je al nagedacht over namen van behandelaars die iets voor je kunnen betekenen?'

Tessa haalt haar schouders op.

'Dat kan later nog, ga nu nog maar een paar uur slapen. Wil je nog een slaaptablet? Dat kan, je kunt ook iets krijgen om wat rustiger te worden. Of zal ik een kopje bouillon voor je halen? Lekker warm in je maag. Weet je wat? Ik haal gewoon een kopje en dan beslis je zelf of je de bouillon opdrinkt.'

'Word ik nog bewaakt?' vraagt Tessa.

'Ja, er zit iemand op de gang.'

'Er kan dus niet zomaar iemand naar binnen stappen?'

'We letten allemaal op,' zegt Ankie.

De bouillon was lekker, ze ligt warm, er brandt een klein lampje in de hoek van de kamer. Er wordt op haar gelet. Als ze weer verzeild raakt in een angstaanjagende droom, zullen ze haar eruit halen.

Niemand bedwelmt haar, niemand bindt haar vast, niemand bedreigt haar. Ze is veilig, maar ook verschrikkelijk alleen.

67

Als ze haar ogen opent, weet ze niet direct waar ze is. Ze kijkt om zich heen en het dringt langzaam tot haar door dat het ochtend is en dat ze in een ziekenhuisbed ligt. De klok die boven de deur hangt geeft aan dat het acht uur is.

Tessa stapt voorzichtig uit bed en controleert eerst of ze alles kan bewegen. Daarna loopt ze naar de badkamer.

Het is haar eigen toilettas, met haar eigen tandenborstel, tandpasta en zeep. Ze ontdekt ook een bus Rituals-douchegel, de groene die ze graag gebruikt.

In de kast hangen kleren van haar, er ligt ondergoed, ze ontdekt sokken, schoenen, een jas, pantoffels en haar peignoir.

Nergens is nog een spoor te vinden van bloed. Toch sopt ze onder de douche haar lijf drie keer opnieuw in en wast ze twee keer haar haren. Daarna is ze te uitgeput om zich direct aan te kleden en trekt ze haar peignoir aan.

Er wordt op de deur geklopt, er komt een verpleegkundige binnen die ze kent. Het is een vrouw met wie ze heeft samengewerkt op een stageafdeling tijdens haar opleiding, maar hoe heet ze ook alweer?

'Ik ben Roxy, ken je me nog?'

'Je gezicht, ik wist je naam niet meer. Werk je op deze afdeling? Op welke afdeling lig ik eigenlijk?'

'Traumatologie. Ja, ik werk hier. Wat wil je eten, Tessa? Ik zal later een weeklijst brengen, dan kun je alles voor de komende dagen zelf invullen. Er is gebeld door de rechercheur die hier gisteren was. Schikt het je dat ze tegen tienen komt? Dokter Van Essen wil je voor die tijd ook even zien.'

'Wie is dokter Van Essen?'

'De psychiater die aan deze afdeling verbonden is. De arts die je gisteren heeft onderzocht regelt altijd een gesprek met de psychiater.'

'Om te bepalen of ik toerekeningsvatbaar was en ben,' stelt Tessa vast.

'Weet je al wat je wil eten?' vraagt Roxy.

Dokter Van Essen blijkt een vrouw te zijn en Tessa voelt zich direct goed bij haar. Ze weet dat er een rechercheur langskomt voor een verhoor, daarom blijft ze nu niet lang, maar ze wil later op de dag graag terugkomen om uitgebreid te praten. Als Tessa op dit moment vragen heeft, kan ze die stellen.

'Kunt u niet bij het verhoor aanwezig zijn?' vraagt Tessa. 'Ik weet niet wat er met me zal gebeuren als ik alles moet vertellen.'

Het spijt dokter Van Essen dat dit niet mogelijk is, maar ze zal aan de verpleging vertellen dat ze kan worden opgeroepen als dat nodig mocht zijn. Anders zien ze elkaar aan het eind van de middag.

Het lijkt of dit allemaal niet echt gebeurt. Ze weet dat ze in het ziekenhuis is waar ze zelf werkt, maar alles komt haar vreemd voor. Niets is vertrouwd, niemand hoort bij haar. Haar dochters en Luuk bevinden zich op een andere planeet. Het ergste is dat ze naar niemand verlangt. Dat hoort niet, vindt ze.

Ze heeft ontbeten en zich aangekleed. De vrouw met het lange blonde haar kan komen. Ingeborg Stalz.

Een klop op de deur en daar is ze.

Tessa knippert met haar ogen. Is dit dezelfde vrouw?

Het lange blonde haar is weggewerkt in een wrong en daardoor lijkt ze niet meer op Josefien.

‘Dank u voor dat haar,’ zegt Tessa.

‘Ik begrijp dat u schrok,’ antwoordt Ingeborg. ‘Ik ben niet alleen, er is een advocaat meegekomen. U hebt recht op rechtsbijstand en omdat u zelf nog niets kunt ondernemen in die richting, is onze piketadvocaat bij ons gesprek aanwezig.’

De man die in de deuropening verschijnt lijkt eerder een student dan een advocaat. Sluik haar dat nodig geknipt moet worden, gekreukt colbert, vale jeansbroek, slobberig overhemd.

Hij heeft prachtige blauwe ogen.

‘Goedemorgen, mijn naam is Stefano Briels.’

‘Wilt u eerst een overleg onder vier ogen met de advocaat?’ vraagt Ingeborg. ‘U kunt ook na het verhoor nog met hem praten, als u daar prijs op stelt.’

‘Misschien daarna,’ zegt Tessa. Ze zou niet weten wat ze met deze man moet bespreken.

Ingeborg haalt een kleine tas tevoorschijn. ‘Het gesprek wordt opgenomen.’

Tessa volgt haar bewegingen.

68

Tessa heeft zich niet voorbereid op dit gesprek, ze zou het ook niet willen voeren. Ze weet wat een verhoor inhoudt en dat ze alles zal moeten vertellen wat ze zich herinnert. Dat betekent herbeleven en dat is precies wat ze niet wil. Maar het moet.

Ingeborg heeft een mooie diepe stem, die in ieder geval niet afschrikt. Ze probeert Tessa direct gerust te stellen door te zeggen dat het niet de bedoeling is om haar te forceren. Ze benadrukt dat Tessa een trauma heeft opgelopen en dat ze zorgvuldig met haar zal omgaan.

Tessa voelt dat de spanning in haar lijf vermindert. Ze voelt nog iets anders en dat overvalt haar. Het lijkt of haar brein een waarschuwing afgeeft. Had ze toch eerst moeten praten met de advocaat?

'Kunt u vertellen wat er is gebeurd?' vraagt Ingeborg.

'Ik heb een vrouw gedood,' zegt Tessa. 'Ze heet Josefien en ze is de ex van David. Hij heeft me misbruikt.'

Het onbewogen gezicht van de rechercheur die tegenover haar zit, remt haar woordenstroom niet af. Eerst vertelt ze wat haar overkwam met David in het duinhuisje en hoe de angst opnieuw toesloeg toen ze ontdekte dat David foto's van haar had gemaakt die ze voor iedereen verborgen wilde houden. Ze zwijgt over haar contact met Amber en over toespelingen van haar psychiater voor mogelijke gevolgen van Davids gedrag. Daarna beschrijft ze de toevallige ontmoeting met de ex van David en ze benadrukt haar twijfel over het toevallige aspect van dit contact. Ze citeert uitspraken van Josefien die erop leken te wijzen dat ze niets meer van haar ex moest hebben en ze beschrijft haar verbazing toen dit anders bleek te liggen.

Als ze op het moment is aangekomen waarop bleek dat Josefien haar wilde straffen, vraagt ze om een pauze. De dictafoon wordt stilgezet, ze krijgt een glas water aangeboden en ze neemt de tijd om goed na te denken.

Ze gaat de echte reden waarom Josefien met haar wilde afrekenen niet noemen, want dan bestaat de kans dat de recherche Amber op het spoor komt en daar wil Tessa op geen enkele manier verantwoordelijk voor zijn. Het woord 'orchidectomie' zal niet vallen. Laat David dat maar uit de doeken doen, al verwacht ze niet dat hij het risico wil lopen dat dit bekend wordt.

Ze zegt dat ze weer verder kan praten en ze beschrijft elk detail dat ze zich kan herinneren vanaf het moment dat ze Josefien binnenliet en het verlammende gevoel toen ze besefte dat ze opnieuw in een situatie was beland die levensbedreigend was. Ze benoemt haar doodsangst en het besef dat ze maar één kans had om Josefien tegen te houden.

De omgeving vervaagt, ze is terug in haar woonkamer en bedenkt op welke manier ze het fruitmes binnen haar bereik kan krijgen. De rest van de wereld is verdwenen, het gaat om het juiste besluit op de juiste tijd op de juiste plek. Ze steekt opnieuw en deinst terug van de herinnering aan het gerochel en de golf bloed die in haar gezicht spoot.

Ergens in de verte stelt iemand een vraag.

'Pas op,' hoort ze zeggen, 'ze gaat onderuit.'

Geroezemoes, vingers op haar pols, een stem die beweert dat ze er weer is. Over wie gaat dit?

De vrouw die over haar heen gebogen staat herkent ze als de arts die haar eerder onderzocht. 'Het werd allemaal te veel, denk ik,' zegt ze.

De rechercheur en de advocaat zijn weg. Ze blijken op de gang te staan.

'Voor vandaag is het wel genoeg,' beslist de dokter.

'Ik wil nog wel iets vragen,' werpt Tessa tegen.

Ingeborg en Stefano vragen eerst hoe ze zich voelt. Ze lijken bezorgd en zijn vriendelijk.

'Ik wil graag weten wat er met me gaat gebeuren,' zegt Tessa. 'Moet ik naar de gevangenis?'

Ingeborg legt uit dat het de bedoeling is dat ze wordt overgebracht naar een politiebureau en daar zal worden ingesloten, zodra haar fysieke toestand dat toelaat. Als er geen reden meer is om haar vast te houden en als er ook geen vluchtgevaar bestaat of gevaar dat ze bewijsstukken kan laten verdwijnen of getuigen zal beïnvloeden, kan de rechter-commissaris bepalen dat haar voorlopige hechtenis wordt opgeheven. Vervolgens kan de officier van justitie afzien van vervolging en zo niet, dan zal de rechter in een strafzaak bepalen of er sprake was van noodweer of noodweerexces. In dat geval volgt vrijspraak. Als noodweer of noodweerexces wordt uitgesloten, kan ze veroordeeld worden.

Tessa duikt een beetje in elkaar.

'Ik stuur het rapport dat ik maak met spoed door naar de rechter-commissaris,' voegt Ingeborg toe aan de uitgebreide uitleg. 'Ik denk dat de aandacht voorlopig gericht zal zijn op uw herstel.'

Tessa hoort wat de rechercheur zegt, maar ze kan alleen maar denken aan de woorden die hard binnenkwamen.

Dat ze wordt overgebracht naar een politiebureau en daar zal worden ingesloten.

Ingeborg kondigt aan dat ze dit verhoor beëindigt en vraagt of Tessa nog met de advocaat wil praten.

Tessa stemt toe. Zodra de kamerdeur achter Ingeborg is dichtgevallen zegt ze tegen Stefano Briels dat ze niet in een politiecel wil belanden.

Hij antwoordt dat hij de indruk heeft dat de rechercheur niet voor niets heeft gezegd dat ze het rapport met spoed zal doorsturen naar de rechter-commissaris. Deze woorden stellen haar niet gerust.

DAVID

69

Hij had zijn mond moeten houden en hij had haar niet meer binnen moeten laten. De lach die voortdurend in zijn oren schalt, maakt hem razend. 'Laat me met rust!' schreeuwt hij regelmatig tegen Giel. 'Ga hemelen of hellen, zoek een plek waar je je thuis voelt, maar verdwijn. Je leeft niet meer, dat heb je toch wel in de gaten?' Als hij dit soort teksten uitkraamt is hij blij dat niemand hem kan horen. Toch blijft hij tegen Giel praten en probeert hij het lachen van zijn vriend niet te horen. Soms vraagt hij zich af of het allemaal nog wel spoort in zijn bovenkamer.

Hij moest het aan iemand vertellen en zij was de enige die in aanmerking kwam. Josefien werd eerst stil, daarna verdrietig en ten slotte woest. Ze lanceerde een serie scheldwoorden en verwensingen waar hij van terugdeinsde en toen ze rustiger was geworden, beloofde ze plechtig dat ze zich namens hem zou wreken. Hij probeerde haar ervan te overtuigen dat hij zelf zou bepalen op welke manier hij terug zou slaan en toen bleek dat ze niet van plan was om naar hem te luisteren, verbood hij haar om namens hem wraak te nemen.

Ze kuste hem heftig, hij liet het gebeuren. Ze friemelde aan zijn kleren, hij liet haar begaan. Ze trok zijn broek naar beneden en zakte door haar knieën. Hij verlangde van kruin tot tenen naar een erectie, maar er gebeurde niets. Hij duwde haar weg.

Ze zat in elkaar gedoken op haar knieën en snikte. Tien minuten later stond ze op, snoot haar neus, pakte haar autosleutels en ging weg.

Giel schaterde. Toen heeft David het beeld van een naakte vrouw dat hij ooit van zijn vriend kreeg op de granieten keukenvloer gesmeten en dat met alle stukken herhaald totdat er niets meer van een naakt te herkennen was. Daarna heeft hij Giel niet meer horen lachen.

Het is al tien dagen geleden dat Josefien vertrok en hij is niet van plan om haar te benaderen. Hij heeft alle afspraken die gepland stonden overgeheveld aan de collega die al eerder voor hem heeft waargenomen. De rust doet hem goed, maar voelt tegelijk vreemd aan. De dagen zijn leeg, hij slaapt iedere dag lang uit en kruipt tegen tien uur onder het dekbed. Als hij in bed ligt, voelt hij zich geborgen. Zijn handen komen niet meer in de buurt van zijn lege balzak.

Hij heeft besloten om vandaag naar zijn duinhuisje te gaan om de boel te luchten. Misschien ruimt hij dan de geheime ruimte achter de grote spiegel op. Wat moet hij nog met alles wat daar staat? Die vraag veroorzaakt een onaangenaam benauwd gevoel op zijn borst.

Maar er is nóg een vraag die de onrust aanwakkert. Doet Tessa het nu met die timmerman? Deze vraag is nog veel benauwender dan de twijfel over het opruimen van de geheime ruimte. Moet hij die vent zijn gang laten gaan? Mag dat mannetje onbezorgd en onbegrensd aan Tessa zitten? Op die vragen is maar één antwoord mogelijk.

Het is mistig, ziet hij als hij aan de keukentafel een boterham eet. Misschien kan hij beter op een andere dag naar het duinhuisje rijden. Hij schiet overeind door het geluid van de bel. Josefien? Die heeft een sleutel. Hij wil snel naar de voordeur lopen, maar hij krijgt de ene voet met moeite voor de andere. Er wordt opnieuw aangebeld.

Hij heeft het verschrikkelijk koud.

Er staan twee politieagenten voor de deur. Ze willen weten of hij de ex-echtgenoot is van Josefien Harlequin.

David staart hen aan, de agent die het woord voert, herhaalt de vraag.

'Klopt,' zegt David. Hij houdt zich vast aan de deurklink.

De agent vraagt of ze even binnen mogen komen.

TESSA

70

Ze vraagt elke ochtend welke dag en welke datum het is, want het lukt haar niet om dit vast te houden. Soms vraagt ze of iemand een boodschap voor haar heeft achtergelaten en dan krijgt ze te horen dat er geen boodschappen voor haar mogen worden aangenomen vanwege de inverzekeringstelling. Ze denkt dat ze nu een week in het ziekenhuis is.

Dokter Van Essen komt iedere middag bij haar langs en Tessa vindt het fijn om met haar te praten. Ze luistert goed en stelt relevante vragen. Ze straalt uit dat haar interesse oprecht is en ze benadrukt in ieder gesprek dat Tessa erop kan rekenen dat het beroepsgeheim nooit door haar geschonden zal worden. Aan haar heeft Tessa wél alles verteld over haar contact met Amber en ook wat Josefien vertelde over de orchidectomie. Ze heeft geen idee wat dokter Van Essen daarvan denkt, haar gezicht vertoont geen enkele emotie, haar stem blijft vriendelijk klinken, in haar ogen verschijnen geen vraagtekens.

Vandaag is ze niet verschenen op het gebruikelijke tijdstip en Tessa vraagt zich net af of het haar misschien ontgaan is dat de dokter iets over een andere dag of een ander tijdstip heeft gezegd als Roxy binnenkomt en aan haar vraagt of ze met haar advocaat kan praten. Terwijl ze wacht op Stefano Briels, sterft ze duizend doden van angst. Ze weet wat hij komt vertellen: er is besloten dat ze in staat is om te worden ingesloten op een politiebureau. Vanavond slaapt ze niet meer in een comfortabel bed, ligt ze achter een deur die ze op slot heeft horen draaien en zal ze een gedetineerde zijn. Daarna wordt ze veroordeeld en gaat ze naar een echte gevangenis. Ze raakt haar baan kwijt, haar dochters zullen zich kapot schamen, haar nieuwe liefde zal zich van haar afkeren. En David loopt vrij rond, hij heeft immers geen bewezen strafbaar feit gepleegd? Ze wordt misselijk.

Stefano ziet er vandaag beter uit dan de vorige keer. Zijn haar is geknipt, hij draagt een kostuum met overhemd en stropdas. Maar dat is niet het enige wat Tessa opvalt, ze ziet direct zijn brede lach en hoort opluchting in zijn stem.

Als ze niet beter wist, zou ze denken dat hij vertelt dat de rechter-commissaris heeft besloten om haar voorlopige hechtenis op te heffen en zal de officier van justitie binnen drie dagen laten weten of hij wel of niet afziet van vervolging.

'Begrijpt u wat ik zeg?' vraagt Stefano.

Tessa voelt zich hulpeloos en verward.

'U kunt terug naar uw eigen huis, want het is niet meer verzegeld en het is helemaal schoongemaakt. Dat hebben uw dochters en uw vriend geregeld. Ze zijn met me meegekomen en wachten hier in de familiekamer. Ik heb aangedrongen op een snel besluit van de officier van justitie en ik zal blijven aandringen. Bent u blij?'

'Ik weet niet meer wie of wat ik ben,' zegt Tessa.

71

Ze wil Luuk voortdurend horen zeggen dat hij haar de hele dag zou willen vasthouden. Ze laat zich door hem knuffelen en door Iris en Kelly, ze bedankt hen steeds voor alle goede zorgen, ze eet en drinkt alles op wat voor haar wordt neergezet, maar ze schrikt van elke onverwachte beweging of geluid.

Ze vraagt minstens zes keer per uur of ze zeker weten dat de deuren goed op slot zitten en of ze echt nergens een jerrycan hebben zien staan.

Ze vraagt minstens drie keer per dag of de advocaat al iets heeft gehoord van de officier van justitie.

Luuk zegt tegen haar dat hij Josefien met liefde had uitgeschakeld, ongeacht de gevolgen, en dat het hem spijt dat Tessa dit heeft moeten opknappen.

Ze is geen minuut alleen geweest sinds ze weer thuis is. Iris en Kelly zijn bij haar als Luuk moet werken, ze hebben studieverlof gekregen. Ze doen de boodschappen, koken en maken schoon. Luuk helpt zoveel hij kan en Tessa merkt aan alles dat haar dochters blij zijn met zijn aanwezigheid.

Ze heeft nu al drie nachten tegen hem aangeklemd liggen slapen en overdag vinden de meiden haar regelmatig diep in slaap op de bank. Laat die advocaat in hemelsnaam snel komen vertellen dat er wordt afgezien van strafvervolging. Wat valt er te vervolgen? Is hier niet overduidelijk sprake van noodweer en had ze eigenlijk een keuze? Niemand begrijpt waar iedereen zo diep over moet nadenken.

Het is eindelijk vrijdag, Luuk komt in de loop van de middag.

Misschien slaat hij deze week het bezoek aan zijn vrouw Alie een keer over, heeft hij tegen Tessa gezegd. Hij wil zo veel mogelijk bij háár zijn, maar Tessa wil juist dat hij wél naar Alie gaat. Ze wil ook snel een datum plannen om met hem mee te gaan. Het leven moet weer normaal worden.

Ze hoort haar mobiel gaan en ze ziet dat Luuk haar belt. Hij is nu thuis en heeft alle ramen en deuren even tegen elkaar opengezet, want zijn huis rook een beetje muf toen hij binnenkwam. Hij gaat snel douchen en zich omkleden, daarna komt hij naar haar toe. 'We gaan er een mooi weekend van maken,' belooft hij. 'Er wordt gebeld, ik ga eerst kijken wie er voor de deur staat. Tot straks.'

Tessa merkt dat ze weer in slaap is gevallen. Ze rekt zich uit en kijkt om zich heen.

Kelly staat in de deuropening van de keuken met haar mobiel tegen haar oor, maar Tessa kan niet verstaan wat ze zegt. Ze schijnt een leuk gesprek te voeren, ze lijkt erg enthousiast te worden van wat er aan haar wordt verteld. Als ze klaar is, komt ze met wijd gespreide armen op Tessa af en smoort haar bijna in een stevige omhelzing. Tessa voelt aan haar schokkende bewegingen dat ze huilt. Is ze dan niet blij? Is er toch iets verschrikkelijks gebeurd? Ze maakt zich los van de knellende armen en vraagt wat er aan de hand is.

'Het is gelukkig voorbij,' zegt Kelly snikkend, 'de officier van justitie ziet af van vervolging. Hoor je dat, mama? Je bent vrij! En dat komt je toe. Nu kunnen we allemaal verder met ons leven.'

Vrij? Tessa probeert te begrijpen wat haar dochter bedoelt.

Geen vervolging? VRIJ???

Haar wangen zijn opeens nat, ze heeft een loopneus, en ze kan nog steeds niet goed nadenken. Maar ze begrijpt het woord.

Vrij!

'Hoe laat komt Luuk?' vraagt Kelly, als ze klinken met wijn. 'Ik vind dat we ergens lekker moeten gaan eten. Niet te duur, deze student heeft geen ruim budget. Maar ik heb al weken vrijwel geen cent uitgegeven, dus ik kan trakteren.'

Tessa kijkt op haar horloge. 'Luuk had er al moeten zijn, hij heeft me een uur geleden gebeld en zou snel komen. Uit eten gaan is een goed idee, maar niet vandaag. Ik wil graag dicht bij jullie zijn en het nieuws eerst goed tot me laten doordringen.'

'Hoe voelt het: vrij zijn?' vraagt Kelly.

'Het voelt of er een dikke mist optrekt en of ik weer beter kan denken.' Tessa steekt een vinger op. 'Staat er iemand voor de deur? Kan dat Iris al zijn?'

'Iris heeft een sleutel, of zou ze die weer eens zijn kwijtgeraakt?' Kelly lacht. 'Soms begrijp ik echt niet dat wij een tweeling zijn. Ik kijk wel even wie het is.'

Tessa neemt een slokje wijn. Die smaakt goed. Wat bijzonder dat ze opeens weer iets lijkt te proeven. Ze zou ook wel een hartig hapje lusten. Zei Iris gisteren niet iets over hartige snacks die in de airfryer konden?

Waar blijft Kelly?

Ze staat op en loopt naar de deur, maar die gaat al open. 'Kan dat wat rustiger?' moppert ze.

Het eerste wat ze ziet is de schrik in Kelly's ogen, daarna ontdekt ze David die achter haar staat en pas dan ziet ze het mes dat hij tegen Kelly's keel drukt.

'En nu ben jij aan de beurt,' zegt David.

72

Tessa staat stokstijf midden in de kamer. Ze probeert haar dochter met haar ogen gerust te stellen, maar de doodsangst van haar kind is bijna tastbaar. Haar armen hangen slap langs haar lijf.

'Bewegen betekent strot doorsnijden,' zegt David. 'Dat heeft ze al goed begrepen. Ik nam aan dat ik hier niet welkom zou zijn, daarom ben ik gewoon komen binnenvallen. Voor ik het vergeet: hartelijke groeten van je vriendje.'

'Waar heb jij het over?' Tessa had niet verwacht dat ze in staat was om iets te zeggen, maar haar vraag klinkt koel en beheerst.

'Ik heb het over je vriendje, je weet toch wel wie ik daarmee bedoel? Ik volg hem al weken, het leek me wel een aardige vent.'

Tessa voelt hoe haar adem stokt. 'Leek?'

'Toen ik zijn huis verliet, leefde hij nog.'

Ik ben niet bang voor David, denkt Tessa. Niet bang, niet bang, niet bang.

'Jou volgde ik ook,' gaat David verder. 'Op die manier kwam ik erachter dat het secreet dat mij mishandelde jouw psychiater was. Later ontdekte ik dat mijn lieve Josefien haar oog op dat kreng had laten vallen en dat ze samen hadden willen toeslaan. Maar jij vond het nodig om de enige vrouw op wie ik blind kon vertrouwen uit de weg te ruimen. Eerst leverde je mij over aan een stel foute dokters en daarna slachtte je de liefde van mijn leven. Je begrijpt dus dat je de ultieme straf hebt verdiend?'

Tessa doet een stap naar voren.

'Achteruit!' schreeuwt David. 'Nog één stap en je dochter gaat eraan. Maar niet voordat ik jou haarfijn heb uitgelegd waarom je de rest van je leven behept zult zijn met een grenzeloos schuldgevoel.' De grijns op zijn gezicht maakt Tessa radeloos en tegelijk woedend.

'Ik zal jou voor eens en altijd duidelijk maken wat het betekent om de kern van je bestaan te verliezen,' zegt David.

Tessa ziet dat hij het mes niet meer tegen Kelly's keel drukt. Ze heeft de indruk dat zijn aandacht nu vooral op háár is gericht. 'Probeer eerst rustig te worden, David. Wat is er gebeurd? Wat heeft je zo boos gemaakt?'

De minachting spat uit zijn ogen. 'Gaan we nu de beheerste en empathische hulpverlener uithangen? Ik ken die trucs, doe vooral geen moeite om me af te leiden. Deze jongedame heeft netjes de deur voor me opengedaan en als ik het pand verlaat zal ik hem even netjes weer sluiten. Maar eerst ga jij toekijken als ik haar strot doorsnijd en dat beeld zal nooit meer van je netvlies verdwijnen.'

Tessa ziet dat hij het mes weer tegen Kelly's keel drukt. Ze wil haar dochter geruststellen, maar de doodsangst in Kelly's ogen verlamt haar. Ze moet oogcontact houden met David, ze moet hem zien te stoppen. Ze kijkt hem weer aan en ze kan nauwelijks geloven wat haar ogen nog meer zien.

Als het haar lukt om zijn blik gevangen te houden, merkt hij misschien niet dat er iemand achter hem staat. Het is Iris. Haar handen hangen nu boven Davids haardos en Tessa ziet hoe ze met één ruk zijn hoofd naar achteren trekt, waardoor hij uit balans raakt en het mes uit zijn handen laat vallen.

Hij wankelt en struikelt, Iris schopt hem omver en stort zich boven op hem. Tessa is de volgende die zich met haar volle gewicht op hem werpt, terwijl ze tegen Kelly schreeuwt dat ze het alarmnummer moet bellen.

Hij is sterk, maar het lukt om hem in bedwang te houden. Tessa heeft het gevoel dat er een oerkracht in haar tevoorschijn is gekomen en dat dit ook voor Iris geldt. Op de achtergrond is de stem van Kelly.

Tessa knokt, ze klemt haar tanden op elkaar, en ze houdt vol tot ze de sirenes hoort naderen.

Opeens is de kamer vol politie. Iris blijft maar roepen dat hij haar zusje wilde vermoorden. Kelly staat als een standbeeld bij de keukendeur. Ze wordt weggeleid door een agente.

En David lacht. Hij schatert. 'Nu wel meelachen, Giel!' schreeuwt hij. 'Het is nog niet afgelopen. Ik ga die teringwijven allemaal te grazen nemen.'

73

Ze mist Luuk, ook al weet ze dat hij leeft en zal herstellen. Wat een geluk dat iemand die op straat liep zag dat David hem neersloeg en actie ondernam. De klap heeft een zware hersenschudding veroorzaakt en het zal geruime tijd duren voordat hij weer mobiel is en aan het werk kan. En voordat ze weer tegen hem aan kan kruipen en met hem kan vrijen. Maar het had slechter kunnen aflopen, zeggen haar dochters en zij regelmatig tegen elkaar.

Ze praten alle drie met een psycholoog die gespecialiseerd is in traumaverwerking. Ze zien de psycholoog apart en ook samen. Tijdens de gezamenlijke gesprekken gaat het niet alleen over de aanval van David, maar ook over het moeizame huwelijk van Tessa en Levi. Soms deinst ze achteruit van wat ze haar dochters daarover hoort zeggen.

Ze heeft geen contact meer met Amber en Amber heeft ook geen enkele poging ondernomen om contact met Tessa te krijgen. Als ze de neiging voelt om zich hieromtrent iets af te vragen, dwingt ze haar gedachten een andere kant op.

David is vrij snel na zijn arrestatie overgebracht naar het Pieter Baan Centrum. Hij heeft de pogingen tot moord op Luuk en Kelly onmiddellijk bekend, maar daarna begon hij wartaal uit te slaan over een dode vriend. Voorlopig wordt hij niet berecht en het is de vraag of hij in een psychiatrisch centrum of in de gevangenis terechtkomt.

Tessa heeft bezoek gehad van een collega van David die vaak voor hem waarnam. De man was totaal verbouwereerd door wat er gaande was en hij bleef maar herhalen dat hij nooit iets aan David had gemerkt wat had kunnen wijzen op psychische instabiliteit. Hij noemde hem een man met twee gezichten. Tessa hoopt dat hij niet nog een keer contact opneemt, maar ze is vastbesloten om daar dan niet op in te gaan. Alles en iedereen die te maken heeft met David is een levensgroot taboe en wordt buiten de deur gehouden.

Ze moeten overleven.

Luuk wordt volgende week overgeplaatst naar een revalidatiekliniek. Hij mag inmiddels langer bezoek ontvangen en ze benut elke minuut die haar gegund is om bij hem te zijn. Ze heeft tegen hem gezegd dat hij na de revalidatie maar een tijdje bij haar moet intrekken.

Ze durft weer te lachen en aan de toekomst te denken. Toch is er ook een gevoel waar ze zich onbehaaglijk door blijft voelen.

Ze heeft iemand gedood en alle logische redenatie ten spijt is dat een besef waar ze niet goed van kan slapen. Zoiets kan iedereen overkomen, zegt de traumapsycholoog tegen haar. Je schuldig voelen over een dergelijke daad hoort bij het rouwproces dat je moet doormaken om afscheid te kunnen nemen van wie je was en vrede te kunnen sluiten met wie je bent.

De arrestatie van David was voorpaginanieuws in de zaterdagbijlage van de krant. Na een paar dagen werd er niet meer over geschreven.

De voorpagina van de bijlage van deze zaterdag trekt direct Tessa's aandacht. Ze leest en herleest de vetgedrukte kop.

TWEE VROUWEN AANGEHOUDEN OP VERDENKING VAN ERNSTIGE SEKSUELE MISHANDELING.

Ze houdt haar adem in, als ze zich de laatste woorden herinnert die David uitschreeuwde. Het helpt niet om haar handen tegen haar oren te drukken, de stem dringt overal doorheen.

Ik ga die teringwijven te grazen nemen.

Ze zoekt het nummer van Amber op en ze wordt doorverbonden met een antwoordapparaat. Een kille stem deelt mee dat dokter Liszt voor onbepaalde tijd afwezig is.

NAWOORD

Beste lezer,

Misschien heb je bij het lezen van *Je bent aan de beurt* gedacht: dit komt me bekend voor. Dat kan kloppen, want in 2019 schreef ik voor het tijdschrift *Flair* een verhaal met de titel 'Een weekend aan zee'. Vanaf het moment dat dit werd gepubliceerd wist ik dat ik nog niet klaar was met de hoofdpersonen Tessa en David. Het duurde bijna een jaar voordat ik de tekst van 'Een weekend aan zee' weer tevoorschijn haalde, het verloop veranderde en ruimte schiep voor *Je bent aan de beurt*.

Als toegift laat ik je nu graag het oorspronkelijke verhaal lezen.

Loes den Hollander

EEN WEEKEND AAN ZEE

1

Hij fluisterde al sinds het moment dat ze hier binnenkwamen.

'Waarom fluister je?' vroeg Tessa.

'Stem opeens weg.' Hij keek verschrikt en wreef langs zijn keel. 'Raar gevoel.'

Het leek of ze bevroor. Niet weer, dacht ze, niet nog een keer.

Hij maakte een geruststellend gebaar. 'Gebeurt wel vaker, gaat vanzelf over. Goed drinken.'

Ze liep snel naar het aanrechtblok in de hoek van de kamer en vulde een glas met water. Hij nam het van haar aan en dronk het in één teug leeg. 'Cognac helpt beter.'

Nu ligt hij naast haar in een diepe slaap en ze kijkt naar zijn ademhaling. De schrik die in haar benen zat is weggeëbd na de seks die de herinneringen ook naar de achtergrond heeft verdreven. Ze wil zich niet schuldig voelen.

Het maanlicht belet haar te slapen en ze overweegt om heel zachtjes op te staan en de gordijnen te sluiten. David wilde dat ze openbleven, omdat ze dan morgenochtend als ze wakker worden vanuit het bed de appelbomen kunnen zien. Hij werd emotioneel toen hij eraan toevoegde dat hij en zijn vrouw ook altijd naar de appelbomen keken en dat die herinnering hem nog steeds gelukkig maakt. Zijn emotie raakte haar.

'Kleine moeite om de gordijnen morgenochtend weer te openen,' mompelt ze als ze toch maar heeft besloten om de kamer wat te verduisteren. Ze sluipt naar het raam en trekt ze heel voorzichtig dicht, steeds achteromkijkend om zeker te weten dat David niet wakker wordt. Dit helpt, nu zal het wel lukken om in slaap te vallen. Ze gaat zo zachtjes mogelijk weer naast hem liggen en sluit haar ogen.

Het volgende moment ligt hij boven op haar. Zijn handen drukken die van haar op het kussen, zijn neus raakt haar neus, maar dat is niet waar ze zo heftig van schrikt. Het komt door zijn ogen, die alle zachtheid en vriendelijkheid verloren hebben. Ze staan hard en dreigend. 'Dat had je nooit mogen doen,' zegt hij. Zijn stem is terug.

Tessa probeert zijn handen weg te duwen. 'Je doet me pijn, wat is er aan de hand? Ben je boos? Ik kon niet slapen, omdat het te licht was. Zal ik de gordijnen weer opendoen?' Als hij me loslaat, pak ik meteen mijn weekendtas en dan ren ik naar buiten, denkt ze.

David grijnst en hij drukt haar polsen nog steviger op het kussen. Ze probeert overeind te komen maar ze is niet voorbereid op de klap. En op de tweede en op de derde.

Hij slaat me dood, is haar laatste gedachte voordat ze verdwijnt.

2

Er fluit iemand een melodie die ze kent. Het gefluit is niet dicht bij haar, maar ze kan het toch goed horen. *Yesterday, all my troubles seemed so far away.*

Het lievelingsliedje van Levi. Tessa kan hem zien staan met een afwasborstel in zijn hand die een microfoon moest voorstellen. Hij had een mooie stem en de tweeling wilde altijd dat hij ging zingen tijdens de afwas. Dat alleen al was een reden om nooit een afwasmachine te kopen, beweerde hij. De meisjes zouden hun leven lang goede herinneringen overhouden aan samen zingen met een afwasborstel. Verder vond hij een afwasmachine een uitvinding voor luie huisvrouwen. Als hij zulke dingen zei dacht Tessa vaak dat zijn mening zo van die van haar kon verschillen omdat hij twintig jaar ouder was dan zij.

Why she had to go, I don't know, she wouldn't say.

Het fluiten is opeens dichtbij.

Tessa opent haar ogen.

David staat naast het bed en hij kijkt op haar neer.

Ze voelt dat haar handen nog geboeid zijn en haar voeten lijken ook vast te zitten. 'Ik moet plassen,' zegt ze.

Hij grijnst. 'Dan zullen we iets regelen.' Hij loopt de kamer uit en komt even later terug met een stoel.

Tessa probeert haar hoofd op te heffen, maar ze wordt direct duizelig. Wat is er met haar gebeurd? Ze hoort een schuifelend geluid en het lukt haar wel om naar rechts te kijken. Daar is David en hij tilt iets op. Is dat een deksel?

'We gaan op de rand van het bed zitten, dan heel voorzichtig staan, rustig draaien en daarna laten we ons netjes op de postoel zakken. Wat goed van mij, hè, dat ik hem heb bewaard?'

Alles aan hem is vriendelijk, zijn ogen, zijn stem, de gebaren die hij maakt. Dit gebeurt niet echt, denkt Tessa.

'Kom maar, je zei toch dat je moet plassen?' Hij trekt haar overeind bij haar schouders en zet haar behendig op de rand van het bed. 'We hebben je broekje al uitgedaan,' voegt hij er nog steeds vriendelijk aan toe.

Nu pas dringt het tot Tessa door dat ze naakt is.

Er zit een vrouw op een postoel te plassen, terwijl er tranen over haar wangen rollen die heel behoedzaam door iemand worden afgeveegd. Het gaat om anderen, om mensen die Tessa niet kent, want het is onmogelijk dat zij hier iets mee te maken kan hebben. Ze heeft gewoon weer een nare droom en het lukt haar opnieuw niet om daaruit te stappen. Straks komt er een moment dat de situatie gevaarlijk wordt, dan gaat ze schreeuwen en daar wordt ze wakker van.

Levi was altijd superlief als ze overstuur was na een nachtmerrie. Hij hield haar eerst stevig vast, streelde met zijn vingertoppen over haar rug en fluisterde lieve woordjes. Soms verlangde ze naar een nare droom, vooral als hij kwaad op haar was en haar vernederde. De woorden die hij dan gebruikte sneden door haar ziel en bleven dagenlang aanwezig in haar oren. Hoe vaak heeft ze hem niet gesmeekt om niet meer gemeen tegen haar te zijn? Hoe vaak heeft ze als ze gingen slapen niet gehoopt dat ze iets verschrikkelijks zou dromen?

'Je hoeft niet te huilen,' zegt iemand. 'Ben je uitgeplast?'

Tessa kijkt naar haar trillende handen die gevangenzitten in een blauw stuk ijzer. Dit is geen droom, er valt niets wakker te worden. Ze ziet een stuk wit toiletpapier tussen haar bovenbenen verdwijnen en weer tevoorschijn komen.

'Dit doen we in de afvalbak,' zegt David.

'Waarom zeg je steeds "we"? Is er hier iemand die je helpt?' Ze heeft direct spijt van haar kribbige vraag.

Zijn neus is dicht bij haar gezicht, ze ruikt knoflook. Hij ademt luidruchtig uit door zijn neusgaten. 'We doen het samen, dat zijn we zo gewend. Maar ze wil jou niet zien, dat begrijp je toch wel?'

Tessa draait haar hoofd wat opzij om de knoflookgeur te vermijden. 'Wie bedoel je, David?'

Zijn ogen lichten op. 'Josefientje natuurlijk, wie anders? Toen ze ziek werd, wilde ze in dit huisje sterven en hier heb ik haar verzorgd.'

Tessa buigt haar hoofd. Het is onmogelijk dat dit echt gebeurt.

3

Hij vertelde bij hun eerste afspraak alles over zijn overleden vrouw Josefien, die hij vanaf het moment dat hij haar ontmoette al Josefientje had genoemd. Ze was een opdondertje van een meter zestig met een bolle kont en een strakke platte buik die jammer genoeg altijd plat bleef. Ze zagen in de jaren dat ze waren getrouwd talloze gynaecologen, psychologen en zelfs natuurgenezers, ze onderwierpen zich aan de meest uiteenlopende manieren om zwanger te kunnen worden, maar van innesteling was geen sprake en adoptie wezen ze allebei af. Een kind kon alleen hun kind zijn als het uit Josefientje geboren werd. Punt.

Tessa had direct het gevoel gehad dat ze hem hierin niet tegen moest spreken, en dat begreep ze ook. Ze was vanaf het moment dat ze hem aankeek bij de leestafel in de bibliotheek onder de indruk van deze mooie, grote man, met zijn prachtige blauwe ogen en zijn perfecte lijf. Maar ze vond dat ze het niet kon maken om nog geen vijf maanden na de dood van Levi al naar een andere man te kijken, laat staan hem aan te raken. Toch deed ze dat nog dezelfde dag, laat op de avond in zijn huis. Toen ze de volgende morgen wakker werd voelde ze zich licht en vrolijk en nog vóórdat ze zich iets kon afvragen werd ze aangeraakt door vingertoppen die de mogelijk sluimerende weerstand vermorzelden en een uitputtende extase veroorzaakten. Zelfs alle foto's van Josefientje die overal in het huis aanwezig waren konden de verliefde roes niet beïnvloeden. Ze keek er niet naar en ze stelde er vooral geen vragen over.

Toen ze een paar dagen later de drang om David terug te zien niet kon weerstaan en ze toegaf aan het zoveelste verzoek van hem om terug te komen waren alle foto's weg. Hij zag haar om zich heen kijken en hij vertelde dat haar aanwezigheid in zijn huis hem aan het denken had gezet over zijn behoefte om de herinnering aan zijn vrouw vast te houden en dat hij tot de conclusie was gekomen dat de tijd was aangebroken om los te laten. Ze vreeën die avond in elke kamer van het huis, behalve in zijn slaapkamer. Tessa ontdekte dat ze de eerste keer in de logeerkamer hadden geslapen en David verontschuldigde zich daar uitgebreid voor. Hij kon nog geen vrouw toelaten in het bed dat van hem en Josefientje was geweest, legde hij uit, maar dat zou veranderen.

Tessa voelde iets in haar opkomen wat aanvoelde als teleurstelling. Hij zag het en smeekte om begrip. Dus ze koos voor begrip.

Ze vond hem sterk en tegelijk kwetsbaar, ze wilde hem troosten en steunen en alles aan hem geven wat ze al jaren niet had kwijt gekund bij Levi. Die wens gaf haar een opgelucht gevoel, maar maakte haar ook verdrietig. Hij zag het. Hij zag veel, ontdekte ze al snel. En hij kon haar er met zijn lichaam nadrukkelijk en uitbundig van overtuigen dat de liefde was toegestaan, dat de liefde klopte en dat ze het had verdiend. Aan die uitspraak hield ze zich krampachtig vast toen haar dochters bijna ontploften van woede op het moment dat ze hen vertelde dat ze verliefd was. Ze heeft Iris en Kelly sinds dat onaangename gesprek niet meer gezien, want ze weigerden vervolgens elke poging tot contact. Nu ze hier met handen en voeten geboeid ligt, lijkt haar tweeling zich op een andere planeet te bevinden.

David heeft haar toegedekt nadat hij haar een glas had laten leegdrinken waar volgens hem alleen water in zat. Ze voelt haar oogleden zwaar worden en ze vraagt zich af hoe het mogelijk is dat ze op dit moment hartstochtelijk verlangt naar haar dode man.

4

Ze herkent haar ouderlijk huis en ze ziet haar broer Tim en zus Thera die voor het raam staan en haar naar binnen wenken.

'Tweelingen zitten in de familie,' hoort ze haar moeder zeggen. 'Mijn oma kreeg er een en ik dus ook. Maak je niet druk, meestal slaat het een generatie over.'

Toen Tessa ontdekte dat ze zwanger was, wist ze vrijwel direct dat ze een tweeling droeg. Die wetenschap was een extra reden om Levi niet op de hoogte te brengen van haar zwangerschap. Ze wilde geen man die zich verplicht zou voelen om met haar te trouwen omdat ze twee baby's droeg, en zeker niet een man als Levi. Hij was behalve twintig jaar ouder dan zij een vrijbuiter die niet voor niets nog nooit een vaste relatie had gehad terwijl hij al vijfenveertig was. Ze meldde zich ziek, omdat ze 's morgens niet overeind kon komen zonder het hele bed onder te spugen en het daarna uren duurde voordat ze rechtop kon staan. Ze verzon een voedselvergiftiging toen haar leidinggevende zich meldde om te vragen wat er aan de hand was en ze belde haar zus om te vragen of ze een weekje voor haar wilde zorgen. Thera was nog geen vijf minuten binnen toen ze al vroeg of Tessa misschien zwanger kon zijn?

Twee dagen later stond Levi voor de deur. Hij keek haar aan met een ernstige blik in zijn ogen en stelde dezelfde vraag.

Tessa kon alleen maar huilen. Ze had altijd gedacht dat ze verrukt, verrast en vrolijk zou zijn als ze ooit zwanger zou raken, maar ze huilde bijna drie maanden aan een stuk door.

Levi was geduldig en attent. Hij kwam elke dag voor haar koken tot ze zelf weer in staat was om zonder misselijkheid en ook zonder tranen op haar benen te staan. Hij moest een week naar een congres in Canada en op de avond voor zijn vertrek stelde hij haar voor om te trouwen. Jaren later heeft ze aan hem durven vragen waarom hij haar eigenlijk ten huwelijk had gevraagd. Hij antwoordde dat hij zich niet kon herinneren dat hij iemand ten huwelijk had gevraagd, wél dat hij had voorgesteld om te trouwen en dat dit was gebeurd omdat hij was opgevoed door een vader die het er bij hem had ingepeperd dat je je als man altijd als heer dient te gedragen. Hij had toen al jaren geen contact meer met zijn familie en het enige wat hij daarover kwijt wilde was dat het aan die familie lag.

Ze trouwden in stilte. Haar broer en zus waren getuige en ze gingen na afloop naar het huis van haar ouders voor koffie met gebak. Tessa werkte door tot acht weken voor de uitgerekende bevallingsdatum en vier weken later werd ze met gillende sirenes naar het ziekenhuis gebracht waar ze te horen kreeg dat er een spoedkeizersnede moest worden uitgevoerd. Ze onderging zwijgend de lumbale verdoving en ze luisterde naar de geluiden in de operatiekamer terwijl ze ervan overtuigd was dat iemand haar zou vertellen dat de baby's dood geboren waren. Levi stond naast de gynaecoloog met wie hij medicijnen had gestudeerd. Hij sprak pas tegen Tessa toen de ruimte was gevuld met het geluid van krijsende baby's.

'Ze zaten veel te lekker daarbinnen,' zei hij en hij lachte. Levi lachte weinig en zeker niet tegen háár. Toen ze daar nog opmerkingen over maakte, antwoordde hij dat er met haar weinig te lachen viel.

Ze staat nog steeds voor het huis, maar de gezichten van haar broer en zus zijn verdwenen. Ergens tussen haar benen gebeurt er iets.

'Dat was zeker een mooie droom? De werkelijkheid zou zomaar nog mooier kunnen zijn.' Dit is de stem van David.

Tessa probeert te begrijpen wat ze voelt aan haar onderlijf.

'Nu wel een beetje meewerken, ik weet dat je het kunt,' zegt David.

5

Ze houdt haar ogen gesloten en probeert de vernedering niet te voelen. Wat heeft ze gemist tijdens de weken die ze met hem doorbracht? De man die nu op haar ligt lijkt in niets op de liefdevolle minnaar naar wie ze elke minuut dat hij niet bij haar was intens verlangde. Hij verwijderde met zijn aandacht, zijn tederheid, zijn aanmoediging en humor alle naargeestige herinneringen aan een liefdeloos huwelijk dat voor de buitenwereld op een sprookje leek. Zou iemand haar ooit geloofd hebben als ze verteld had dat de beminnelijke, galante en zorgzame Levi een andere persoon werd zodra ze alleen waren? Zelfs hun dochters kregen nooit de andere kant van hem te zien, en als ze tegen Tessa zeiden dat ze alleen wilden trouwen wanneer ze een partner vonden zoals hun vader kon ze soms haar tranen nauwelijks bedwingen. Op die momenten dachten de meiden dat hun moeder zo geëmotioneerd raakte door de liefde. Toen Iris en Kelly beiden werden ingeloot voor de studie geneeskunde, besloot ze dat ze bij Levi weg zou gaan als haar dochters zouden zijn afgestudeerd. Ze was bang dat hij moeilijk zou gaan doen over geld als ze eerder zou vertrekken. Want wat hij ook beweerde over zijn trots en genegenheid voor de tweeling, Tessa wist dat het niet meer was dan apenliefde. Levi kon niet echt liefhebben, behalve als het om Levi ging.

En toen ging hij een maand nadat hij was gepensioneerd zomaar dood.

Het was kerstavond, ze hadden gezellig samen gegeten en ze zouden naar een spannende film op Netflix gaan kijken. Iris had de tafel afgeruimd, Kelly had samen met Levi afgewassen en Tessa sneed de chocoladecake aan die ze 's middags nog had gebakken.

Levi greep naar zijn keel en fluisterde iets wat ze niet kon verstaan. Het volgende moment gleed hij onderuit.

Kelly gilde, Iris kwam de keuken in rennen en Tessa keek toe hoe hij zijn laatste adem uitblies.

De dagen die volgden was het een komen en gaan van vrienden en van haar familie. Iedereen was overstuur, er werd voortdurend gesnikt, men bedolf haar onder beloftes over steun in de toekomst en aandacht voor haar verdriet. Ze onderging het allemaal met droge ogen en na de jaarwisseling kocht ze een afwasmachine.

Vijf maanden later ontmoette ze David in de bibliotheek.

Hij glijdt van haar af en slaakt een diepe zucht. 'Hier heb ik jaren van gedroomd,' zegt hij. 'Geloof me, elke gezonde man fantaseert over seks met iemand die zich niet kan verweren. Ik ben daar tegen Josefientje altijd eerlijk over geweest en ze heeft vaak aangeboden om zich door mij te laten vastbinden, maar dat wilde ik niet. Het zou een spel zijn geweest en ik wilde geen spel. Ik wilde dwang voor het echie. Begrijp je wel?'

Tessa kan niet naar zijn gezicht kijken.

Hij buigt zich over haar heen. 'Sorry dat ik je heb geslagen, daar heb ik echt spijt van. Het moest van Josefientje en zij vindt net als ik dat we te ver gingen. Dus ook sorry namens haar.'

'Hoe is het mogelijk dat Josefientje bij je is?' vraagt Tessa. Misschien helpt het als ze goede vragen stelt en hem het gevoel geeft dat ze hem serieus neemt.

Hij kijkt om zich heen. 'Dit was ons verstophuisje, hier gingen we naartoe als we de stompzinnige vragen van zogenaamde vrienden niet langer verdroegen. Je wil niet weten hoe bot mensen kunnen zijn als ze niet begrijpen dat kinderloosheid je hele leven kan aantasten. Dit huisje kochten we in een opwelling en hier hadden we samen oud willen worden. Het is dus eigenlijk niet zo gek dat ze hier steeds weer tevoorschijn komt. Ze zei eerst tegen me dat ik weer gelukkig mocht worden met een andere vrouw en jou keurde ze direct goed. Maar toen deed je de gordijnen dicht en maakte ze me woedend wakker. Ze wil dat ik je verwijder.' Hij draait zijn hoofd naar de deur en lijkt ergens naar te luisteren. 'Echt? Weet je het zeker?'

Hij kijkt Tessa weer aan. 'We moeten het nog twee keer doen.'

'Mag ik dan eerst naar het toilet?' vraagt Tessa. 'Ik heb pijn in mijn buik. Misschien heb ik een blaasontsteking.'

Hij knijpt zijn ogen dicht. 'Concentreer je!' gebiedt hij.

6

Na het liefdeloze leven met Levi was David een verademing waarop ze niet had durven hopen. Het voorbehoud waar ze aanvankelijk last van had verdween snel en ze ontving hem met open armen. Ze begonnen al te praten toen ze elkaar net hadden ontmoet in de bibliotheek en Tessa kon nauwelijks geloven dat zij het was die vrijwel onmiddellijk haar hart uitstortte over de jaren die achter haar lagen.

'Ben je niet woedend op die man?' vroeg David.

Daar moest ze diep over nadenken. Woedend? Misschien, maar dan had ze die woede diep weggestopt, zo diep dat ze hem niet meer kon bereiken.

Hij vond het voor haar pleiten dat ze in staat was om te vergeven en ze sprak deze conclusie niet tegen. Ze kon niet van hem afblijven en elke minuut dat ze niet bij hem was, verlangde ze naar hem. Nadat het gesprek met de tweeling was geëscaleerd, kuste hij haar tranen weg en zei hij dat hij haar wilde uitnodigen voor een weekend aan zee in zijn tweede huis.

'Eigenlijk is het meer een huisje,' voegde hij eraan toe. 'Ik wilde het verkopen toen Josefientje was overleden, maar daar heb ik toch van afgezien. Ik vind er nog steeds rust en ik wil je graag meenemen.'

Hoe diep Tessa er ook over nadenkt, ze kan zich geen enkel moment herinneren waarop ze heeft getwijfeld aan zijn woorden of aan zijn verstand. Terwijl ze geen andere keuze heeft dan hem zijn gang te laten gaan, probeert ze de sfeer terug te halen die er tussen hen was. Ze weet dat ze genoot van elke ontmoeting en dat ze zich bij hem vrij en volkomen op haar gemak voelde. Al twee weken nadat ze hem had leren kennen heeft ze alles wat in haar huis nog van Levi aanwezig was verwijderd. Zijn kleren, zijn boeken, zijn cd's, zijn tablets, zijn laptop en zelfs zijn horloges verdwenen in zwarte vuilniszakken en werden meegegeven aan het grofvuil.

'Dat bedoelde ik met mijn vraag of je niet woedend bent,' zei David.

Maar zij voelde geen woede. Nu wél. Waar is de grenzeloze verliefdheid gebleven die alles beheerste wat ze deed, dacht en zei? Wat is er met het verlangen naar meer, meer, meer gebeurd? Hoe is het mogelijk dat ze op dit moment fantaseert over Levi? Waarom weet ze opeens weer hoe verliefd ze als stagiaire was op de knappe chirurg die haar maandenlang niet zag staan en dat ze alles uit haar handen liet vallen als hij in de buurt was? Ziet ze nu werkelijk zijn geamuseerde lach? Hoort ze hem nu echt weer dubbelzinnige grapjes maken? Hoe heten de vrouwen die ze nu voor zich ziet? Ze weet alleen nog dat het afgewezen minnaressen van Levi waren die eindeloos konkelden over hun relatie die niemand een kans van slagen gaf. Het gezicht van de secretaresse van Levi dat ook tevoorschijn komt, maakt haar bijna blij.

'Wat heb je toch een heerlijk gezin,' zei ze vaak. 'Om jaloers op te worden.'

Ik heb niets, denkt ze. Nu niet en nooit gehad. Ik ben zelfs mijn kinderen kwijt.

'Dat was heerlijk,' zegt David. 'Nu mag je mee naar de badkamer en omdat je zo bereidwillig bent geweest, zal ik je handen even losmaken.'

Hij grijpt zijn broek die naast het bed ligt en haalt een sleutelbos uit een van de zakken. 'Deze is het. O nee, die is van je enkels. Deze dus.' Hij trekt eerst zijn broek aan, maakt dan haar polsen los en stopt de sleutelbos weer in een broekzak.

Tessa schuifelt voetje voor voetje naast hem naar de badkamer.

Als ze op het toilet zit zegt David dat hij in de keuken iets gaat eten. En als ze hem belooft dat ze straks nog een keertje meedoet, maakt hij voor haar ook een boterham klaar.

Ze belooft het.

Hij blijft naast haar staan en ze probeert zich voor te stellen dat ze alleen is. Met stijf dichtgeknepen ogen probeert ze het opnieuw. Er gebeurt niets, terwijl ze voelt dat ze haar blaas moet laten leeglopen.

'Wil je alsjeblieft even weggaan? Het lukt niet als ik je naar me zie kijken.'

'Ik draai me wel om,' antwoordt David. 'Maar ik ga niet weg.'

Hij draait zich om en Tessa concentreert zich op haar blaas.

'Probeer het straks nog maar een keer,' adviseert David. 'Kom mee naar de keuken.'

Tessa schuifelt voetje voor voetje door de lange gang. De betegelde vloer is koud, ze krijgt kramp in haar tenen.

'Aan wie heb je verteld dat je met me naar een huisje zou gaan?' wil David weten.

Ze denkt snel na. Wat is wijsheid? Als ze zegt dat er een paar mensen op de hoogte zijn gaat hij misschien snel tot actie over. Als ze zegt dat niemand het weet, kan ze misschien tijdrekken. Ze heeft aan niemand iets over David verteld, vooral omdat ze na de reactie van haar dochters bang was dat iedereen haar de rug zou toekeren. 'Ik heb het aan niemand verteld. Maar overmorgen moet ik werken en als ik niet kom opdagen zal er alarm worden geslagen.'

'Ik vind alarm een mooi woord,' grinnikt David.

7

Het eerste wat ze ziet als ze de keuken binnenschuifelt, is de jerrycan op het aanrecht.

David ziet haar kijken. 'Josefientje wil dat ik op deze plek een nieuw huisje laat neerzetten. Toen we het kochten vond ik het een krot en ook nog in the middle of nowhere. Ik heb me enorm verzet tegen haar beslissing om het te kopen. Ze zag direct wat we hiervan zouden kunnen maken en ze trok zich niets aan van mijn verzet. Die kleine met haar bolle kont liet zich door niets en niemand tegenhouden als ze eenmaal iets in haar hoofd had. We hebben samen bijna twee jaar verbouwd. Twee jaar! En zonder één onvertogen woord.'

Hij maakt een breed gebaar met zijn arm. 'Ik vind het aan de ene kant een verschrikkelijk idee dat ik dit ga vernietigen en aan de andere kant is het een opluchting. Josefientje kreeg borstkanker en ging dood, ons huwelijk is voorbij en ons huisje wordt nooit meer hetzelfde. Ze heeft gelijk, het moet weg en daarna kan er een nieuw paleisje voor in de plaats komen.'

'Maar daar kan Josefientje niet meer zijn, dan ga je haar toch missen?' Tessa ziet dat ze hem in verwarring brengt.

'Zou het? Ze zegt dat ze er gewoon aanwezig blijft. Het is niet hetzelfde huisje, maar wel dezelfde plek. Het gaat om de plek.'

'Ik vind het hier zo mooi, jullie hebben er hard voor gewerkt, ik zou er nog eens goed over nadenken.' Tessa merkt direct dat deze tekst niet aanslaat.

Zijn ogen dwalen door de ruimte. 'Jij bent hier geweest en dat zal nooit veranderen. Josefientje dacht dat ze me een andere vrouw kon toestaan, maar dat lukt niet.' Hij wijst naar de jerrycan. 'Benzine, eergisteren getankt bij de pomp. Vijf liter. Benzine fikt goed.'

Tessa voelt een rilling over haar rug lopen. 'Mag ik een deken over me heen? Ik heb het zo koud.'

'Koud? Het is zomer,' zegt hij. 'Eerst een boterham. Ga maar bij de tafel zitten. Wil je wat lezen?' Hij wijst naar het tijdschrift dat op de tafel ligt.

Op hetzelfde moment ziet ze het messenblok op de hoek van het aanrecht, naast het fornuis. 'Ik wil je liever even helpen,' biedt ze aan.

Hij lijkt opeens vrolijk te worden. 'Ook goed.'

Ze moet zich concentreren en opletten, hem aan de praat houden en erachter komen wat hij precies van plan is. Het heeft geen enkele zin om nu te gaan piekeren over de vraag waarom ze niet eerder iets heeft gemerkt wat erop wees dat hij niet spoorde. Het gaat om wat er nu gebeurt en hoe ze hier weg kan komen.

Ze staan naast elkaar bij het aanrecht en Tessa probeert niet te denken aan hoe dit tafereel eruitziet. Toch is ze zich bewust van het feit dat zij naakt is, dat haar voeten vastzitten aan een ketting en dat ze doet of het de gewoonste zaak van de wereld is dat ze mag kiezen uit pindakaas of chocoladepasta.

'Je mag ook jam,' biedt David aan. 'Neem maar jam, dat vind ik ook lekker. Je hoeft niet bang te zijn dat je er iets van merkt. Ik geef je straks een sterke slaappil, daar ga je geheid diep van onder zeil. Ik maak het vuur hier in de keuken en ik laat de deuren openstaan, dan is er voldoende rookontwikkeling om je in je slaap te laten stikken. Ik zal je auto netjes bij je voor de deur zetten, maak je daar maar geen zorgen over.'

Hij is stapelgek, hij is levensgevaarlijk en zij is overal ingetrapt. Een weekend aan zee in zijn huisje, lekker eten en drinken en vrijen, héél veel vrijen, alles wat hij beloofde heeft haar blind gemaakt.

'Waar heb ik nou die jam gelaten?' roept hij met duidelijke irritatie in zijn stem. Hij doet een stap opzij en trekt de deur van een van de kastjes boven het aanrecht met een grote zwaai open.

Tessa grijpt snel een van de heften uit het messenblok en trekt er een breed vleesmes uit.

David rommelt in het kastje en draait zich met een pot jam in zijn handen naar haar toe.

Ze steekt zonder te aarzelen het mes in één beweging recht in zijn strot en als hij in elkaar zakt ziet ze de schrik in zijn wijd openstaande ogen en voelt ze een golf bloed over haar lichaam naar beneden druipen.

Hij maakt rochelende geluiden en probeert haar nog vast te grijpen. Ze stapt zo ver mogelijk opzij en kijkt naar de steeds groter wordende plas bloed om hem heen.

Zijn ogen staan wijd open in een permanente staat van verbijstering.

8

Het is al halftwaalf en nu is het pas donker. David wordt belicht door de maan, maar hij lijkt nergens meer iets van te merken. Toch is Tessa uiterst behoedzaam als ze zich naast hem op haar knieën laat zakken om de sleutelbos uit zijn broekzak te halen. Het mes ligt binnen handbereik en ze zal niet aarzelen om het opnieuw te gebruiken.

Ik ben een moordenaar, denkt ze, en ze voelt er niets bij.

Ze vindt de sleutelbos en verwijdert snel de boeien om haar enkels. Daarna rent ze naar de badkamer, draait de kraan van de douche open en spoelt alle viezigheid van zich af. Ze houdt goed in de gaten of ze iets hoort wat erop zou kunnen wijzen dat hij toch overeind is gekomen.

Het blijft doodstil in de keuken.

Ze kleedt zich aan, stopt de losliggende kleren en het vleesmes in haar weekendtas, pakt haar handtas en controleert of ze niets is vergeten. Ze klemt de sleutels van haar auto stevig in haar hand en ze loopt terug naar de keuken.

David ligt nog steeds doodstil.

Ze kijkt om zich heen. Er zullen sporen worden gevonden, die sporen moeten verdwijnen.

Ze zet haar handtas en de weekendtas buiten, grijpt het doosje lucifers dat naast het messenblok ligt, laat een straal benzine over de keukentafel lopen en werpt de jerrycan daarna zo ver mogelijk van zich af. Ze pakt het tijdschrift dat op de grond is gevallen en als ze in de deuropening staat strijkt ze een lucifer af en steekt het in brand. Ze haalt diep adem en gooit het brandende blad in de richting van de tafel.

De vlammen laaien direct op.

Ze sluit de keukendeur.

Er zit een blauwe plek op de wang waar de hand van David haar het hardst raakte. 'Ik ben gevallen,' zegt ze tegen haar spiegelbeeld. 'Ik ben heel hard op mijn wang terechtgekomen en ik voel me duizelig en vreemd, dus ik meld me voor een paar dagen ziek.'

Ik ben een moordenaar, denkt ze opnieuw. Ik heb het moordwapen begraven in mijn tuin en ik zal aan niemand vertellen wat er met me is gebeurd. Ik ken niemand die David heet. Niemand.

Ze heeft in de krant gelezen dat een vakantiehuisje in een duingebied volledig is afgebrand en dat er stoffelijke resten zijn gevonden, vermoedelijk van de eigenaar. Er is tot nu toe niemand aan de deur geweest om vragen te stellen.

De blauwe plek op haar wang is nog een beetje geel, maar als ze regelmatig de camouflagestift gebruikt ziet niemand er iets van.

Ze heeft haar dochters een appje gestuurd, haar excuses aangeboden voor haar onbezonnen gedrag en gevraagd of ze elkaar weer kunnen zien. Dat is nu drie dagen geleden en als haar mobiel overgaat en ze het nummer van Iris op de display ziet verschijnen, schiet ze vol. Ze meldt zich met trillende stem.

'Het is goed, mama,' zegt Iris. 'We waren toch al van plan om naar je toe te komen. Weet je wat ons een goed idee lijkt?'

De stilte die na deze vraagt valt, voelt ongemakkelijk aan.

'Even samen weg, een weekendje naar zee.'